袁雪芬 著

奇卡诺文学
伦·理·思·想·研·究

Ethical Criticism of the
Chicano
Literature

中国社会科学出版社

图书在版编目(CIP)数据

奇卡诺文学伦理思想研究 / 袁雪芬著 . —北京：中国社会科学出版社，
2015.12

ISBN 978 - 7 - 5161 - 7452 - 4

Ⅰ.①奇⋯　Ⅱ.①袁⋯　Ⅲ.①现代文学 - 文学研究 - 伦理思想 - 美国
Ⅳ.①I712.065

中国版本图书馆 CIP 数据核字(2015)第 309643 号

出 版 人	赵剑英
责任编辑	曲弘梅
特约编辑	薛敏珠
责任校对	石春梅
责任印制	戴　宽

出　　版	中国社会科学出版社
社　　址	北京鼓楼西大街甲 158 号
邮　　编	100720
网　　址	http://www.csspw.cn
发 行 部	010 - 84083685
门 市 部	010 - 84029450
经　　销	新华书店及其他书店

印　　刷	北京君升印刷有限公司
装　　订	廊坊市广阳区广增装订厂
版　　次	2015 年 12 月第 1 版
印　　次	2015 年 12 月第 1 次印刷

开　　本	710 × 1000　1/16
印　　张	14.5
插　　页	2
字　　数	253 千字
定　　价	56.00 元

凡购买中国社会科学出版社图书，如有质量问题请与本社营销中心联系调换
电话：010 - 84083683

前　　言

　　十年前，带着对美国文学的浓厚兴趣，笔者远渡重洋赴美留学。在一次朋友的聚会上，向一位陌生的女教授请教美国冷战时期以来的族裔文学发展趋势。她很爽快地回答：美国冷战后的后殖民文学包含了黑人文学、奇卡诺文学、土著印第安人文学、亚裔文学和女性文学。奇卡诺文学？笔者在国内闻所未闻，于是迅速查看了当时的课程表。果然，课程表里赫然排着这门美国所有大学的人文系里都有的《奇卡诺文学》课程，由奇卡诺族裔教授 Mark Evenson 讲授。Evenson 教授的课堂图声并茂，内容丰富多彩。通过一学期系统的学习，笔者对奇卡诺文学有了较为全面的了解，并对这个生性默默无闻的奇卡诺民族产生了浓厚的兴趣。回国后，继续挑灯夜读那些夹杂着西班牙语的奇卡诺族裔小说、戏剧、诗歌、短篇故事，乐此不疲。三年前一个偶然的机会，通过网络认识了当代著名的奇卡诺女作家阿尔玛·卢斯·维拉纽瓦。她的美丽、她的智慧、她的乌鸡变凤凰的人生经历勾起了笔者对奇卡诺民族及其文学更大的兴趣，遂动了深入研究之心。奇卡诺民族，一个在 20 世纪 60 年代随着黑人民权运动发展起来的新民族，以其坚韧与坚忍的精神，回首仰仗先祖阿兹特克的古老文化，兵不韧血，建立了自己的新混种文化与新社区，平等地和其他族裔一起共享白人主流社会补偿给他们的一切族裔优惠待遇。他们的处世哲学值得人们学习。故此，笔者依据奇卡诺文学的发展轨迹，运用文学伦理学批评方法，对奇卡诺文学的族裔性抵抗伦理、政治性伦理、家庭伦理、个人自我价值的实现、生态女性主义伦理和世界主义伦理六个方面进行了实例分析与探讨，以期给中国的美国族裔文学研究者抛砖引玉。

袁雪芬

2014 年 12 月

目　　录

第一章

引　言

　　在当今美国这个大色拉碗中，生活着一个曾经默默无闻的民族。它不同于漂洋过海、历经艰辛来到美洲寻找美好新生活的欧洲或亚洲移民，也不同于曾经受到非人虐待的黑人，更不同于生生不息、曾经被视为基本销声匿迹而今却又重新被关注的土著民族印第安人，它是如今人口已经超越黑人，成为美国族裔人口最多的、讲西班牙语的墨西哥裔美国人——奇卡诺人（Chicano）。"奇卡诺"（Chicano/a）一词源于16世纪土著纳瓦特语"Mexica"（墨西卡），意为"居住在仙人掌中间的一个民族"，到了20世纪该词发音变成了"奇卡诺/奇卡娜"（Chicano/a）①。奇卡诺诗人缇娜·维拉纽瓦（Tina Villanueva）追寻到这个术语的最早记录出现在1911年得克萨斯大学人类学家当时未发表的论文。语言学家爱德·R. 西门（Edward R. Simmen）和理查德·F. 鲍尔（Richard F. Bauerle）认为"奇卡诺"一词由奇卡诺作家马里奥·苏亚雷斯（Mario Suárez）于1947年在《亚利桑那季刊》上发表的论文里正式使用。广义上讲，人们把"奇卡诺"这个民族称为"讲西班牙—葡萄牙语的拉丁美洲裔美国人"（Hispanics 或 Spanish-Portugal Latin American）或拉丁美洲裔美国人。狭义上讲，该族群为20世纪开始移民到美国从事农业劳动、讲西班牙语的墨西哥流动农民工和1848年墨西哥—美国战争后在《瓜达卢佩条约》条约中割让的、现今美国西南部各州讲西班牙语的墨西哥人后裔。截至1965年，墨西哥移民占美国合法移民总数的三分之一，墨西哥非法移民的人数也占大

---

① Amelia Maria de la Luz Montes, "Chicano/a Literature", in *Modern North American Criticism and Theory: A Critical Guide*, Ed., Julian Wolfreys, Qingdao: China Ocean University Press, 2006, p. 143.

多数。目前超过了 3000 万的美国人为奇卡诺人①。人们使用"奇卡诺"这个词来称呼这个族群时，很明显地带有歧视的成分。第二次世界大战促进了奇卡诺人的文化适应过程。20 世纪 60 年代以来，随着美国黑人民权运动的风起云涌和胜利，奇卡诺人也掀起了一场声势浩大的民族身份与地位确认和认同的运动，复兴了奇卡诺人的文化艺术成果。奇卡诺运动中的三个奇卡诺宣言——《德拉诺宣言》（1966）、《种族联合组织宣言》（1967）和《阿兹特兰神圣宣言》（1969）表明了他们争取社会福利和反抗白人压迫的态度，维护了他们的结社权、就业权、教育权、住房权、司法公正与民族语言使用权，宣告了一个新的拥有棕色文化的棕色民族的正式形成和本民族文化复兴的开始。"奇卡诺"一词成为了这个新民族的骄傲。同时，以运动家、政治家和诗人贡萨雷斯为代表的文学家们发动了奇卡诺文学复兴运动。从 60 年代至今，这个运动使得被载入美国文学史的奇卡诺文学作品从无到有，从有到丰腴，从丰腴到不可小觑，最终成为了美国文学不可分割的重要组成部分。国内外研究者对奇卡诺文学从主题到文本以不同的角度进行了广泛而深入的研究。

第一节　奇卡诺族裔文学的发展

奇卡诺族裔文学是一个"包含政治、文化和编年史的复杂的文学术语"②。从 20 世纪 60 年代开始复兴并发展起来的奇卡诺文学无论从题材、主题思想还是体裁都经历了一次又一次的变革，伴随着白人主流文学的发展而日益成熟，自成体系，最终和其他族裔文学一起构成了美国文学的绚丽图画。

一　奇卡诺运动与奇卡诺文学的起源

美国各民族早期的创作是为了给"想要移民的人信息并取悦他们，也给后来的读者娱乐并提醒新移民有潜在的艰难和危险正等待他们"③。19

---

① "奇卡诺"，《维基百科》，http：//en. wikipedia. org/wiki/Chicano#The_ term_ Chicano。

② Amelia Maria de la Luz Montes，"Chicano/a Literature"，*Modern North American Criticism and Theory: A Critical Guide*，Ed.，Julian Wolfreys，Qingdao：China Ocean University Press，2006，p. 143.

③ Gordon Hunter，"Introduction"，*Immigrant Voices*，New York：New American Library，1999，p. ix.

世纪下半叶的族裔作家都倾向于用自传体方式写作。为了表明他们从国外移民转变成了具有美国公民新身份的美国人，作家们把他们个人经历的故事情节细化，排除其他人的经历。这样，他们把无序的生活经历转变成了有序而连贯的生活秩序。在社会和心理对作家生活的影响上，从前人的自传模式中以及在美国人身份确定的愿景中，读者都能找到这种秩序。早期的作家的写作目的是告诫后人生活的艰辛、向后人诠释移民事项、庆贺自己移民并把移民美国的情形戏剧化。他们的故事大都是为了争取合法权益而奋斗的经历，极少涉及族裔身份与族裔意识等社会问题。到了 20 世纪 60 年代，随着白人的各种文化运动、反战运动、妇女运动和黑人的民权运动的产生和发展，奇卡诺运动应运而生。伴随着奇卡诺运动的产生及发展，奇卡诺族裔迅速产生并形成了奇卡诺民族文化意识，创作了反映本民族身份、生存状态和需求的文学作品。作为当代美国的新族裔，奇卡诺文学家们在短短的半个多世纪里建立并完善了本民族的文学体系，他们多样化的文学形式与内容，如今成为了当代美国文学不可或缺的部分。

从 20 世纪 50 年代开始，白人的各种文化运动给其他族裔带来了深刻的影响。第二次世界大战给美国带来了巨大的财富，也催生了通用汽车、IBM 和波音这样的大公司。白领工人不愿意经历他们的父辈们曾经经历的痛苦，选择到大公司去工作并适应那种文化，与大家一起共享集团利益。因此人们的思维变得懒惰，不思进取。此时，白人的动荡不安就初露端倪。"垮掉的一代"开始出现，他们的典型形象出现在由詹姆斯拍摄的电影《无由的反抗》（*Rebel Without a Cause*）和小说《麦田的守望者》（*Catcher in the Rye*）中。50 年代垮掉的一代以纽约和旧金山为中心，突然涌入公众视线，他们表达了年轻人的异化思想。1957 年杰克·克鲁艾克（Jack Kerouac）出版了他的小说《在路上》。《纽约时报》称之为"被一个年轻的作家说出的最漂亮、最清晰和最重要的话语"，"一个很可能代表这一代人的作品"。[①] 该小说描述了一帮不安的年轻美国人的经历与态度："疯狂的生活，疯狂的谈话，疯狂的得救"。[②] 他们主要的兴趣就是飙车、狂欢舞会、现代爵士乐、性、大麻和其他杂项运动。克鲁艾克（Kerouac）称他们自己是"垮掉的一代"的成员。一个人的"垮掉"就是指

---

① John Clellon Holmes, *Nothing More to Declare*, New York：Dutton, 1967, pp. 116 – 120.

② Ibid. , pp. 122 – 126.

一个人到达了他人格的底线，信神不相信萨特哲学。这些年轻人的年龄在18岁至28岁左右，他们包括一些"二战"和冷战时期的退伍军人。克鲁艾克认为他们在探寻一种精神上的东西。表面上，这些年轻人在全国来回穿梭，但他们真正的旅行是寻找心灵上的慰藉。如果说他们冒犯了法律和道德底线，那也只是他们想要找到一种信仰。"垮掉的一代"基本上是怀疑与寻找宗教信仰的一代。他们深受嬉皮士与禅宗思想影响。到了60年代，一场全面的文化反抗运动浩荡而来，各种权威均遭到质疑。白人的这些反文化运动拥抱个人自由，摒弃了传统的社会道德标准。这些绰号为嬉皮士的年轻叛逆者公开反对和挑战父母和学校官员的权威。在放弃传统社会的运动中，他们蓄长发、着怪装，群居在郊外村野，吸食毒品、致幻剂，欣赏摇滚乐，沉湎于随意的性生活。有些年轻人选择改变这个社会：有一部分大学生从50年代伊始就开始寻求激进的政治愿景；到了60年代中期，他们组织学生反对越战，用炸弹袭击校园，放火焚烧校园。当1973年越战结束后，年轻人的反战运动也偃旗息鼓。但是，他们的行为成为了其他非主流族裔民权运动的催化剂。

从来都处于二等公民地位、受到白人种族隔离歧视的黑人从50年代起也掀起了反种族隔离政策的运动。1954年，奥利弗·布朗（Oliver Brown）与堪萨斯托皮卡市教育局对簿公堂的子女上学案引发了后来致力于反对种族隔离与追求真正种族平等的全国民权运动。① 牧师马丁·路德·金在50年代就成为了民权运动的领袖，他采用的策略是非暴力不合作形式。通过抵制、游行、静坐和抗议等活动，金和他创立的南方基督教领袖会议迫使政府正面对待不公正的种族主义。他充满激情的承诺和令人振奋的言辞激发了国民对种族歧视的关注。他的行为直接导致了1964年的《民权法案》的立法，此法严禁在雇佣工人和公共设施中存在的种族歧视行为。故此，在政治与社会变化上美国经历了民权运动的戏剧性的新阶段。但后来在法律和政治上获胜的民权运动并没有在经济和社会进步中得到体现。黑人社区继续受到犯罪、吸毒、单亲家庭、强烈的挫败感和异化等问题的困扰。1965年11月11日洛杉矶的黑人居住区爆发了抢劫、纵火与暴力等骚乱事件。再后来的三年时间里，全国城市中心社区发生了

---

① David E. Shi & Holly A. Mayer, *For the Record: A Documentary History of America*, New York: Norton & Company, Inc., 1999, p. 333.

300 多起骚乱事件。其中 200 多人被杀，7000 多人受伤，4 万多人被捕①。南方的黑人基本上居住在贫困的山区，北方的黑人住在纽约、费城、底特律、纽瓦克、芝加哥和洛杉矶等城市中的贫民区，他们面临的是长期贫困、无工作、破烂的房子和学校，以及警察的野蛮。年轻人对金的非暴力抵抗运动失去了耐心。60 年代中期，"黑人权力"成为了他们的口号。"黑人权力"的概念来自黑人民族主义的传统，他们相信拥有同一非洲先祖的民族共享独特的文化并面临相同的命运。这加深了民众对城市改革步伐慢节奏的不满。马尔科姆是黑人民族主义的支持者，他对民族融合不感兴趣，并宣称："我们的敌人是白人"②。他的终极目标是在美国建立一个独立的、自给自足的黑人社区。但后来他改变了自己的立场，与黑人穆斯林组织分道扬镳，并公开谈论种族合作问题。他的投降立场葬送了自己，他于 1965 年 2 月被人暗杀。另一青年领袖布朗（H. R. Brown）鼓励黑人青年拿起武器，焚烧城市，杀死"白鬼"。加州的黑人青年组织了城市游击队，用武力对抗政府③。1965—1968 年的每个夏天都有大规模的暴力冲突。政府不得不设立专门机构来对付。不幸的是马丁·路德·金很快遭遇暗杀。他的悲剧再一次点燃了全国种族问题的骚乱之火。到 60 年代末，这些暴力冲突、其他的游行示威活动和保守派的强烈反对结合起来形成的力量几乎威胁到了美国社会的完整性。

由反战活动和民权运动激发的理想主义思想和正能量促使其他人群为争取他们的平等权利和利益而抗争。妇女、奇卡诺人、土著美国人、同性恋者、老年人和环境保护者随后进行了不屈不挠的斗争。

社会的动荡给白人女权运动提供了契机。男权主义者认为女人的大脑比男人小，本性被动，无法掌控自己，只是性对象，只有些小技能，等等。女性的社会地位就如同黑人在美国的地位。如火如荼的黑人人权运动只对种族平等尽职，没有涉及性别平等④。在民权运动中，女性的工作是专属女人的打字、办公室的杂务、接电话、整理档案、管理图书、行政助

---

① David E. Shi & Holly A. Mayer, *For the Record: A Documentary History of America*, New York: Norton & Company, Inc., 1999, p. 333.

② Ibid.

③ Ibid.

④ Alan Brinkley, *The Unfinished Nation*, 4th ed., New York: The McGrawHill Companies, 2004, pp. 852 – 855.

理，但很少做"执行"一类的工作，但是，是女人维持了运动中日复一日的正常运转工作，她们的能力没有得到发挥①。法纳姆（Farnham）和伦德伯格（Lundeberg）认为随着社会各种服务机构的完善，女人作为家庭成员和社会成员的双重身份的并存可以变为现实。女人有更多的机会得到职业培训并得到工作机会，但这种现象使得女性男性化，她要在社会上和男性竞争，在家里她还得承担做母亲和妻子的责任。这使女性成为了双面人，被人朝着两个方向拉扯，但她常常无法选择，无论朝哪个方向走，她都不可避免地受到惩罚②。60年代美国年轻女性梦中的女性形象与全世界妇女羡慕的女性就是家住郊外的家庭主妇：科学技术与省力的家用机器把她们从繁重的家务中解放了出来。弗里丹（Friedan）在她的《女性的奥秘》一书中重新定义了女人问题的实质。她认为当女人被视为有无限潜能并和男人平等的人时，任何阻挡她实现潜能的东西，例如享受高等教育的障碍、政治参与的障碍或法律与道德上的偏见，都是亟待解决的问题。但现在女人只是从她性别的角色来被考量，阻碍她实现潜能的障碍和那些剥夺她参与世界事务的偏见都不再是问题。现在的问题是那些干扰她去适应家庭主妇角色的问题，如职业问题、教育问题、政治兴趣，甚至女性的智慧与个性都是干扰性问题。如果一个能干的美国女人不使用她作为人的能力和才能来追求点什么，她会把她的潜能浪费在神经病症状、徒然的锻炼或毁灭性的"爱"里。在所有的职业领域、商务和大学文理学科中，女性都被视为二等公民。告诉即将踏入社会工作的年轻女性她们会遭遇这种微妙的令人感觉不爽的歧视，也就是告诉她们不要沉默要斗争，这将是一个伟大的服务性事业。女孩不要期待因为她是女性就要享受特权，她也不要使自己适应社会的偏见和歧视。她必须学会不是以女性的身份而是以人的身份去竞争。大批妇女都加入到这个行列的时候，社会本身才会给她们安排新的生活计划。弗里丹的《女性的奥秘》推动了女权运动的发起。凯西·海登和玛丽·金（Casey Hayden & Mary King）对民权运动中忽视女性权益的做法感到非常沮丧，便离开了民权组织，帮助组织了现代女权

---

① Alan Brinkley, *The Unfinished Nation*, 4th ed., New York：The McGrawHill Companies, 2004，p. 854.

② Marynia F. Farnham & Ferdinand Lundberg, *Modern Women：The Lost Sex*, New York：Harper-Collins Publishers, Inc.，1947，pp. 223 – 241.

运动。一些激进派女性强烈的反对传统意义上的婚姻、家庭，甚至异性关系（有些人认为它是男人统治女人的工具）。到了 70 年代，许多妇女逐渐发现她们是被压迫的群体，然后联合起来反对压迫并发展了她们自己的文化。在全国范围内的大中小城市，她们开设了属于女人的书店、酒吧和咖啡馆，创办了女性报纸与杂志，创立了女人诊所、被强奸虐待等受害者援助中心、幼儿日托班与堕胎诊所。为了女性能进入经济与政治领域，主流女性主义者做出了巨大的努力，原来只对男性开放的大学也向女性敞开了大门。几乎所有已婚妇女都有了工作，而且夫妻双方都有工作是 20 世纪 70 年代广为中产阶级家庭接受的模式，甚至许多女性婚后不随夫姓。白人女性运动与女性主义理论给奇卡诺女性的生活和写作主题带来了积极的影响。

　　白人的反战运动、黑人的人权运动和白人女权运动触动了奇卡诺人最强烈的民族自尊心。这种强烈的民族自尊意识以惊人的速度在 60 年代开始传播。故此，争取民族自尊意识的运动——奇卡诺运动由诗人鲁道尔夫·冈萨雷斯、凯撒·查维斯、梅尔塔·维达等一批知识分子和有影响力的人士在艺术和政治领域发起，并在墨西哥社区产生了强烈的认同感。他们发现他们古老的文化面临解体的危险，整个奇卡诺社会和经济流动性太大，教育机构严重不足而且受到歧视。文化肯定成为培养奇卡诺人的强烈民族自尊心的主要方法。这种文化肯定是通过将一种新的民族意识与历史上被遗忘的先祖联系起来来实现。运动的领导者们大多都是艺术家和作家，他们创造新的艺术形式，发动了学生走出校园等非暴力运动，于1968 年成立了"墨西哥裔美国人法律辩护与教育基金"组织，1969 年组织了"全国奇卡诺青年解放会"，1970 年成立了为劳工利益服务的"全国民族统一党"。他们致力于不分阶级地团结所有的奇卡诺人，争取公共权力，保护墨西哥土著遗产和坚持双语教育。该运动的目的在于恢复土地所有权、农民工合法权、加强教育、拥有选举权和政治权[1]。1969 年的《阿兹特兰神圣宣言》，成为了奇卡诺运动的蓝图。该宣言的目标是：在民族解放方面人民思想统一；没有剥削，奇卡诺人掌控自己个人和社区经济；加强奇卡诺人的教育；所有的人都享有基础服务机构的服务；依靠社区来

---

　　[1]　Chicano! History of the Mexican American Civil Rights Movement，Video，NLCC Educational Media，1996.

强化社区自卫；利用本民族文化价值观，强化运动的道德支柱；通过自主行动寻求政治解放①。该《宣言》唤起奇卡诺人对本民族历史遗产的自豪感与对白人恐怖性侵略的仇恨感。到了 70 年代，奇卡诺人把这种弘扬民族主义精神的运动与反越南战争结合了起来。

这个时期的奇卡诺运动催生了奇卡诺文学。奇卡诺作家们，特别是诗人们大都用浅显易懂的诗歌表达自己对本民族遭受不公的愤怒情绪或对民族身份问题的关注。奇卡诺运动的标志性宣言的标题《阿兹特兰宣言》便取自阿拉里斯塔（Alurista）的诗歌《阿兹特兰计划》（*El Plan Espiritual de Aztlán*）。鲁道尔夫·贡萨雷斯在他的史诗《我是华金》（*I'm Joaquin*，1967）中，怒吼出了一个混种民族的身份。奥斯卡·泽塔·阿科斯塔（Oscar Zeta Acosta）发表了他的半自传体小说《蟑螂人起义》（*The Revolt of the Cockroach People*，1970），反对越战、反对国家的宗教制度、教育制度和司法制度。具有奇卡诺文学教父之称的鲁道尔弗·阿那亚以他的经典小说《保佑我，乌尔蒂玛》（*Bless Me, Ultima*，1971）表达了他对本民族文化的热爱与对外来文化——白人文化入侵的抵抗。

在奇卡诺运动中，许多奇卡诺人似乎第一次听大家谈起他们在语言和情感感受方面的双语模式和双重文化模式。他们也感知到了整个阶级的形象：从坐牢、孤立、城市贫穷到无产阶级的民主、乌托邦的梦想和古墨西哥的荣耀。他们的文学被称为奇卡诺文学，包括诗歌、小说、戏剧、散文和短篇故事等各种形式。这些不同形式的文学作品表达了作家们的政治意识、社会意识和文化自我意识。

总之，在这一时期，奇卡诺作家的创作伦理表现了阿兹特兰精神，肯定了本民族文化和本民族特征，反映了本民族面临的社会问题、心理问题和政府组织与社区之间的权力关系问题。奇卡诺民族文化复兴运动、争取族裔权益的运动和政治性诗歌创作给后来的奇卡诺文学从主题到形式都奠定了牢固的基础。

二　奇卡诺族裔文学的繁荣

从 70 年代末的后奇卡诺运动时期开始，随着科学技术的发展、国际局势的变化和生态环境的变化，奇卡诺族裔的文学创作也从反映奇卡诺民

---

① "奇卡诺"，《维基百科》，http://en.wikipedia.org/wiki/Chicano#The_term_Chicano。

族所受的政治压迫与社会压迫、贫困的现实和对把奇卡诺范式作为一种完整的社会形态的期待等问题转变到了更为广泛、深入与丰富的主题。

在信息爆炸的80年代，里根政府与苏联的核武器军备竞赛升级，被媒体称为"星球大战"，最终瓦解了共产党阵营。1989年4月2日《纽约时报》发文宣称"冷战结束"，东方的共产主义阵营与西方的资本主义阵营结束了对立，美国未来的任务就是维持这个自由资本主义世界的活力[①]。针对少数族裔问题，政府正式开始了大规模的双语教育。里根时代美国的医疗保险、社会保障、教育经费等都得到了加强。人们的业余休闲生活也因技术的进步变得舒适，出现了沙发土豆民主：美国人都只坐在沙发上，吃着土豆，看着电视，不再关心其他的政治组织[②]。进入90年代，现代媒体技术网络的飞速发展，开阔了人类的视野，加深了人们对世界的了解，深刻地影响了人们的生活方式。

在美国文明进步的同时，美国社会的问题也越来越复杂。人们仍然被民族问题、种族问题、性别问题和性取向问题等身份政治问题所困扰。更为严重的是美国现代瘟疫：毒品与艾滋病。从80年代到90年代，美国的毒品几乎深入到了每个社区。尤其是可卡因的使用，它带来了新的疾病艾滋病。艾滋病在同性恋者中的传播更为广泛，许多人为此断送了性命。关于妇女的权益问题，1973年的《宪法平等权利法案补充条例》给了妇女自由终止妊娠的权利。在80年代，美国最多的外科手术就是堕胎手术。这引起了人们的强烈反对，尤其是天主教徒的反对。由此引起的生命权运动获得了许多人的支持，他们认为堕胎是女权主义者对女性做妻子和母亲的权利的践踏。女权主义关心的新问题是女性产假优待问题和工作场所的性骚扰问题。与此同时，一些妇女进入了国会，还成为了副总统候选人。在学术领域，她们冲破传统领域，创立了新领域：妇女研究和性别研究。1995年贝蒂·弗里丹撰文《超越性别》，指出女权运动的男女平等思想已经超出了男人的预料，引起了男性的不满，以至于出现了女人回归厨房的呼声。

关于现代工业引起的环境污染问题，60年代以前的环境保护主义者

---

① Alan Brinkley, *The Unfinished Nation*, 4th ed., New York: The McGrawHill Companies, 2004, p. 898.

② Ibid., p. 791.

所探讨的环境职责是基于美学和道德层面的。而从 60 年代开始，人们开始探讨新的概念：生态平衡。它指的是自然世界中事物的相互联系。到了八九十年代，水污染、空气污染、森林破坏、物种灭绝与有毒废气排放等问题已经非常严重①。白人的企业把重污染工厂从白人居住区转移到了贫穷的奇卡诺族裔居住区，雇用奇卡诺人作为廉价的劳动力。这引起了奇卡诺作家们的强烈不满，诗人、作家们开始用笔承担起他们保护环境的责任。他们对花草、动物等的热爱跃然纸上。

在移民问题上因为美国政府对其南边各邻国反政府武装的支持，厄瓜多尔、波多黎各、古巴等国政治动乱，经济凋零。战争引起的难民潮经由墨西哥边境流入美国。这使得原本就复杂的美国—墨西哥边境问题更加复杂化，洛杉矶、芝加哥和纽约等大城市的贫民窟的人们生活更加混乱，动荡不安。奇卡诺裔作家们把写作的视线聚焦在了这些与他们讲同一语言西班牙语的移民的生活和他们祖国的政治问题上。

在美国这个多元文化社会里，多元文化主义是指不同民族的不同事情，它是 90 年代最引人关注的斗争。但这个斗争的核心是要努力使迅速分化的美国人口的文化多元性合法化。它要求由欧洲裔白人男性定义的"美国文化"的概念里要包含其他的传统，如女性、非洲裔、土著裔、20 世纪增加的拉丁裔、亚裔和中东裔等的传统②。承认其他文化的存在是对社会宽容和理解文化差异具有自信心的一种表现。

在此背景下，奇卡诺族裔作家继续了他们的文化保卫战，许多奇卡诺作家也应运而生。这个时期的奇卡诺/奇卡娜主要作家与作品有：路易·瓦尔迪兹（Luis Valdez，1940—　）和他的戏剧《佐特装》（Zoot Suit，1978）、格洛丽亚·安扎尔杜瓦（Gloria Anzaldúa，1942—2004）和她的《边疆：新女混血儿》（Borderlands/La Frontera：The New Mestiza，1987）、理查德·罗德里格兹（Richard Rodriguez，1944—　）和他的自传体小说《饥饿的记忆：罗德里格兹的教育》（Hunger of Memory：The Education of Richard Rodriguez，1982）、阿尔玛·鲁兹·维拉纽瓦（1944—　）和她的小说《紫外天空》（The Ultraviolet Sky，1988）与诗集《欲望》（Desire，1998）、丹妮

---

① Alan Brinkley, *The Unfinished Nation*, 4th ed. , New York：The McGrawHill Companies, 2004, p. 938.

② Ibid. , pp. 940 - 941.

斯·查维斯（Danise Chavez，1948—　）和她的《最后的菜单女孩们》（*The Last of the Menu Girls*，1986）、安娜·卡斯蒂洛（Ana Castillo，1954—　）和她的《米瓦拉信笺》（*The Mixquiahuala Letters*，1986）与《离上帝如此遥远》（*So Far from God*，1993）、桑德拉·西斯内罗斯（Sandra Cisneros，1954—　）和她的小说《芒果街的房子》（*The House on Mango Street*，1984）与《喊女溪及其他》（*Woman Hollering Creek and Othere Stories*，1999）、德米特丽亚·马丁内兹（Demetria Martinez，1960—　）和她的《母语》（*Mother Tongue*，1996）、安德烈斯·蒙托亚（Andres Montoya，1968—1999）和他的长诗《制冰工在歌唱》（*The Iceworker Sings and Other Poems*，1999）等。前面所提到的社会问题都被囊括在这些奇卡诺族裔作家的笔下。奇卡诺运动促进了奇卡诺文学各个方面的繁荣与发展。奇卡诺文学在过去的奇卡诺运动中的主题主要是与民族身份、民族地位问题相关的内容。现在奇卡诺文学从主题、创作语言、体裁到文学批评期刊、奇卡诺文学专属奖项、著作出版发行、批评及批评理论都空前丰富起来[1]，并以它特有的魅力吸引了美国国内外众多研究者。

1. 主题丰富化

从70年代末到90年代，作家们把创作转向对故土的思念、移民经历的描述、奇卡诺族裔性、城市贫民窟问题、家庭文化冲突问题、青年人的成长问题、美墨边疆问题、奇卡诺女性权益问题、奇卡诺神话与传说的重新阐释、奇卡诺人的性行为控制与实践问题、新移民问题、世界战争问题以及同性恋问题。他们的创作表现了他们整个民族的经历的共同性：在新的国度里，他们处在内心充满了困惑、不安、不稳定、目标不明确的生存状态，认为自己生活在"夹缝地带（Hyphenland）"[2]。

在这20多年的时间里，一大批奇卡诺女性作家如阿尔玛·鲁兹·维拉纽瓦（Alma Luz Villanueva，1944—　）、安娜·卡斯蒂洛（Ana Castillo，1953—　）、桑德拉·西斯内罗斯（Sandra Cisneros，1954—　）开始了近乎群体喷发式创作。她们以女性特有的气质与性格发现属于女性的问

---

① Stephanie Fetta，"Introduction"，*The Chicano/Latino Literary Prize：An Anthology of Prize-Winning Fiction Poetry，and Drama*，Houston，Texas：Arte Publico Press，2008，pp. xi – xl.

② Ilan Stavans，*The Hispanic Condition：The Power of a People*，New York：Harper Collins Publishers，2001，p. 4.

题，提出了解决问题的办法与良方。格洛丽亚·安扎尔杜瓦（Gloria Anzaldúa，1942—　）在她的诗歌论文混合体半自传著作《边土：新混血女性》（*Borderlands/La Frontera：The New Mestiza*）中建立了新的边界理论。奇卡诺族裔女性诗人的作品则涉及女性的性欲望与越轨行为、女性同性恋、虐待性质的育儿方式、杂色人种问题、奇卡诺中产阶级青年人的问题和青少年的犯罪问题，反映了性别歧视、性别行为与统属关系等性别压迫的社会问题，体现了女性主义关怀伦理。

奇卡诺作家们把目光投向了题目的文化适应、同化过程、多元文化的相互渗透、文化传入与语言文化移入等问题，表达了希望奇卡诺文学走向主流社会文学与世界文学的愿望。

2. 体裁多样化

奇卡诺文学的创作伴随着奇卡诺运动一起走向成熟。60 年代的创作大都基于运动中鼓动民众的需要，作家的作品以诗歌为主，用诗歌的激情激发人们的斗志，为了民族的身份与在美国主流社会中获得同等地位而斗争。为了让没有受过正规教育的人更好地了解自己的民族文化，以口语形式传授文化与思想的奇卡诺戏剧在奇卡诺社区开始流行起来。到了 80 年代，更多的作家开始了短篇小说、长篇自传体小说、日记体小说、戏剧、现代诗歌、诗歌与论文混杂体的创作，描绘更为普遍的、不分民族与种族的社会问题。

3. 语言多元化

语言是一个民族文化的保留工具，民族的东西是最好的东西。用还是不用本民族语言，对奇卡诺人来说是两难的东西，所以他们最后选择的是双语或多语创作。

在描述边疆问题和书写城市的文学作品中，奇卡诺族裔作家的作品都有意或无意中夹杂着西班牙语或西式英语。奇卡诺人的这种语码转换是语言学家研究发现的存在于美墨边境的现象。说话者会在谈话中同时使用两种语言，并相互夹杂。如美国南部边疆城镇的居民的语言成了一种西班牙语式的英语。大部分诗人的诗歌采用英语写作，有少部分使用西班牙语，有些诗歌在西班牙语和英语之间进行语码转换，有些诗歌在英文里零星地插入西班牙语词组，有些在以西班牙语为主的诗歌文本中零星地使用一些英语词组。对于这些作者来说，多元主义是一种很有价值的美学工具，并且表明人们亲身经历的丰富多彩的生活给了世人极大的创作灵感。

"边疆文学中的语言是许多语言组合成的一种语言，它不是一种如英语或西班牙语一样的民族语言，而是一种系统的语言"①。边疆是一个汇合之地，家园在这里是国际化的，就像奇卡诺人的肉体是混种的一样。奇卡诺人的卡罗语（Caló）是英语、西班牙语和奇卡诺俚语混合的语言，是一种中介语，特别恰当地表达了梅斯蒂佐人（Mestizo）与生俱来的模糊性，承认不同文化的汇合，强调混合的因素，表明边疆不是美国与墨西哥之间的分界线，而是交流不同意见的开放的可能性②。它"同时显示［语言］游戏中的各种力量，并维持它的混合性"③。胡安·菲利普·埃雷拉（Juan Felipe Herrera，1948—　），安娜·卡斯蒂洛等作家的作品的语言都由当初的西班牙语转向了英语夹西班牙语。这是对他们生活中语言状态的真实写照。

奇卡诺族裔的语言的使用促进了奇卡诺意识的形成。

4. 文学奖项的设立

为了鼓励奇卡诺文学的创作，加利福尼亚州立大学欧文分校于1974—1975学年度举办了全美第一届"奇卡诺/拉丁文学奖"，按小说、短篇故事集、戏剧和诗歌分类，分别设立一、二、三等奖和优秀奖④。此后一直延续至今。该奖项让维拉纽瓦、埃雷拉等当时的一些年轻作家脱颖而出。美国主流社会的文学奖如美国图书奖、国际笔会奖、美国国家书评奖、桑德堡诗歌奖、全美戏剧写作奖等长期有奇卡诺族裔作家问鼎。这些奖项的获得极大地促进了奇卡诺文学的对外传播，提高了奇卡诺文学在美国主流社会的地位。

5. 文学期刊、出版社的创立

学术期刊的创立体现研究者对某个领域研究的重视程度。奇卡诺文学的研究者从70年代起就召开专门探讨奇卡诺文学创作和批评的全国会议。1974年全国民族教育专责小组办公室、全国民族教育专责落基山地区分部、教育资源信息中心——山区教育与小规模学校清理中心、阳光出版组织和新墨西哥高地大学等5个单位联合举办了"第一届全美奇卡诺文学与批评分

---

① Alfred Arteago, *Chicano Poetics：Heterotexts and Hybridities*, Cambridge：Cambridge UP, 1997, p. 16.

② Ibid. , p. 17.

③ Ibid. , p. 16.

④ Stephanie Fetta, *The Chicano/Latino Literary Prize：An Anthology of Prize-Winning Fiction Poetry, and Drama*, Houston, Texas：Arte Publico Press, 2008, p. 310.

析论坛"，专门探讨奇卡诺文学界的创作。创立于1973年的族裔文学评论期刊《美国多民族文学》（*MELUS*）是奇卡诺文学评论的主要阵地，它专门研究拉丁裔等族裔文学作品、作者和作者文化背景来扩大美国文学的定义。《进步》（*Progressive*）等杂志也经常刊登奇卡诺族裔作家的文章。还有一些小型出版社、大学期刊和社区期刊出版和刊登奇卡诺作家的著作和文章。其中著名的出版社有位于伯克利市的第五个太阳与正义出版社（Quinto Sol and Justa Publica-tions），阿尔伯克基市的阿尔伯克基小鸟出版社（Albuquerque Pajarito Publications），圣迭戈市的玉米出版社（Maize），和密执安州伊普斯蓝提市（Ypsilanti）的双语评介出版社（Bilingual Review Press）。当奇卡诺人成为大学教师和大学学生后，主流大学里创办了许多专门期刊：如加州大学伯克利分校的《呐喊》（*El Grito*），华盛顿大学的《蜕变》（Me-tamorphosis），和加州大学洛杉矶分校的《阿兹特兰》（*Aztlán*）等。得克萨斯州休斯顿市的艺术出版社和亚利桑那州坦佩市的双语出版社专注于族裔文学作品的出版。许多奇卡诺作家的作品都在这里付诸油墨，最终走向全球读者。2002年罗德里格兹等人合作建立了网络杂志《奇卡诺人》（*Xispas*），专门研究奇卡诺文化、艺术和政治，发表有关奇卡诺族裔的小说、诗歌、戏剧、评论、音乐、艺术作品等，弘扬阿兹特兰文化①。

从20世纪70年代末到21世纪初，在短短的20多年时间里，奇卡诺文学从主题到体裁都得到了蓬勃发展。像黑人文学走出黑人社区一样，奇卡诺文学也从奇卡诺族裔社区走向了白人主流社区，为主流社会所瞩目，与此同时，它也向世界各地传播开来，受到英国、德国、法国、日本、澳大利亚和中国等读者的喜爱。

三　新世纪的奇卡诺文学

随着全球化时代的到来，奇卡诺文学也走向了世界。在多媒体网络技术日新月异、地球村生态面临威胁、世界政治风云变幻的影响下，除了继续探讨本民族文化问题和奇卡诺女性权益问题外，奇卡诺作家们的创作也逐步转向了普世性问题。他们的写作与世界同呼吸。

21世纪是一个令人兴奋的繁荣时代，激烈的党派之争的年代，文化

---

① "Xispas"，http：//www.xispas.com/about/history.htm.

轻浮的年代，巨大的社会历经变革的时代①。但2001年9月11日的飞机劫机事件粉碎了美国人的梦，终结了现代美国历史非常优秀的时期，彻底改变了美国人的生活。他们高昂的骄傲的头颅遭受了当头一棒。美国孤军反对恐怖主义的战争给自己带来了世界各地的恐怖分子。在21世纪初的几年里美国史无前例地进入了与全球化紧密相连的新时代。全球化使得美国的工厂外移到墨西哥、亚洲和其他低工资的国家，美国工人失去了工作。新的环境问题，如核能源污染的威胁、工业污水污染、汽车尾气污染等仍然困扰着人们。在多元文化主义的影响下，标准化的美国文化（如麦当劳文化）被去标准化，大众文化的碎片化等也让人们困惑不已。已走向主流社会的奇卡诺作家们不再局限在本民族文化的狭小圈子里，许多作家已从抵抗白人文化走向认同白人文化与本民族文化的共存。"9·11"事件使他们（维拉纽瓦等）在写作中表现出了极大的爱国主义热情，充满了同情心与身为美利坚民族的骄傲感。新世纪的奇卡诺文学呈现出以下几个特征。

1. 主题全球化、生态化、复杂化

随着美国在全球反恐战争的深入与多媒体的发展，奇卡诺族裔作家也将写作的眼光投向了对现实生活的热爱和世界性问题的关注，主题由族裔性伦理和政治性伦理转向了关注与人类生存息息相关的生态伦理。

阿那亚的小说《兰迪·洛佩兹还乡》（*Randy Lopez Goes Home*，2011）富有哲理地描述了奇卡诺人与主流文化的融合；路易·瓦尔德兹的戏剧《石化鹿》（*The Mummified Deer*，2005）通过老妪楚妈妈的经历描写了奇卡诺族裔女性不懈的奋斗与奇卡诺民族的生生不息；路易 J. 罗德里格兹的自传体小说《拾遗》（*It Calls You Back*，2011）叙述了作者的成长历程和他对奇卡诺社区所做的公益事业；安娜·卡斯蒂洛的小说《剥洋葱一样剥掉我的爱》（*Peel My Love Like an Onion*，2000）聚焦城市中残疾族裔女性的奋斗，她的另一部小说《卫士们》（*The Guardians*，2008）涉及的主题为墨美边境小镇上恶劣的环境中贫穷的人们之间的人性关怀，她的短篇小说《非凡女人》（*Extraordinary Woman*）书写了奇卡诺老年女性的伟大，她的诗集《我所求无可能》（*I Ask the Impossible*，2001）反映了新旧世纪

---

① Alan Brinkley, *The Unfinished Nation*, 4th ed., New York: The McGrawHill Companies, 2004, p. 944.

之交城市女性的各种问题；阿尔玛·拉兹·维拉纽瓦（Alma Luz Villan-ueva）的诗集《温柔的混沌》（*Soft Chaos*，2009）表达了诗人对美国海外战争的谴责与对世界环境问题的关注；胡安·菲利普·埃雷拉（Juan Feli-pe Herrera，1954—　）的诗歌《亮了半边天》（*Half the World in Light*，2008）描述了青少年的精彩世界和人类复杂心理的表现；路易斯 J. 罗德里格兹的《拾遗》（*It Calls You Back*，2011）以自传体小说的形式描述了一个奇卡诺文学家的成长与其对家庭和社会的责任；卡斯蒂洛的小说《守护者》（*The Guardians*，2008）描述了美墨边境小镇居民的恶劣的生态环境和他们乐观的生活态度，以及国际恐怖主义和毒品走私等带来的灾难；德米特丽亚·马丁内兹（Demetria Martinez，1960—　）的中篇小说《街区巡长的女儿》（*The Block Captain's Daughter*，2012）描述了一群活动家为了将来更好的生活而奋斗的故事；维拉纽瓦的《亲爱的世界》（*Dear World*，2012）系列诗歌对美国作为国际警察的所作所为进行了强烈的抗议与批评，并对世界生态环境的恶化表示了关切与担忧。

总之，在新世纪里，奇卡诺作家的创作主题更加广泛，更具有世界性，更关注生态伦理。

2. 女性主义思想文学强势发展

随着 80 年代的第三波女性主义思潮的发展，奇卡诺作家的创作无论从男性作家的角度还是从女性作家的角度，女性主义和女性主义关怀伦理思想都在作家的作品中得到了很好的诠释。

瓦尔迪兹的《石化鹿》（*Mummified Deer*）热情地歌颂了奇卡诺母亲坚韧与奉献的精神。维拉纽瓦在她的小说《女人花》（*Naked Ladies*）中对同性恋者倾注了极大的同情。西斯内罗斯、卡斯蒂洛、马丁内兹等女性作家专门书写奇卡娜（Chicana，即奇卡诺女性）的问题以及她们所关注的其他社会问题与国际问题。卡斯蒂洛创建的专门研究奇卡诺女性问题的奇卡娜主义理论（Xicanisma）在新世纪的作品中得到了更好的发展，安扎尔多瓦创立的涉及多种边界的边界理论也在许多女性作家的作品中得以完美呈现。

奇卡诺女性作家的创作极大地丰富了美国文学，乃至世界文学的内涵。她们用自己个人的成功经历给读者树立了独立、自尊、自爱、自强的榜样。

3. 作家的地缘性与作家思想的世界性

无论过去还是现在，奇卡诺作家都具有明显的地缘性，但他们的创作主题从本民族问题转向了世界普遍性问题，包容性越来越强。

　　奇卡诺作家大都生活在加利福尼亚州、亚利桑那州、新墨西哥州、德克萨斯州、芝加哥市和洛杉矶市的贫民区。但这不影响他们的作品走向美国的主流社会和世界。当他们（卡斯蒂洛、刘易斯·罗德里格兹等）关注墨美边境毒品走私、杀人越货问题时，或者当他们（维拉纽瓦等）关注伊拉克问题和叙利亚战争时，他们已经和美国主流社会及其他族裔一样，在创作思想上走向了世界。因此，他们（索托、埃雷拉、维拉纽瓦、卡斯蒂洛、西斯内罗斯等）获得了越来越多的美国图书奖、国际笔会奖。2002 年美国现代语言协会（MLA）还专门设立了"美国拉丁、奇卡诺文学文化研究奖"。

　　奇卡诺族裔是美国拉丁民族中最大也是最有影响力的族群，拉丁民族的多样性使得它对美国的文化有许多的影响，这些多样性的特色快速地进入了美国生活中的主流[1]。20 世纪 90 年代成长起来的奇卡诺作家越来越受到人们的青睐，他们的作品吸引了越来越多的美国国内外研究者，特别是中国的美国文学研究者对他们的创作和作品进行解读。

第二节　国内外奇卡诺族裔文学研究

　　20 世纪末，空前繁荣的奇卡诺/奇卡娜文学吸引了美国国内外主流社会出版者和研究者的目光。目前，奇卡诺族裔作家们的创作涉及民族身份问题、移民问题、政治与经济问题、教育问题、种族化问题、阶级问题、性别问题、性行为问题、语言问题和宗教问题，更广泛的问题还包括爱、生与死等。20 世纪 70 年代中期以来，从主题到体裁，从文本到创作理论，以不同的文学研究理论，从不同的维度，国内外研究者从来就没有停止过对奇卡诺文学的研究。

一　国外研究

　　从 60 年代的奇卡诺运动发展起来的奇卡诺族裔文学从 70 年代起就引起了奇卡诺文化教育组织和美国主流社会文化教育机构的注意，研究者们

---

　　[1]　Wilfred L. Guerin, Earle Labor, Lee Morgan, Jeanne C. Reesman & John R. Willingham, *A Handbook of Critical Approaches to Literature*，外语教学与研究出版社 2004 年版，第 261 页。

在 1974 年举行的"第一届全美奇卡诺文学与批评分析论坛"上关于奇卡诺族裔文学的历史、民谣、小说、诗歌等的分门别类的探讨揭开了美国国内奇卡诺族裔文学研究的序幕。在 21 世纪，世界上最重要的学术出版机构出版了包含奇卡诺文学的选集，如 2003 年的《美国拉美裔文学》（*Latino Literature in America*）和《文学中的拉美裔声音：生平与作品（增订版）》（*Latino and Latina Voices in Literature：Lives and Works, Updated and Expanded*），2006 年的《拉美裔繁荣：美国拉美裔文学选》（*Latino Boom：An Anthology of U. S. Latino Literature*），2010 年的《诺顿拉美裔文学选》（*The Norton Anthology of Latino Literature*）和 2012 年的《劳特里奇拉美裔文学简史》（*The Routledge Concise History of Latino/a Literature*）、《劳特里奇拉美裔文学指南》（*The Routledge Companion to Latino/a Literature*）。这些文学文本集在主流出版社的出版证明以奇卡诺文学为主体的美国拉丁裔文学成为了美国文学的重要组成部分。从 70 年代中期至今，研究者研究的范围和内容在不断地扩大、深入并系统化。

1. 奇卡诺文学中的抵抗伦理

关于种族、族裔性、性别差异、阶级、性行为等的不同文化构成了奇卡诺文学丰富的故事世界和作家们个人的文本伦理。奇卡诺族裔作家的小说、短篇故事、诗歌与戏剧传播特殊的意义、观点和伦理，需要读者做多方面的思考。在奇卡诺文学中，一种趋势是进一步将文本的独特意义与伦理升华至一般概念。马歇尔·冈萨雷斯（Marcial Gonzalez）、小乔斯·阿兰达（Jose Aranda Jr.）和胡安·布鲁斯－诺沃（Juan Bruce-Novoa）等三人已经证明"抵抗"准则曾经在奇卡诺文学研究中占主导地位。这个准则使人们认为文化互动是基于统治与从属两极的对抗，而且这种对抗总是以冲突、争论与距离为背景。

"抵抗"领域在奇卡诺文学与文化研究里的主要观点之一是"边疆"。格洛丽亚·安扎尔多瓦（Gloria Anzaldúa）的边疆概念是把美国和墨西哥之间的边境描绘成"公开的伤"，在这里第三世界的人与白人摩擦并流血[①]。"伤口"结痂后，它创立了一片"模糊"与"不断转型"的边疆土地。边疆是一个第一世界和第三世界摩擦的、人种混合的、勉强能让人感

---

① Gloria Anzaldúa, *Borderlands/La Frontera：The New Mestiza*, 2nd ed. , San Francisco：Aunt Lute, 1999, p. 25.

觉到而又充满暴力与冲突的空间。反对边疆霸权主义是传统的边疆伦理思想。奇卡诺文学中的许多作品与边疆研究都强调这种观点。约瑟·大卫·萨尔迪瓦尔（José David Saldivar）的《边界问题》（*Border Matters*）包含了许多奇卡诺人的作品，它"脱离了文学去研究民间故事、音乐和影视表演艺术中所表达的问题和代表性问题。这些作品挑战美国民族主义的霸权思想与大众文化"①。玛丽·派特·布雷迪（Mary Pat Brady）在她的《已灭绝的陆地，时空地理学》（*Extinct Lands*，*Temporal Geographies*）中也指出了奇卡诺文学对美国文化霸权与资本主义霸权的反抗。通过提出"不完全是地理学，而是完全不同的空间性概念"②，布雷迪对资本主义的"空间生成"这个概念提出了质疑，他试图使用空间意义并使空间运用合法化。"空间运用"这个概念被用来归化暴力的种族思想、性别歧视思想、性行为思想和阶级差别思想等。同样，雷蒙·萨尔迪瓦尔（Ramón Saldivar）认为奇卡诺文学是美国主流文化一直试图控制、消化与溶解的，最具独立性③的反抗与斗争的文化与文学形式。这些研究者的研究表明：奇卡诺文化与文学的研究具有很强的政治性。从奇卡诺文学挑战与抵抗美国主流文化与社会方面来说，这些研究者的观点成功地创立了一个概念框架。安扎尔多瓦的专题文章指出，边疆形象不只是局限在文本和隐喻意义上，它也来自居住与劳作在墨西哥与美国边境的那个真实的世界里的真实的人的努力。抵抗的目的就是把文学文本与现实行动等同起来，也就是说，不把文学文本看作是抵抗的代表，而文本本身就是抵抗与抵抗者。帕特里克·汉密尔顿（Patrick Hamilton）认为，根据认知方法，我们要把文学文本、现实世界与实际行为区分开来。我们应该把奇卡诺文学看成出发点来理解文本世界与现实世界的差异和关系。也就是说，作家的文本知识寻求的是如何影响我们对美国全国空间里的种族、民族、性别、阶级、性行为等差异的看法。读者用这些思想来与他们经历的世界进行互动与接触。除了抵抗，奇卡诺文学还提供了其他的框架原则：认知图式美学以及

---

① José David Saldivar, *Border Matters*：*Remapping American Cultural Studies*, Berkeley：University of California Press, p. ix.

② Mary Pat Brady, *Extinct Lands*，*Temporal Geographies*：*Chicana Literature and the Urgency of Space*. Durham, N. C.：Duke University Press, 2002, p. 6.

③ Ramón Saldivar, *Chicano Narrative*：*The Dialectics of Difference*, Madison：University of Wisconsin Press, 1990, pp. 10 – 11.

针对美国主流文化和社会的其他关系①。这些文本的存在反映了那个从经验出发的民族与真实世界存在差异，并且影响读者对他们的存在的想象。

然而，抵抗思想的强化不利于奇卡诺文学研究。安扎尔多瓦在她的著作《边疆》中提出，站在河流对岸叫喊问题，挑战父权制与白人准则是不够的，这样只能形成压迫者与被压迫者的生死决斗……两者都显现暴力特征②。抵抗者反驳主流文化的观点和信仰，这是令人骄傲的反抗，但这些行为都局限在到底要反对什么，而且这些行为也依赖于她们所反对的东西。因为反抗的原因来自权威问题，这是从文化统治走向自由的一步，反抗不是一种生活。在某种意义上，当我们走向新的意识时，我们会离开对岸，离开两个生死博斗者之间的已愈合的伤痕以至于突然发现两者都上岸了……或许我们会决定摆脱主流文化，把它当作失败了的事业一笔勾销，跨过边境线进入一片全新的疆土。或者我们可以走另外的路。一旦我们决定行动，而不是反对，其他可能的结果就有无数个③。在跨越"对立河岸"这个比喻中，安扎尔多瓦明确指出了实际行动与变化的必要性，特别是对叫喊与挑战这种明显带有抵抗性质的行为的改变。尽管抵抗是通向解放与理解的一步，但它不是终极目标，从跨越中可能导致多种结果，抵抗或者摆脱是可能的目标之一，但不是唯一的目标。阿尔弗雷德·阿特亚加（Alfred Arteaga）也赞同安扎尔多瓦的观点。在他的《奇卡诺诗学》（*Chicano Poetics*）中，他寻求把读者引导出他称为文学界内外"无意义的独白式冲突"④。这两位作家都表述了这种观点：由于简单地站在对立面且骄傲地公然对抗，人们的生活水平与族裔意识都下降了。他们两个都提出了新的"疆土"理论、"其他的路径"以及除了抵抗以外的文化互动概念。所以有必要运用文学伦理学批评的方法来分析当代奇卡诺文学。

2. 美国多元文化与奇卡诺文学叙事中抵抗伦理之关系辩证

多元文化主义在当今美国是社会冲突的最大原因，也是文化发展的最

---

① Patrick L. Hamilton, *Of Space and Mind*, Austin: University of Texas Press, 2011, pp. 16 – 20.

② Gloria Anzaldúa, *Borderlands/La Frontera: The New Mestiza*, 2nd ed. , San Francisco: Aunt Lute, 2012, p. 11.

③ Ibid. , p. 100.

④ Alfred Arteaga, *Chicano Poetics: Heterotexts and Hybridities*, Cambridge: Cambridge University Press, 1997, p. 78.

大动因。多元种族的人越来越多，不断进化的非白人身份和族裔身份在美国已经挑战了"人种"一词本身的意义。越来越多的历史学家和社会科学家认为"人种"是一个虚构的概念，它用来划分人们的社会地位和特权。如果不同种族之间的婚姻继续下去，到下一个百年之后，"混种人口将是社会的一种常态，美国人将会对种族歧视这样的概念感到困惑不解。因为极大的矛盾与含糊不清的种族概念，种族已成为美国四分五裂生活的一个特征"①。

基于恐外逻辑与种族主义思想，美国各大媒体与政客近年来仍然对同性婚姻的邪恶与边境政策/移民政策进行攻击。他们臆想一种占主导地位的自我（可能是异性恋自我与白种人移民自我）与同性恋"另类"或外国来的"另类"之间存在对立。这种逻辑主要集中在他们心理和实际的距离，是各党派极力制造的实际与心理的冲突和对立形成了这种距离。这种逻辑和叙事与抵抗伦理相匹配。

这种反动的观点来自一种美国大众的观念：同性恋和移民都完全不是理想中的美国民族"自我"形象。萨尔迪瓦尔和布雷迪认为奇卡诺文学中有同样的观点：奇卡诺文学与美国的民族身份与文化身份完全不一致。这两种观点表明了抵抗模式在当代文化研究争论中的弱点。和美国主流文化一样，抵抗总是站在反驳与公然对抗的立场上，像狂热的民族主义分子那样，做出同样的假设。争辩的双方以各自为中心，告诉读者"美国人的"或"奇卡诺的"，"异性恋与同性恋的"，"或公民或非法移民"，事实上这些都是另类相互之间的冲突，不可调和。人们就只能认为这是抵抗了。

关于奇卡诺文学的这些疑惑尽管现在已经变得更加理论化，甚至于文本化，但他们所描述的问题与后果确实存在，并非虚构。事实上如果不是明显的抵抗伦理，那么由标准的二分法逻辑统领的其他领域已经受到人们的攻击。琳达·迈克多维尔（Linda McDowell）在描述地理领域时这样解释："和其他社会科学一样，二分法对如何构建地理学上的学术进行分类"，她还进一步指出"女性主义地理学"的任务是"推翻与重建"这种

---

① Wilfred L. Guerin, Earle Labor, Lee Morgan, Jeanne C. Reesman & John R. Willingham, *A Handbook of Critical Approaches to Literature*，外语教学与研究出版社 2004 年版，第 254 页。

原则结构，也就是我们将这些方法理论化，并在人与地方之间建立连接①。在为她自己和其他女性主义地理学家制定的任务中，迈克多维尔指出继续进行如男人与女人、公众的与私人的这样的二分法结构将成为地理领域中一个不断需要对付的难题。

在后殖民文学理论批评中，艾贾兹·艾哈迈德（Aijaz Ahamad）也反对"抵抗"，他认为这是政治行动的障碍。艾哈迈德有针对性地批评了后60年代的理论，认为后60年代理论"制度化地规划了民权运动寻求的政治异见形式并用文本文化替代了激进文化"②。对于艾哈迈德来说，后结构主义的兴起把"以阅读作为合适的政治形式中心延伸到了损害广泛意义上的马克思主义政治"③。帕特里克·汉密尔顿认为，在"第三世界理论"与"第三世界文学"分类的观点中，艾哈迈德与其他抵抗批评理论一致④。根据艾哈迈德的观点，关于"第三世界"的分类就是朝土著人方向颠覆传统与现代化两极观，以至于人们认为传统比现代化对第三世界更好，这是以文化民族主义思想来保护最愚昧的地位⑤。这种"颠覆"不是挑起两极化逻辑，就是以不同方向为由利用这种逻辑。在抵抗中，这种"第三世界"方法是限制文本选择与文本研究的方法。在文本选择方面，如艾哈迈德解释的一样，用英文书写的后殖民文学为大学提供了档案资料来构建"第三世界文学"的文本形式，但忽略了"许多以土著人语言写就的著作档案"⑥。艾哈迈德还认为，许多理论家在这方面的资料看得很少。文化理论家们青睐的技巧是通过殖民主义的结论来看待"第三世界"文学文体，所以他们忽略了通过阶级、性别或社会主义文化生产的必要性得出的结论⑦。艾哈迈德对后殖民理论的批评与美国多元民族文学和奇卡诺文学中的抵抗作用相匹配。

文化研究的主题主要集中在抵抗伦理。它是把美国文化中的族裔性、

---

① Linda McDowell, *Gender, Identity and Place: Understanding Feminist Geographies*, Minneapolis: University of Minnesota, 1999, p. 11.

② Aijaz Ahamad, *In Theory: Classes, Nations, Literatures*, London: Verso, 1992, p. 1.

③ Ibid. , pp. 3 - 4.

④ Patrick L. Hamilton, *Of Space and Mind*, Austin: University of Texas Press, 2011, p. 6.

⑤ Aijaz Ahamad, *In Theory: Classes, Nations, Literatures*, London: Verso, 1992, p. 97.

⑥ Ibid. , p. 78.

⑦ Ibid. , p. 92.

种族性、性别与性行为取向等的主要作用作为研究焦点的一种方法。以上的批评促使劳伦斯·格罗斯堡（Lawrence Grossberg）号召大家改革这种理论。"文化研究需要走出压迫模式，走出压迫与被压迫的'殖民模式'和压迫与反抗的错误思想，对于现代权力关系来说，这两种压迫模式都不恰当，也无益于创建同盟。"① 他也认为文化研究被两极化逻辑分裂开来。

当这些批评家号召只改变这种研究方式的时候，有些人对文化研究中有传统抵抗伦理的批评变得更加尖锐。例如，多纳尔德·莫尔顿（Donald Morton）阐释了文化研究如何被利用来把文学降低到一种关系到我们对文化理解的文化实践之一。"与科学、体育、音乐或其他大众文化元素放在一起时，文学不再有特权"②。莫尔顿的这个批评揭示了文学本身的问题的升级，也暗示了更可怕的后果。抵抗准则与文化的关系以及它在文化中的地位被平均化，抵抗准则失去了它的独特之处。这些准则全都与美国主流文化相冲突。这样，作为一种独特的实践，奇卡诺文学本身的作用就与抵抗原则少有关联，而与它在文化中如何起作用有更大的关系。其结果是，在文化研究里，"抵抗无处不在"；根据格兰特·法热德（Grant Farred）的观点，文化研究学者已经把抵抗的定义扩大到了它的极限，"在工人阶级和边缘化了的社区生活的各个方面都充满抵抗。这种做法如此过分以至于有被压迫的群众反抗的地方就有抵抗领域"③。这样，文学中的抵抗就成了一种空洞的游戏。

对于解决文化研究中的问题，有些研究者采取了极端的方法。以超验主义与人文价值为由，理查德·若尔提（Richard Rorty）和弗兰克·法热尔（Frank Farell）等人把文化研究的重点当成了放弃它作为一种批评方法的理由。若尔提悲叹由文化研究主宰的当前文学研究的状况是令人压抑的、反浪漫的、不受浪漫主义的热情的影响，无"社会希望"，无更好的未来视野。解决这个问题的办法是把文学研究重新聚焦到巨著中"鼓舞人

---

① Lawrence Grossberg, *Bringing It All Back Home: Essays on Cultural Studies*, Durham, N. C.: Duke University Press, p. 355.

② Donald Morton, "Transforming Theory: Cultural Studies and the Public Humanities", *Post Theory, Culture, Criticism*, Vol. 23, Ed., Ivan Callus & Stefan Herbrechter, Boston: Brill /Rodopi, 2004.

③ Grant Farred, "Cultural Studies: Literary Criticism's Alter Ego", *The Institution of Literature*, Ed., Jeffrey J. Williams, Albany: State University of New York Press, 2002, p. 86.

心的价值"上来。所有的文学巨著都谆谆教诲永恒的"人文的"价值观。它们告诉我们人类经历的同样永恒的特殊的事物。作为批评家，我们应该探讨那些具有"鼓舞人心的"价值的伟大文学作品，因为使具体的文学文本"伟大"的东西是他们反映了这些人文的价值。但更极端的是若尔提把永恒的不变的人类价值当作文学与文化研究基础的方法，同样，法热尔提倡文化研究转移到文学如何去考虑来自世俗、令人满意的人类生活的经历和对生存非常重要的经历。"文化研究模式认为一切有代表性的东西与拥有老练的社会权力的政府有牵连……所以任何阅读行为都不能中立或局限于文学，而是要把它看作是对这些权利行使过程的干涉，一种对这些文化代表性的确认或颠覆的行动"①。

　　文化研究批评中的一些错误思想令人困惑。抵抗的优势已经被很多人注意到。小阿兰德（Arand Jr.）明确提出了抵抗伦理的一个标准，即对美国社会的种族主义者、异性主义者和其他的霸权基础提出挑战。通过对爱丽斯·沃克（Alice Walker）、托妮·莫里森（Toni Morrison）和奥德列·洛尔德（Audre Lorde）等的认可，小阿兰德指出了人们研究当代作家时对抵抗的动摇。他还发现，在这种抵抗思想传播的过程中，左拉·尼尔·赫斯顿（Zora Neal Hurston）、兹特卡拉－沙（Zitkala-Sǎ）和阿美利哥·帕雷迪兹（Americo Paredez）也得到了认可。和小阿兰德一样，W. 劳伦斯·霍格（W. Lawrence Hogue）也引用了很多作家如莫里森、雷斯丽·玛蒙·西尔科（Leslie Marmon Silko）、N. 斯科特·莫马迪（N. Scott Mamoday）和珀尔·马歇尔（Paule Marshall）等的作品，认为他们在如何定义"种族传统"方面是有问题的人②。在这种情形下，他还坚持认为这种种族传统和对种族传统的强调已经引起了一些白人组织对教育和文化领域中出现的异类成分的抵制，他们甚至要求恢复到原来的以白人、男性和中上层阶级为主宰的霸权社会③。霍格准确地预言对文化研究批评的讨论将让人们看到该看到的东西。正如阿克西尔·古普塔（Akhil Gupta）和詹姆斯·菲格森（James Ferguson）阐释的一样，抵抗可能"导致对已存身份的重新确

---

① Frank Farell, *Why Does Literature Matter?* Ithaca, N.Y.: Cornell University Press, 2004, p. 24.

② W. Lawrence Hogue, *Race, Modernity and Postmodernity: A Look at the History and the Literature of People of Color Since the 1960s*, Albany: State University of New York Press, 1996, p. 4.

③ Ibid., p. 20.

定或加强，具有讽刺意味的是它促成了对过去状态的保持"①。这样，根据霍格的观点，抵抗的优势导致了对它过去一直反对的那些霸权价值观和霸权态度的重新肯定。这种抵抗优势的后果已经超出了抵抗伦理下的学术方法所能承载的极限。"抵抗准则"和与之相伴的逻辑思想形成了对当代美国文化的一种理解，即把不同于美国白人文化的民族的经历隔离开来，并加大了它们之间的距离。这促使读者认为这些族裔的经历、文化和民族性与美国文化相冲突，从来都不是美国文化的一部分。

作为美国多元文化文学的一个分支，奇卡诺文学以"抵抗准则"为首不足为奇，因为抵抗模式的优势来源于 60 年代的奇卡诺运动。正如马纽尔·刚萨雷斯（Manuel Gonzales）所诠释的一样，"强调文化再生的奇卡诺运动鼓动了活跃的作家的兴起……决定了后来多年的主题选择"②。奇卡诺文学批评与奇卡诺运动的文化民族主义之间有着千丝万缕的关系。人们评价一部作品是否是奇卡诺文学，就看此作品的文本是否包含一些具体的反白人的情感表达和对美国主流文化的抵抗等重要元素。这些情感产生了奇卡诺"三大著作"的创作：托马斯·里维拉（Tomás Rivera）的《不相信地球》（*Y no so lo Trago la tierra*）、鲁道尔夫·阿纳亚的《保佑我，乌勒蒂玛》（*Bless Me, Ultima*）和罗兰多·伊诺霍萨的《峡谷》（*The Valley*）。这些文本都假设一个奇卡诺空间作为生存的可选之地，这里的奇卡诺身份与文化是完整的，并有可能从美国社会独立出去。这让马歇尔·冈萨雷斯（Marcial González）宣称"有了边疆理论，几乎所有的一切都可以认为是抵抗行为"③。但是，奇卡诺批评理论对边疆的强调，特别是作为一种阈限或种族混合空间，会导致另一种毁灭。如《边界问题》中的"接触区"（contact zone），作者把它描绘成"下等人冲突的特殊空间，双面型边境线，在此地，不同的民族从地理上曾经强迫自己分离而现在又相

---

① Akhil Gupta & James Ferguson, Ed., *Culture, Power and Place: Explorations in Critical Anthropology, Durham*, N.Y.: Duke University Press, 1997, pp. 1 – 19.

② Mamuel Gonzales G., *Mexicanos: A History of Mexicans in the United States*, 2nd ed, Bloomington: Indiana University Press, 2009, p. 252.

③ Marcial González, "A Marxist Critique of Borderlands Postmodernism: Adorno's Negative Dialectics and Chicano Cultural Criticism", *Left of the Color Line: Race, Radicalism, and Twentieth Century Literature of the United State*, Ed., Bill V. Mullen & James Smethurst, Chapel Hill: University of North Carolina Press, 2003, p. 283.

互商榷，建立新的关系，创立混种文化和多声美学思想"①。这样，奇卡诺身份与文化又会完全被淹没在和谐中。这些研究者的态度表明，在奇卡诺文学批评领域，类似的反对文化研究的致命的弱点同样存在。占主导地位的抵抗模式鼓励人们把构建文学文本美学和社会政治行为或实际行为等同起来，这种致命弱点就是抵抗模式的产物。这种做法不仅有害于读者的文学阅读和阅读本身的意义的实现，而且有害于社会政治行为本身。为了避免这些严重后果，我们必须分清文学与现实的差别，认识到文学是通过读者的思想并基于文本特别的美学来干预现实。正如弗雷德里克·路易斯·阿尔达马（Frederick Luis Aldama）所说的那样，奇卡诺文学中的族裔酷儿理论（ethnic queer theory）② 下的文学作品内容有别于现实，它们有关种族问题与同性恋问题的创作极具想象性质，人们也必须把他们放在全球化大背景下来探讨它们。文学文本自身有其特殊形式、文体、文风和故事世界，并且在故事构建的动态过程中文本反复向读者灌输它的观点和价值观，影响读者的信仰、观点与价值观。这些都值得我们采用不同的方法进行研究。

3. 奇卡诺女性主义文学伦理研究

相比奇卡诺文学研究中的抵抗伦理的争论，奇卡诺女性主义文学批评则显现了一贯性优势与独特之处。抵抗伦理作用的争论焦点存在于奇卡诺文学与美国主流文化矛盾之间，而女性主义者从女性的视角出发，以妇女为中心，探讨奇卡诺族裔文化如何培养了奇卡诺女性、奇卡诺女性如何受到族裔传统文化的压迫和白人主流社会的同性的歧视、如何从困境中自强不息并通过个人奋斗达到成功的尽善功利主义伦理思想。

奇卡诺女性文学批评伦理重视的性别（gender）一直是女性主义批评观察和分析问题的重要视角。这也是女性主义批评的全部出发点。通过对父权制社会的全面考察，她们用确凿的事实证明，在当今社会中，男性和女性无论在心理气质还是在社会角色或社会地位上的差异，都不是天生的，而是后天文化作用的结果。女性主义批评的一大理论贡献就是对生理

---

① José David Saldivar, *Border Matters: Remapping American Cultural Studies*, Berkeley: University of California Press, pp. 13 – 14.

② Frederick Luis Aldama, *Brown on Brown: Chicano/a Representations of Gender, Sexuality and Ethnicity*, Austin TX: University of Texas Press, 2005, p. 48.

性别（sex）和社会性别（gender）的区分。西蒙·德·波伏娃在《第二性—女人》（*The Second Sex*, 1949）中论证了女人不是天生的，而是形成的。她从女性主义的视角第一次将妇女的生物学属性和她的社会性别角色分开，为后来女性主义对性别的分析提供了一个崭新的开端。美国历史学家斯科特（Scott）也认为："社会性别是基于可见的性别差异之上的社会关系的构成要素，是表示权力关系的一种基本方式"①。她又分别阐述了社会性别的四个相关因素：第一，作品中再现的文化的象征意义；第二，对象征意义做出解释的规范性概念在宗教、教育、科学、法律、政治信条中的二元对立绝对化为男性与女性、男性气质与女性气质；第三，与之有关的政治和社会组织，包括家庭与亲属系统、劳动市场、教育与政体等场所；第四，主体身份的构成与认同。这四个方面互相依存、互为条件、缺一不可②。社会性别概念清楚地表明，关于性别的成见和对性别差异的社会认识，绝不是自然而然的。尽管社会性别是维持性别歧视的基本手段，但是作为一种社会构成，它可以被改变乃至被消除。从20世纪70年代初开始，女性主义者强调应该把性别（生物意义的男性、女性）同由社会形成的男女在社会中的角色和地位加以区别。80年代以后，这一观点已发展成为一个分析范畴和研究领域——生态女性主义。

生态女性主义伦理强调女性的"本质"特征，诸如同情心、关爱、女性的自然属性，同时也承认性别的社会建构根源，研究社会生态学，关注社会的变化。生态女性主义者对发展的概念提出质疑，朗西丝娃·德·奥波妮（Francoise d'Eaubonne）在《女性主义·毁灭》（*Le Feminisme ou la mort*）一文中指出，从文化角度上讲，这个概念具有局限性，它不仅带有霸权主义特征，而且与女性运动所强调的基本价值观不一致。女性运动的价值是去听取无权者的呼声，尊重差异性；而发展概念不重视个体，不重视社区层面，只是从经济角度评估人类与社会的进步，却不考虑诸如文化、社会、政治、精神等人类的贡献。她认为月经使女性与自然过程（月亮圆缺）保持有规律的联系，使女性能同他人在社会与自然关系中保持关

---

① 谭兢嫦、信春鹰：《英汉妇女与法律词汇释义》，中国对外翻译出版公司1995年版，第145页。

② ［美］琼·斯科特：《性别：历史分析中一个有效范畴》，刘梦译，见李银河主编《妇女：最漫长的革命》，三联书店1997年版，第151—175页。

怀的态度，做出敏感的决定。从女性的生理特征和对家庭成员的照料职
责，女性发展了关怀的伦理（ethic of care），这一伦理原则对于重新界定
女性与自然的关系非常重要。通过长期以来所扮演的社会角色，女性的性
格与自然接近，女性的各种特征和伦理是由其所承担的家庭责任和社会责
任构建。生态女性主义伦理注重创立社会生态运动，试图将等级社会重新
组建为平等的去中心化的生理和地理社区。它特别关注生产与再生产的关
系，以及在地球上持续性的生理与社会再生产中的女性的作用，希望改变
男性气质和女性气质的分类，使两性关系更符合生态环境的需求。它主张
使人类的生活更接近自然，保留对土地神圣性的信仰，将原始的空间神圣
化。奇卡诺女性生态主义作家维拉纽瓦曾在她的诗歌中把女人的子宫与地
球做类比分析，认为她们的相似性是都具有生产性，它们一同受到雄性的
毁灭。

　　女性主义批评试图通过性别的视角提高妇女的觉悟，因此它的政治性
显而易见。在《性的政治》（Sexual Politics）这本书中，米利特从政治的
角度看待两性关系，认为历史上男性和女性的关系一直是一种权利支配关
系，它是人类文化中最为根深蒂固的压迫关系。米利特从意识形态、阶级
关系、教育体系以及文学艺术、生物学、社会学、史学、经济学、人类
学、性学和心理学等方面对男权中心主义意识进行了全面的理论清算，最
后得出结论：性别与种族，与阶级和阶层一样，具有"政治的"属性①。
她认为合理的批评应该将文学放在一个更高的层面上进行考察。美国批评
家伊莱恩·肖沃特（Elaine Showalter, 1941—　）把女性文学的发展分为
三个历史阶段：（1）"女性"（feminine）阶段（1840—1880 年），在这个
阶段女性作家模仿主流传统，争取选举权利和政治平等；（2）女权主义
（feminist）阶段（1880—1920 年），在此阶段，女性反对任何形式的不平
等、色情与性服务，寻求平等、再生产的自由和工作平等，提倡少数族裔
的权益，并进行抗争；（3）女人（female）阶段（1920 年至今），在这个
阶段，人们不再从男性作家的文本中寻找厌女癖，而是开始从女性文本和
女人自身来发现它，寻求阶级、种族、民族、性倾向平等与自由，也注重

① Kate Millett, *The Sexual Politics*, Champaign, Illinois: University of Illinois Press, 2000.

女性之间的不平等①。他们更注重改变妇女在社会里的固定模式。肖沃尔特还确立了四种男女有别的模式：生物学上的、语言学上的、心理分析上的和文化上的差异，她强调男女体质上有区别，在言语上女人模仿男人，在艺术性地处理问题时男女有别，社会环境中所关注的问题有别，承认阶级、种族、民族和历史有别，女性中的决定因素有别。

以上这些白人女性批评家的有关女性与女性文学批评的理论给族裔女性文学批评理论指出了发展的方向。后殖民女权主义理论家斯皮瓦克（Spivak）认为第三世界女性的话语权被殖民主义和男性中心的权力话语遮蔽和歪曲，她们的话语空间不存在，女性的真实需求没法表达，因此第三世界女性应凸显自己本真的生存需要，反对西方白人女性的主观化和不公正②。卡斯蒂洛的"奇卡娜主义"（Xicanisma）与安扎尔多瓦的边疆理论是有关第三世界女性创作与奇卡诺女性创作研究的延伸。奇卡娜主义主张奇卡娜女人专门书写与研究奇卡娜女人的专属问题③，而安扎尔多瓦的边疆理论提出了"新梅斯蒂萨意识"，即边疆文化具有混种、灵活性、多重性和聚焦奇卡娜人经历的特征，安扎尔杜瓦本人具有多重身份：女人、奇卡娜人、梅斯蒂萨人和同性恋者。作为奇卡诺族裔女性，她们需要跨越许多隐性的边界。为此，她提出了跨越文体界限、跨越男女身份界限、跨越种族界限、跨越同性界限、反对限制个人自由表达与基于人种、性别、民族与性倾向的霸权式建构思想④。她的《边土：新梅斯蒂萨》（Borderlands/La Frontera：The New Mestiza，1987）也使用了诗歌、故事、散文和论文等混合文体，并用西班牙语、英语与西班牙语混合以及纯英语创作。安扎尔多瓦认为边界不是此地与彼地、我们与他们之间的简单划分，而是我们心理上、社会上、文化上所占据的领地，我们所有的人都栖息于此。她的观点使创作变成了奇卡娜作家表达自由与政治思想的工具。科林·勒耶认为这种跨民族研究思想从20世纪70年代以来就一直是文学研究者们

① Elaine Showalter, "Toward a Feminist Poetics," *The New Feminist Criticism：Essays on Women, Literature and Theory*, ed., Elaine Showalter, London：Virago, 1986, pp. 125 – 143.

② Gayatri Chakravorty Spivak, "Can the Subaltern Speak?", *Reflection on the History of an Idea*, New York：Columbia University Press, pp. 21 – 78.

③ Ana Castillo, *Massacre of the Dreamers*, New York：Plume, 1995.

④ Gloria Anzaldúa, *Borderlands/La Frontera：The New Mestiza*, San Francisco：Aunt Lute Books, 1987.

遵循的观念①，关于边疆有色人种造成的社会混乱和有色人种问题的故事在告诉人们非正义的事件依然存在，也让读者看到建立平等社会的新视角。

多数女性主义者的批评把文学文本作为或隐或现的历史投影，她们致力于从文学文本中揭示出性别压迫的历史真相，以期引起妇女的警觉，提高妇女的觉悟，从而颠覆和对抗旧有的文化和性政治秩序，使作家和她们的作品从父权制意识的观念中解放出来。奇卡诺女性主义文学伦理批评研究反映奇卡娜作家和她们的作品所诠释的人类对美好事物的追求、人性的完美和人与人之间的和谐等朴实主义思想。这值得我国文学研究者发扬光大。

4. 文本伦理研究

对奇卡诺族裔文学的研究，除了抵抗伦理与女性主义文学伦理外，文本伦理的研究更受研究者青睐。亚当·牛顿（Adam Newton）指出：伦理学与伦理一直是小说发展的一部分，"已经较为恰当地证实了小说的早期发展，作为叙事，它附属于故事文本，也是它内在的一部分。小说培养了人的鉴赏力……故事讲述者训练了人们阅读的技能，使他们能够正确评价人物和道德情形，并对之作出反应"②。从这个意义上来说，小说是说教形式的，它培养人们的伦理感，指导人们如何对陈述的人物与情景做出反应。文本的伦理通过故事世界、事件、人物行为以及他们与那个世界里的人物、情景、空间和地点的互动来定义。现代伦理批评理论过分地把外部伦理强加于文本。在这种情形下，伦理批评评判作品的好坏时，只依据作品所坚持的某些特别的伦理或道德立场。福克斯（Folks）主张运用外部伦理这种补偿性方法来分析作品，并认为文学伦理的基础是人们认识到存在道德行为共享。这种伦理知识是人类社会生存需要掌握的，而且文学的作用就是让这种知识清晰地展现在人们面前③。

福克斯设想了一种文学必须反映的普遍"道德行为"。文学的这种道

---

① Colleen Lye, "US Ethnic Studies and Third Worldism, 40 Years Later," *Inter-Asia Cultural Studies*, Vol. 11, No. 2, June 2010.

② Adam Zachary Newton, *Narrative Ethics*, Cambridge Mass: Harvard University Press, 1995, p. 9.

③ Jeffrey F. Folks, *From Richard Wright to Toni Morrison: Ethics in Modern and Postmodern American Narrative*, New York: Peter Long, 2001, p. 6.

德行为作用成为了一种标准，批评家用它来判断文本是否值得人们进行文学研究。福克斯采用了"什么是人"这个普遍的假设。对于福克斯来说，被选用的具体的文本是伦理艺术非常重要的例证，它们让一个真正的批评家发现在人类的视野、思维与情感中什么是健康的东西，并指出什么是不健康的东西。福克斯的伦理批评理论不仅仅决定什么文本值得阅读，也决定了对那些文本的批评。一个真正的批评家会用伦理补偿性作用和道德补偿性作用评价文学，因为文本的伦理是通过美学思想形成的，具有特别具体的伦理价值和意义。包含故事世界、人物和事件的文本传播具有其独特的价值或意义，而这些价值与意义不能用来作为判断文本的道德价值的标准。汉米尔顿认为，所有的文本都具有伦理性，但不是道德判断意义上的伦理，而是所有文本在它们所做的一切中都有某种伦理意义，它们要求我们去判断、去评价、去思考它们所提出的特别的问题，而这些问题包括种族间的文化差异、族裔性、性别、社会阶层、性行为，甚至更多的内容①。所以，文学伦理批评过程是文本和读者之间的互动和动态过程。

5. 认知图式研究

认知图式研究方法是美国奇卡诺族裔文学研究的另一种较为新颖的方法。该研究方法自 1948 年爱德华·托尔曼（Edward Tolman）在他的心理学著作中首次提出以来，认知图式一直得到人们的首肯并被广泛运用。他指出，"对大多数人来说，在大城市里完全迷路是很少见的事……但是一旦他们迷失方向，他们就会有焦虑感，甚至恐惧感。这告诉我们这种认知与我们的平衡感和身心健康密切相关"②。而读者对文本进行图式认知也就是通过作家描述的人物的活动、互动、事件等，把文本的故事世界和那个世界的意义联系在一起。在文学作品中，认知图式是大脑思维模式产生的空间关系③。叙事空间的思维模式是以人物为中心的。这些人物产生于这些空间……我们构建全球性视角……它能使我们确定事件④。加布里埃

---

① Patrick L. Hamilton, *Of Space and Mind*, Austin, TX: University of Texas Press, 2011, p. 13.

② Edward Tolman, "Cognitive Maps in Rats and Men," *Psychological Review*, Vol. 55, No. 4, July 1948.

③ Marie-Laure Ryan, "Cognitive Maps and the Construction of Narrative Space," *Narrative Theory and the Cognitive Sciences*, ed., David Herman, Stanford, Calif: CSLI Publications, 2003, p. 215.

④ Ibid., pp. 236 – 237.

尔·佐然（Gabriel Zoran）认为文本空间不只是作为背景存在于文本中的中立的东西，它是一种世界的图式，读者基于横向结构和纵向结构相关的线索游历文本世界。这种横向结构被定义为诸如里与外、远与近、中心与边缘、城市与乡村等的关系，而纵向结构是上与下的关系①。在这两种情形下，读者的认知图式产生了文本世界中的方位解释。

认知图式在文学文本中的第二个运用通过类比进行，并对文本空间进行评价，研究文本空间如何反映现有的真实情况。弗雷德里克·詹姆逊（Fredric Jameson）把认知图式应用到了社会结构领域……我们的历史时刻……甚至是全球水平上或多元文化层次上的整个阶级关系②。其结果是把后现代主义的空间特质以及相关的作品视为"一种新型的、前所未有的原创性窘境……这使我们不得不作为个体嵌入到多维性的而又非常残缺不全的现实中"③。图式和文本的意义在于认知图式如何直接反映一个外部现实。

文本空间的作用既不只是告诉人们故事世界里的事情，也不只是反映外部的现实情况。文学文本本身可以被看作是认知图式。换句话说，我们不是把文本作为一个空间来形成图式，而是与作为认知图式的文本进行互动。理查德·比约恩森（Richard Bjornson）阐释了过去的文学作品如何拥有相似的来源来激起个人创造假想空间的欲望……这些空间在作家们的掌控中，这种欲望驱使渴望成功的作家不断修改自己的策略来达到自己的目的④。他同时注意到了认知图式中被忽略了的、作家精心创作来达到某个特定目的的文本，这个目的可能和文本的意义或伦理相关。文本中的世界的图式是对文本中特殊的伦理定位的编码。作为读者，我们遇到的就是这种图式，它不是实际的图式，而是具有美学伦理意义的图式。所以，一个文本的故事世界不应该从严格的真与假现象意义上来处理，它的价值也不应该只局限于它对外部世界的反映。在文本如何体现知识方法上，它们通

---

① Patrick L. Hamilton, *Of Space and Mind*, Austin, TX: University of Texas Press, 2011, p. 15.

② Fredric Jameson, "Cognitive Mapping", *Marxism and the Interpretation of Culture*, ed. , Cary Nelson and Laurence Grossberg, Urbana: University of Illinois Press, p. 353.

③ Ibid. , p. 351.

④ Richard Bjornson, "Cognitive Mapping and the Understanding of Literature", *Substance*, Vol. 10, No. 1, April 1981.

过不同的客观特征来把这种知识传播给读者①。

在关注奇卡诺族裔文学文本如何对它的特定的世界与那个世界内在的伦理形成图式时，我们不仅可以知道那些文本所传播的既定的抵抗伦理，也可以了解到那些文本在构建中涉及的不同的文化和各种互动中完全不同的概念。文本对不同空间的描述也是文本伦理与价值的来源。这样的描述不只是简单的描述，它也具有伦理特征。

总之，文学世界是一个作家建构的世界。这个世界的形成和安排反映和传播特殊的价值和伦理。因为文学的这种本质，文学空间不能从现象或客观意义层面来处理。混淆文本空间和真实的社会空间就是肯定社会现实与文本空间的等同性，这样对二者都是贬低。文学空间的客观性是从文本和文本世界构建方式的一些客观方面来看，比如如何构建作品形式和如何构建文本世界。而构建文本世界时，人们又会观察场景与空间的描写方法，人物与场景和空间互动的方式。所以，故事的讲述方式，文本的构建方式，文本世界与空间的描述方式，人物与环境、空间互动的方式等都存在客观性。接触文本时，我们不能只处理客观空间，对客观空间做出反应，或评价客观空间。作为读者，我们接触到的是以客观形式存在的、由作者描述的主观性空间。也就是说，我们接触的文本已经带有主观性。它由作家的主观观点构建，在假想的世界里和文本的安排上都具有特别的主观价值。故此，奇卡诺族裔文学文本中的假想与现实和美国社会文化现象之间的伦理关系值得进行深入的分析与研究。

二　国内研究

在中国学者对美国多元文化文学的研究中，人们更多的是关注饱受精神与身体凌辱的黑人的文学、以华裔文学为代表的亚裔文学和土著印第安人的文学，而奇卡诺族裔文学在三年前只有零星的评论者问津。最近两年以来，有一部分美国文学研究者把目光聚焦到了奇卡诺文学上。但相比国外的研究以及对黑人族裔文学和华裔文学的研究，国内学者对奇卡诺文学的研究正处于初始阶段。笔者通过网络百度学术搜索工具发现，研究的内容大致可以分为两类：奇卡诺文学简介和叙事作品分析。

---

① Richard Bjornson, " Cognitive Mapping and the Understanding of Literature ", *Substance*, Vol. 10, No. 1, April 1981.

在文学简介方面，傅景川、柴湛涵（2007）探讨了奇卡诺族裔文学及其文化取向①；吕娜（2009）对当代奇卡诺女性作家代表安扎杜尔、西斯内罗斯和卡斯蒂洛进行了整体介绍与研究②。南京大学的张子清教授在他的论文《多元文化视野下的美国少数民族诗歌及其研究》中对美国的西班牙裔、墨西哥裔文学（即本书所指的"奇卡诺文学"）进行了较为概括的探讨③；四川大学的任文对墨西哥裔女性文学进行了研究④。他们的宏观介绍与研究给研究者提供了很好的研究信息与新的研究方向，但他们都没有对奇卡诺作家和他们的作品进行系统的研究，这给本研究提供了良机。

关于奇卡诺族裔作家的作品研究，石平萍（2005）从女性主义角度对西斯内罗斯的小说《芒果街的房子》中的主要女性人物进行了较为细致的分析⑤，并以阿纳亚的作品为例，研究了奇卡诺族裔文学中的文化融合问题⑥；胡兴艳、袁雪芬（2010）以冈萨雷斯的诗歌为例探讨了奇卡诺民族身份确立问题⑦。在奇卡诺文学作品专题研究方面，李保杰的专著系统地研究了奇卡诺文学中的边疆叙事⑧。该研究运用边界研究理论，通过纵横时空厘清了奇卡诺文学的发展史与地域文化差异；在奇卡诺人的土著文化、西班牙殖民文化和美国白人主流文化的杂糅基础上，该研究还通过对当代奇卡诺族裔作家代表性作品的分析，探讨了"边界"概念的文化延伸意义以及这种延伸意义在当代奇卡诺文学叙事中的再现方式和这些方式在奇卡诺人文化身份认同中所产生的影响。王守仁对莫拉莱斯德的英语

---

① 傅景川、柴湛涵：《美国当代多元化文学中的一支奇葩——奇卡诺文学及其文化取向》，《吉林大学社会科学学报》2007 年第 5 期。

② 吕娜：《当代奇卡纳代表作家研究》，博士学位论文，吉林大学，2009 年，第 4—8 页。

③ 张子清：《多元文化视野下的美国少数民族诗歌及其研究》，《当代外国文学》2005 年第 6 期。

④ 任文：《美国墨西哥裔女性文学——不应被忽视的声音》，《西南民族大学学报》2005 年第 6 期。

⑤ 石平萍：《开辟女性生存的新空间——析桑德拉·西斯内罗斯的〈芒果街的房子〉》，《外国文学》2005 年第 3 期。

⑥ 石平萍：《西班牙文化与印第安传统的对立与融合》，《外语研究》2009 年第 4 期。

⑦ 胡兴艳、袁雪芬：《美国奇卡诺族裔身份与文化保留战的象征——贡萨雷斯的史诗〈我是华金〉评析》，《吉首大学学报》2010 年第 4 期。

⑧ 李保杰：《当代奇卡诺文学中的边疆叙事》，中国社会科学出版社 2011 年版。

小说创作进行了全面与深刻的探讨①。这些研究表明，国内的研究者鲜有系统地研究本研究者将要研究的奇卡诺文学中的伦理问题。他们大都倾向于宏观地研究奇卡诺族裔文学的发展和奇卡诺文化问题以及奇卡诺身份问题。奇卡诺文学文本的研究在中国正处于上升时期，研究者的研究没有系统化与深入化，而且，在文学伦理学批评方面的研究处于空白。

文学伦理学批评理论在中国首先由聂珍钊教授于 2005 年提出并系统化。通过文学文本，它研究文学作者、作品和读者在文学创作和理解过程中的道德选择以及作品在现实生活中所起的伦理道德示范作用。该理论认为，文学伦理学批评"强调回到历史的伦理现场，站在当时的伦理立场上解读和诠释文学作品，寻找文学产生的客观伦理原因并解释其何以成立，分析作品中导致社会事件和影响人物命运的伦理因素，用伦理的观点对事件、人物、文学问题等给予解释，并从历史的角度做出道德评价"②。在最近短短的十年里，运用该理论进行文学批评的实践数不胜数，但他们的研究文本基本上聚焦在英国文学，美国族裔文学研究者也都集中研究黑人文学和华裔文学中的伦理思想，而奇卡诺族裔文学的伦理鲜有人涉及。本研究将专门针对 20 世纪 60 年代以来，特别是 20 世纪末 21 世纪初具有代表性的奇卡诺族裔文学诗歌、短篇故事与小说进行伦理上的尝试性探讨。

第三节 本书研究路径

奇卡诺族裔文学的伦理思想是本研究的主题。该研究拟从族裔抵抗伦理、政治性伦理、家庭伦理、生态女性主义伦理、自我价值的自我实现和宇宙主义伦理等不同的视角分析和探讨奇卡诺/娜经典作品中所反映的文学伦理思想。该研究对象为鲁道尔夫·贡萨雷斯和他的史诗《我是华金》，鲁道尔夫·阿纳亚和他的成长小说《保佑我，乌尔蒂玛》与《兰迪·洛佩兹还乡》，路易 J. 罗德里格兹和他的自传体小说《拾遗》，路易·瓦尔德兹与他的戏剧《佐特装》和《石化鹿》，安娜·卡斯蒂洛和她的小说《离上帝如此遥远》、《剥洋葱一样剥掉我的爱》和《卫士们》与

---

① 王守仁：《历史与想象的结合》，《当代外国文学》2006 年第 2 期。

② 聂珍钊：《文学伦理学批评：基本理论与术语》，载聂珍钊《文学伦理学批评及其他》，华中师范大学出版社 2012 年版，第 4 页。

她的诗歌《我的父亲是托尔特克人》和《我所求无可能》，桑德拉·西斯内罗斯和她的故事集《喊女溪》，阿尔玛·拉兹·维拉纽瓦和她的诗集《欲望》和《温柔的混沌》以及德米特莉亚·马丁内兹与她的小说《母语》。选取这些研究对象的缘由是这些作品是20世纪60年代一出版就轰动奇卡诺世界，至今已成为了美国文学的经典，并在美国的大、中、小学课堂作为阅读教材使用，它们的作者都获得了美国多项顶级文学奖，他们是美国奇卡诺族裔文学的代表和美国文学的重要组成部分。再者，从文化研究的角度讲，文学研究也不应该有高级文化与低级文化或精英文化与大众文化的分隔，在研究黑人文学、华裔文学和印第安人文学时，我国的研究者们不能忽略作为美国少数族裔文学一个分支的奇卡诺文学。

文学伦理学批评方法是基于伦理学原理的文学批评方法。从古希腊哲学家始，伦理就涉及道德、良心、好坏等的选择。德国的哲学家鲍尔生把伦理的具体内容概括地分为善恶正鹄、至善快乐、厌世主义、善与恶、义务与良心、利己主义与利他主义、道德与幸福、道德与宗教之关系以及意志自由9个方面①。文学伦理学批评是开放性的，它可以海纳其他理论研究视角。故此，本研究将运用文本认知图式的方法，从前面提到的不同的伦理视角，通过作品实例分析探讨奇卡诺文学作家和他们的作品所反映的各方面伦理思想。

本书下面的各个部分将分别具体探讨奇卡诺文学中的族裔性抵抗伦理、政治性伦理、家庭伦理、生态女性主义伦理、奇卡诺人的自我价值实现和世界主义伦理，以期我国的读者对美国的奇卡诺族裔文学有一个更加全面的了解并从中获取有益的人生经验与生活哲学。

① 鲍尔生：《伦理学原理》，蔡元培译，北京理工大学出版社2013年版，第3—4页。

第二章

奇卡诺族裔性抵抗伦理

20世纪60年代兴起的奇卡诺运动催生的奇卡诺族裔文学家一直为本民族的文化复兴笔耕不辍。从族裔身份的确定到民族身份的坚守,从对白人主流文化的抵抗到族裔性的强化,这些族裔伦理问题在饱经种族歧视的奇卡诺族裔作家的创作中从来都是不变的主旋律。从奇卡诺族裔作家早期的文本图式里,读者可以感知奇卡诺族裔性伦理最显著的抵抗特征。贡萨雷斯于1967年写就的长篇史诗《我是华金》① 确认和捍卫了奇卡诺族裔的民族身份,而阿那亚写于1971年的长篇小说《保佑我,乌尔蒂玛》则通过对本民族内部的家庭矛盾、家族矛盾与邻里之间的冲突、民间巫师和巫术以及他们所处的环境的描述和新的民族神话的创造宣示了奇卡诺民族文化的独立性,形成了对白人主流社会文化的强烈抵抗。

第一节 族裔性与族裔性伦理

奇卡诺族裔文学具有显著的族裔性。从基本词义上来说,族裔性(ethnicity)具有三重意义:(1)人种划分,种族划分;(2)种族特点,种族地位,种族渊源;(3)种族优越感②。古希腊历史学家希罗多德斯(Herodotus)在定义希腊人时对"族裔性"做出了非常著名的诠释,即它包含四个方面的内容:(1)享有共同的血缘;(2)享有同样的语言;(3)享有共同的神殿与祭品;(4)享有同样的习惯③。也就是说,族裔性

---

① 因国内目前没有发现该诗歌的中文版本,此诗歌的中文译文为笔者所译。以下译文同。

② Ethnicity, Oxford Dictionaries, Oxford University Press, Web. Retrieved 12 - 28 - 2013.

③ Athena S. Leoussi & Steven Grosby, *Nationalism and Ethnosymbolism*: *History*, *Culture and Ethnicity in the Formation of Nations*, Edinburgh: Edinburgh University Press, 2006, p. 115.

是指某个族群共同拥有先祖、语言、宗教和风俗习惯的特征。族裔性是否成为一种文化模式一定程度上取决于人们使用的不同定义。根据"衡量族裔世界的挑战"① 的定义，"族裔性是人类生活中的一个基础因素：它是人类经历所遗传的一种现象"。许多社会科学家，如人类学家弗雷德里克·巴斯（Fredrik Barth），认为族裔身份不是一种模式。他们认为族裔性是一种族群之间互动的特殊的产物，而不是人类遗传的基本特性②。

　　族裔性研究主要有两个焦点：一是"族群内心情感"（primordialism）与"工具主义"（instrumentalism）之间的争论。前者认为族裔关系是一种外部给予的，甚至是强制的社会关系③，而后者则认为族裔性主要是一个政治策略因素，一种被利益集团利用来谋取财富、权力或身份的资源④。二是"建构主义"（constructivism）与"本质论"（essentialism）的争论。前者把民族身份与族裔身份看作是历史作用的产物⑤，而后者把这种身份看成是决定社会行为者的本质上的分类，不是社会行为的结果⑥。埃里克森认为，在人类学里，人们的争执已经被一些学者的新观点替代。族裔性是越来越政治化的不同族群与民族成员自我再现的形式，这是多元文化主义国家里才有的语境⑦。韦伯认为族群是社会结构，因为它们是建构在同一社区群体的主观信仰之上。这种信仰没有创立族群，是这个族群创立了信仰。族群的形成源自掌控权力与地位的动力。韦伯的观点与原来的族裔

---

① A Conference Organized by Statistics Canada and the United States Census Bureau，April 1 - 3，1992.

② Fredrik Barth, ed. , *Ethnic Groups and Boundaries：The Social Organization of Cultural Difference*, 1969, p. 381.

③ Clifford Geertz, ed. , *Old Societies and New States：The Quest for Modernity in Africa and Asia*, New York：The Free Press, 1967.

④ Abner Cohen, *Custom and Politics in Urban Africa：A Study of Hausa Migrants in a Yoruba Tow*, London：Routledge & Kegan Paul, 1969.

⑤ Ernest Gellner, *Nations and Nationalism*, Oxford：Blackwell, 1983.

⑥ Anthony D. Smith, *The Ethnic Origins of Nations*, Oxford：Blackwell, 1986.

⑦ Eriksen T. H. , "Ethnic Identity, National Identity and Intergroup Conflict：The Significance of Personal Experiences," *Social Identity, Intergroup Conflict, and Conflict Reduction*, eds. , Ashmore, Jussim, Wilder, Oxford：Oxford University Press, 2001, pp. 42 - 70.

起源观点相冲突①。

　　在强调族裔建构本质时，罗拉尔多·科恩（Ronald Cohen）认为韦伯的观点更胜一筹。他认为族裔性是外部规定和内部自我确定两者之间永恒的争论与再争论。族群不是不连贯的文化隔离或人们自然归宿的逻辑先决条件。他认为族群与它所属范围是作为族群内心情感约定的族裔性以聚焦于族群之间的接触替代了文化隔离②。科恩还认为，我们随意接受并认为基础的各种族裔身份在文学作品中常常是任意地强加给读者的，他指出外人确定的族群不一定与那个族群成员的自我确定一致。所以社会科学家们的研究聚焦在让不同的族裔身份标记变得明显的方法、时间和原因。人类学家琼·文森特（Joan Vincent）观察到族裔性范围常常具有水银特征③。科恩认为族裔性是一系列的吸收与排斥的二分法行为。他的观点与文森特的观点一致，在关系到特别的政治动议需求时，族裔性在范围方面可以缩小或放大。为了本民族与其文化的生存，奇卡诺作家和他们的作品特别强调奇卡诺族裔性与独特的文化伦理特征。

　　根据聂珍钊的文学伦理学批评原理，伦理即遵循人类社会发展规律与规则的恰当与合理地选择。在传统意义上，伦理是使人行为正确与否的标准的选择，而现代伦理概念变得更为复杂，不再是正确与错误的简单选择。它涉及许多不同的道德状态，聚焦于人们如何理解对错，如何了解对错以及当人们探讨什么是对和什么是错时，他们指的是什么。族裔性伦理与不同民族的生活历史、生活经验和各种文化活动有关，与民族交往和民族认同的生活实践相关。少数族裔的人生仪式、传统节日和日常生活是族裔伦理生成的文化基础，各民族在协调民族关系过程中所采用的道德思维模式和所运用的道德化手段与方法形成了具有普遍意义的族裔伦理④。在以多元文化著称的当代美国社会里，族裔性伦理问题远远超出了阶级性伦理问题。美国的有色族裔人都有了明确的称呼：拉丁裔美国人、亚裔美国

---

① Michael Banton, "Weber on Ethnic Communities: A Critique", Nations and Nationalism, Vol. 13, No. 1, January 2007.

② Ronald Cohen, "Ethnicity: Problem and Focus in Anthropology", Annual Review of Anthropology, Palo Alto: Stanford University Press, 1978, p. 383.

③ Joan Vincent, "The Structure of Ethnicity", Human Organization, Vol. 33, No. 4, December 1974.

④ 蒋颖荣：《族际伦理：民族关系研究的伦理学视眼》，《思想战线》2010 年第 3 期。

人、非洲裔美国人、土著美国人，等等。而作为来自墨西哥的拉丁裔美国人，他们不只是"夹缝"中的人，而且是极具特色的奇卡诺人①。从传统意识上，美国白人主流社会总是自我感觉非常"舒服地把奇卡诺人看作二等公民：懒惰、无组织、不聪明、政治上不稳定、具有反抗精神、擅长欺骗"②，而奇卡诺人把美国人也看成是"冷漠的、对他人毫不关心的、受金钱驱使的"③人。在美国，不同的族裔之间的文化战从来就没有停止过。在欧洲文化中心论者看来，奇卡诺人是低人一等的邻居、不受欢迎的客人、傻子、古怪，不讨人喜欢。他们的祖国也只有贪腐的官员和充满毒品、妓女与暴力爱情的酷儿文化④。

人们普遍认为奇卡诺人从心理上缺乏开放性、争辩力与对他人意见的尊重。尤其是奇卡诺族裔知识分子和艺术家，他们把自己看成是语言和文化不同于先祖的、免于灭绝的先人形象的储存物。奇卡诺人被视为忠于永恒真理、常忆过去、以口头传统继续生存的人，而白人则追求艺术和瞬息万变。所以，奇卡诺人迷恋过去，而白人则迷恋未来；奇卡诺人保护过去，而白人保护未来；奇卡诺人在保护失去了的，而白人则在不停地重造自己⑤。这样，奇卡诺人就不停地抱怨他们自己在联邦、州与地方选举中的失败。斯塔文斯认为奇卡诺人缺乏民主精神，而且严重缺乏思辨性思维。"壁上观、反社会、不问政治"⑥成了人们对奇卡诺人的评价。然而，在奇卡诺族裔文学文本中作家们描述的奇卡诺族裔伦理意识深刻地体现了奇卡诺人对本民族根的追寻、族裔混种身份的肯定与坚守、族裔文化的继承与发展，以及对外来白人文化的抵抗。他们的创作也并不只是局限于继承先祖古老的文化，在反外侮中，他们更注重创造自己的新文化。

---

① Ilan Stavans, *The Hispanic Condition：The Power of a Poeple*, 2nd ed., New York：Harper Collins Publishiers, 2001, p. 205.

② Ibid., p. 207.

③ Ibid.

④ Ibid.

⑤ Ibid., p. 223.

⑥ Ibid.

第二节　奇卡诺族裔身份确认与保留战：《我是华金》

在奇卡诺族裔文学中，鲁道尔夫·贡萨雷斯（1928—2005）的经典史诗《我是华金》是奇卡诺人追根、身份确认与保留之檄文。当时该诗也是奇卡诺族裔民权运动中最振奋人心的杰出代表作，至今，诗歌和诗人本人不懈的斗争精神还激励着年轻人为更加民主、平等与正义的社会而努力奋斗。

贡萨雷斯出生于科罗拉多州丹佛市一个农民家庭。他名字的全称为鲁道尔夫·可尔基·贡萨雷斯，第二个名字"可尔基"的字面含义为"闻起来或吃起来有臭味的"，这里用来形容诗人是个用尖刻语言批判现实社会弊病的英雄。他年幼时，他父母随着收割季节的不同不停地迁徙，但他令人惊讶地在 16 岁时就完成了高中学业。因经济困难，他大学只念完了一年级便辍了学。他曾经是最轻量级拳击运动员，获得过"金手套"奖。在整个 50 年代，他经营自己的公司。然而，他真正的激情却倾注在社区活动中，他参加了多个"草根"组织，首先为肯尼迪的民主党派工作，后来，对民主党为贫困民众说话的信心产生了动摇。警察的野蛮、学校的种族主义横行和东南亚升级的越南战事使他转向了新的身份与视野。居住在横跨美国西南部的墨西哥裔美国人与生俱来的态度是无所畏惧，渴望社会正义，贡萨雷斯成为了他们最勇敢的领导人之一。在 1963 年 8 月 28 日马丁·路德·金组织的为争取摆脱贫困与经济不公而向华盛顿进军的活动中，作为西南部的杰出代表，贡萨雷斯到了华盛顿，并语出惊人地告诉当时的总统林顿·约翰逊的大法官克拉克：如果他不承认国会里存在种族歧视，那么他不是太幼稚就是瞎了眼。对待越南战争，他诘问道："难道把我们这个伟大的国家描绘成一个诚心想要帮助弱者的人性化国家而非军事强国和敌对的政治目的强加者不是更高尚的行为吗？如果享有特权的美国人所享受的繁荣是建立在其他贫穷民族的脊梁上，难道美国人的美好生活不是'以我们人类朋友的鲜血和尸骨为代价'吗？"① 后来他自己还建立了"正义运动"组织，引导年轻人加入到这场民权运动中来并坚决反对

① Jorge Mariscal, 2005, "The Passing of a Legend: Rodolfo 'Corky' Gonzales," Retrieved 08-03-2014, 〈http: www.hispanicvista.com/hvc/Opinion/Guest_ columns/041805mariscal.htm〉.

越南战争。在六七十年代，贡萨雷斯一直致力于奇卡诺族裔利益的人权运
动。他的精神永驻于所有志在建立一个更民主、平等与正义社会的年轻人
心中。正是贡萨雷斯等人不屈不挠的抗争最终为奇卡诺人赢得了和黑人一
样的民权。贡萨雷斯把奇卡诺民族身份的确认与他们为民族文化进行的保
卫战倾注在了他的史诗《我是华金》中。该史诗描述的是由不同的美洲
土著族裔和土著族裔与西班牙殖民者混种形成的新民族在 500 多年的历史
长河中经久不息的反抗外侮的经历、他们在白人主流社会所面临的失败的
经济战和民权运动中对民族身份的困惑、意识、确认和保留，他号召奇卡
诺人为了本民族与民族文化的生存和发展而与白人社会抗争。

一　奇卡诺族裔根的混种性

贡萨雷斯将诗歌《我是华金》以英语和西班牙语双语并列的形式发
表，以此确立了奇卡诺民族语言文化的混种图式。他还把历史空间、历史
人物与事件和现实空间、现实人物与事件并置在一个文本里来表明奇卡诺
民族生来就是一个混种民族。刘海平和王守仁认为"少数族裔诗人的作品
大都表现美国社会中少数族裔特定的历史文化和生活现实，抒发真实的内
心思想感受"①。作为史诗，《我是华金》记录了美国少数族裔奇卡诺人的
历史，描述了本民族在主流社会中的生存状态与困境，反映了他们不断寻
找自我，激励自我的斗争精神。作品出版后，深受奇卡诺青年的青睐，可
以说，它帮助奇卡诺青年清晰地了解了自己的民族历史并确认了自己的民
族根和身份。

在诗歌中，诗人这样描述奇卡诺民族的根：

> 我是库敖特莫克
> 自豪高尚
> 人们的领袖
> 一个王国的国王
> 文明超越了
> 噶曲宾·科特人的梦想
> 他们也是我的血统

---

① 刘海平、王守仁：《新编美国文学史》，上海外语教育出版社 2004 年版，第 503 页。

我的形象。

我是玛雅王子
我是纳查化勒可哟特勒
伟大的奇奇梅卡斯人领袖。
我是科特人的剑与火
暴君。

还有
我是阿兹特克文明中的
雄鹰与蛇。①

这里诗人以骄傲的口吻、用第一人称"我"把奇卡诺人比喻成美洲土著库敖特莫克、玛雅王子、西班牙殖民者和土著人混种的噶曲宾·科特人和阿兹特克人的图腾雄鹰与蛇，以此显示本民族的古老与种族的混种性。众所周知，玛雅人和阿兹特克人是几千年来美洲土著古文明的创造者。诗人在20世纪60年代把奇卡诺人比喻成本民族古代伟人与灿烂文明的图腾雄鹰和蛇，这充分体现了诗人所描述的民族身份是历史作用的产物。他作为奇卡诺人对本民族的感知与他人的感知有本质的区别。另外，诗人谈到现代生活中的奇卡诺族裔身份意识时，这样写道：

种族意识！
梅吉卡诺！
西班牙人！
拉丁人！
拉丁裔白人！
奇卡诺人！
无论我怎么称呼自己
我的相貌如斯
我的感觉如斯

---

① Rudolfo Gonzales, *I Am Joaquin/Yo Soy Joaquin*, New York: Bantam Books, 1972, p. 16.

我吼叫如斯
且
歌唱如斯。①

　　由此可以看出，奇卡诺人在他人眼中具有不确定的身份，但奇卡诺人绝不是白人眼中的愚蠢之辈。这里诗人眼中的奇卡诺民族（Chicano/a），即广泛意义上的讲西班牙语的墨西哥裔美国人，无论人家怎么称呼他们，他们的性格和特征都一样，想吼叫就吼叫，想唱歌就放声唱。他们的喜怒哀乐均发自内心，不受他人掌控。

　　"奇卡诺"一词源于20世纪三四十年代大批进入美国的墨西哥农民的"墨西哥（Mesheecan）"一词的发音（即墨西哥南部和中美洲印第安各族的纳瓦特尔语的发音）和西班牙语的语法（-cano）的组合②。该词最初是白人主流社会对墨西哥移民的蔑称。墨西哥人于1810年爆发了反西班牙统治的独立战争，于1821年获得独立。1846—1848年的墨西哥战争失败后，55%的墨西哥人（即现在美国的西南部各州）在不平等条约《瓜达卢佩—伊达尔戈条约》下一夜之间变成了美国人。根据条约，美国政府承认他们既得的私有财产、他们信奉的宗教（罗马天主教）、他们用自己的语言西班牙语进行交流和享受教育的权利。在白人统治下的一百多年以来，他们一步一步地丧失了这一切，几乎沦为社会地位低人一等的民族。随着60年代黑人民权运动的风起云涌，美国西部和西南部的奇卡诺人人权运动也如火如荼。他们要求恢复土地所有权、农民工获得应有的权利、加强教育、取得选举权和其他政治权利。此时"奇卡诺"一词发生了意义上的变化，它被用来称呼所有讲西班牙语的墨西哥裔美国人以显示其古老民族自豪的情感特征。从诗人的叙述中，读者可以明显感觉到他对本民族古老根的自豪与骄傲。贡萨雷斯的诗歌提出并回答了奇卡诺人的民族身份问题。正如他的诗歌所述，奇卡诺人是多种土著族裔与西班牙人混合组成的民族。奇卡诺族裔的混种性也引发了该族裔的性格多重性以至于外族人认为该民族没有自己的确切身份与文化，这迫使该民族为了自身的生存

---

① 　Rudolfo Gonzales, *I Am Joaquin/Yo Soy Joaquin*, New York：Bantam Books, 1972, p. 98.

② 　Chicano, Wikipedia, 2007, Retrieved 3 – 15 – 2013,〈http：//en. wikipedia. org/wiki/Chicano#The_ term_ Chicano〉.

和发展而奋起抗争。

二　奇卡诺族裔性格的多重性

毋庸置疑，由不同的民族混种而成的奇卡诺人性格上也具有多重性。在史诗里，贡萨雷斯把历史上多个名叫"华金"的人并置在一起，构建了这个民族复杂的性格，体现了混种民族性格的伦理。

诗歌里的"我"是"华金"。"华金"（Joaquin）一词来自英语发音／wä-'kEn／的音译①，西班牙语的含义为"耶和华已经建立起来的"，即"上帝制造"之意。故此，读者可以认为诗歌中的主人公"华金"就是上帝创造的。诗人把"华金"看成是奇卡诺族裔历史上各色人物的代名词，也就是说，奇卡诺人的性格多重性生来是上帝创造的，他们也具有悠久的历史文化。诗人列举了奇卡诺历史上几位杰出的民族英雄，他们都叫华金。华金·米勒（Joaquin Miller）（1837—1913）是19世纪美国西部著名的诗人冒险家，华金·穆里埃塔（Joaquin Murrieta）（1829—1853）是一位具有传奇色彩的加州淘金者。据传，因其妻子被白人强奸、兄弟被白人杀害和自己被白人驱赶而组织了自己的匪帮，专门抢劫白人，最后被白人统治的政府制定法律将他逮捕并处决②。

奇卡诺人在反西班牙殖民的独立战争中打败了民族的败类，有了自己的民族英雄。获得了自由独立的墨西哥人辛勤地劳动，拥有自己美丽的家园，但好景不长，美国侵略者来了，奇卡诺人为了保卫自己的家园奋起反抗，雅奎人、他拉胡玛拉人、查木拉人、扎泊特可人、梅斯蒂佐人、西班牙人成了鲜血淋漓的革命"胜利者，消失者"，"杀了人也被杀了"③。贡萨雷斯在阐述英勇的墨西哥人反抗美国侵略的斗争时，生动地描绘了他们的民族英雄华金·穆里埃塔：

我策马奔驰在圣·华金山上，

---

①　笔者采用音译法，根据韦氏字典发音（两个音节）音译而成，南京大学张子清教授的翻译为"霍阿金（三个音节）"，笔者个人认为"华金"更加简练，中文读起来更加富含原作者的诗韵和气魄。

②　Roberto Rodriguez, "The Origins and History of the Chicano Movement," *Occasional Paper*, 1996（07）, Retrieved 01-25-2013, 〈http://www.jsri.msu.edu/RandS/research/ops/oc07.html〉.

③　Rudolfo Gonzales, *I Am Joaquin/Yo Soy Joaquin*, New York: Bantam Books, 1972, p.40.

我奔驰在东北遥远的
洛基山脉
并且
所有的人都怕枪声
来自华金·牟里艾塔。
我杀死了那些胆敢
偷我矿的人，
那些人强奸杀死了
我的情人
我的妻子
然后
我为了生存而杀人。①

  这里读者可以看出，诗人通过"华金"表述了奇卡诺人的彪悍与反抗精神，这是典型的奇卡诺族裔性格。在反对美国白人侵略的战争失败后，墨西哥的西北部和北部各州变成了美国领土。最后，这个被征服了的民族的自豪感被扼杀，做低人一等的民族成为了奇卡诺人新的负担。奇卡诺族裔的先祖印第安人被西班牙人征服后忍受了一切，仍然以胜利者姿态出现。被美国白人征服后，奇卡诺民族有无数的英雄和农场主进行斗争，忍受酷刑，流尽了鲜血。为了这个不属于他们的新的国家，他们的"血流淌在冰块上/在阿拉斯加岛山头/诺曼底弯曲的沙滩的尸体里/外国朝鲜的土地上/现在/流淌在越南"②。可是，站在本应是正义的法庭面前，他们经常被判处有罪，他们拥有的"平等"只是一句空话。

  通过综合历史上那些名叫华金的各式人物，贡萨雷斯在诗歌中构建了当代奇卡诺族裔特征的多重性图式。"华金"在诗歌里代表：上帝之子，和所有人都是平等的；在现代社会里迷失了方向的、自己文化被阉割了、边沿化了的民族；失去了经济战却赢得了文化生存战的骄傲与自豪的民族；向往自由、为了自由不惜牺牲一切战斗不止的民族；曾经拥有灿烂文明的民族；为美国的荣誉在国内外战争里洒尽鲜血的民族；丧失了土地与

---

① Rudolfo Gonzales, *I Am Joaquin/Yo Soy Joaquin*, New York: Bantam Books, 1972, p. 44.

② Ibid., p. 62.

文化而充满了忧伤的民族；一个忍受了一切社会不公的民族；一个睡醒了的巨人；一个满眼期待更美好的生活的民族；一个由多种族裔混合组成、拒绝被英语文化同化、坚守自己文化的新民族。这个由多种族裔混合组成的、具有多重性的、拒绝被同化的民族就是奇卡诺民族。诗人描述了他们心理上的创伤、文化与种族灭绝、社会阉割和人性的高贵、勇敢、果断与坚韧。无论拥有怎样多变的性格，为了民族的生存和发展，奇卡诺人正在抗争，继续创造新的历史。

三　奇卡诺族裔身份的抗争

拥有多重性格的"华金"，这个人物综合了奇卡诺族裔历史上的格式人物，通过他的自我独白，诗人构建了奇卡诺族裔性的杂糅特征图式。同时，诗人的诗歌代表了20世纪60年代的奇卡诺族裔的思想意识形态，描述了他们饱受外侮后的生活现状与为了民族身份而抗争的伦理。

> 我是华金，
> 迷失在一个混乱的世界里，
> 被卷入到一个
> 充斥着外国佬的社会的
> 旋涡，
>
> 被各种规则弄糊涂，
> 被各种态度所憎恨，
> 被各种手段所操纵，
> 被现代社会所摧毁。①

这是诗歌的开篇，作者描述了历史给他们造成的混乱与迷惘的现状。以华金为代表的奇卡诺人在60年代处于令人困惑的境地与对美国主流文化的憎恨中。华金把美国主流社会讲英语的人称作"外国佬"，毫不掩饰自己的自豪情感。在这里诗人的暗喻非常明显，华金，或者说奇卡诺人才是美国这片土地的主人；即使在战争中成了失败者，他们仍然是主人。

---

① Rudolfo Gonzales, *I Am Joaquin/Yo Soy Joaquin*, New York：Bantam Books, 1972, p. 6.

在西班牙人 15 世纪到达墨西哥前的 12、13 世纪，阿兹特克等民族在墨西哥平原建立起了自己的王国，拥有了自己的城市、文化、文学、艺术、音乐和宗教等。西班牙殖民者利用土著人的宗教信仰征服了墨西哥，并强迫墨西哥人使用西班牙语，但墨西哥各民族并未屈服于殖民统治者的统治，1810 年打响的独立战争以他们的胜利结束。但几百年的西班牙殖民统治使得土著墨西哥人失去了自己的语言与宗教，他们被迫讲西班牙语，被迫信奉天主教。1846—1848 年美国—墨西哥战争的不平等条约最终使墨西哥人失去了土地、金矿，乃至做人的尊严，西班牙语也被换成了英语，土著人的文化成了白人取笑的对象，"我的土地失去了/被人偷走/我的文化被强奸/加长了/福利门前的队伍因犯罪监狱被塞满"①。剩下的只有古老的忧伤曲（Corridos），诉说着自己的传统文化、新的和旧的传奇故事、令人高兴与悲伤的民族身份。诗人对本民族前途的无限悲伤跃然纸上，"我流下痛苦的眼泪当我看到我的孩子们消失在碌碌无为中/永远不会回头再想起我。我是华金"②。

奇卡诺的先祖们尽一切可能保留自己的文化身份，但是这意味着他们从经济上彻底被毁灭。诗人以华金的口吻解释道，在现代美国社会里，他必须做出伦理选择：要么取得精神胜利，忍受身体的饥饿，要么苟且偷生于美国社会恐怖的掌控中，精神荒芜，填饱肚子。与白人世界的同化意味着他将彻底失去文化身份。决定是做奇卡诺人还是美国人时，他们面临进退两难的尴尬境地。

> 我奋斗了很久却一无所有，
> 极不情愿地被拽着
> 被那可怕的，技术的
> 工业巨人
> 进步
> 和盎格鲁式的成功拽着……
>
> 我看着自己。

---

① Rudolfo Gonzales, *I Am Joaquin/Yo Soy Joaquin*, New York：Bantam Books, 1972, p. 66.

② Ibid. , p. 82.

> 我看着我的弟兄们。
> 我流下悲伤的泪水。
> 我播下仇恨的种子。
> 我退缩到安全地带
> 在生活的圈子里……
> 我的自家人的圈子里。①

　　这里诗人描述的是奇卡诺人生活的进退维谷与令人心酸的境地，一方面，奇卡诺人被白人主流社会的现代技术与文明拽着走向主流社会，过上富裕的生活，将自己的文化淹没在白人社会里；另一方面，他们回望本民族兄弟姐妹，退回到自己民族生活的圈子里，保存自己的文化，生活在贫困中。但读完诗歌，读者会发现诗歌本身没有显示奇卡诺人因失去经济战而成为悲伤曲的特征，相反，他们以保留了自己的文化而骄傲。诗歌同时以英语和西班牙语两种文字出现在文本里，它与传统的英文诗的印刷方式也不一样，"或者（or）"与"和（and）"等词在诗中往往是独立成行，用以引起读者的注意：奇卡诺人与白人主流社会处于完全不同的两个世界，但又显而易见，他们不可能完全被局限在两个世界的任何一个世界里。他们需要现代文明与进步，同时又要保存自己的文化，所以他们必须抗争。

　　为了让年轻人了解自己的民族，贡萨雷斯以宇宙视角观阐述了"奇卡诺人"的含义：他不是印第安人，也不是欧洲人；不是墨西哥人，也不是美国人。它是所有相互冲突的身份的混合体。它曾经受尽了外国侵略者的凌辱：西班牙人以上帝的名义来到古老的墨西哥，利用了奇卡诺人的善良，毁灭了他们的一切。但是诗人仍然坚称"大地是我的"②，并不无自豪地宣称："我的父辈们/失去了经济战/赢得了/文化生存战"③。诗歌最后发出愤怒的呼声："为了我的儿子们，我必须战斗，赢得这场斗争，他们必须从我这儿知道我是谁"④。

---

① Rudolfo Gonzales, *I Am Joaquin/Yo Soy Joaquin*, New York：Bantam Books, 1972, pp. 10 - 12.

② Rudolfo Gonzales, *I Am Joaquin/Yo Soy Joaquin*, New York：Bantam Books, 1972, p. 34.

③ Ibid., p. 6.

④ Ibid., p. 82.

在诗歌里，诗人不断地重复着同一行诗"我是华金"。诗人运用这种排比手法强化了奇卡诺人的民族身份，体现了多重性格的奇卡诺人不屈不挠的斗争精神。"华金"喊出了一个长期受压迫与剥削的民族的心声。四十多年过去了，华金的声音仍然激励着人们，在这全球合作化的新时代，追求真正的平等和正义。

总之，《我是华金》描述了奇卡诺族裔的根，从对古老的阿兹特克文化的挖掘与呈现，贡萨雷斯确信了奇卡诺族裔文明的古老与灿烂。与此同时，诗人以华金的名义，陈述了历史上奇卡诺民族各路反抗外侮的民族英雄与民族败类，以此来宣示这是一个古老的民族，一个混种的民族，一个性格多样的民族，它在现代社会的经济战中赢得了民族文化的保卫战。这是一个生生不息的民族，它在它狭小的空间——美国的西南部创立了自己灿烂的文化，也为白人主宰的美国国家空间以及它的文化发展做出了自己的努力。奇卡诺人应征入伍，参加了历次美国参与的海外战争，在欧洲、朝鲜、越南等地他们付出了生命的代价。作为思想意识形态都非常独立的奇卡诺族裔，他们不仅仅是被孤立的民族，他们也属于白人主宰的美利坚合众国的一个民族分支。在空间地理上，他们并不是独立的主体。诗人的态度也非常明确，诗歌里表达的并不是需要民族的独立，而只是希望确立奇卡诺民族与奇卡诺文化存在的事实。贡萨雷斯通过史上人物华金之口，发出了民族文化保卫战之伦理之声。继他的民族身份确认与文化保卫战之后，小说家阿那亚通过抵抗伦理原则，以他的长篇小说《保佑我，乌尔蒂玛》进一步继承、弘扬和发展了奇卡诺族裔性与族裔民族文化。

第三节　奇卡诺族裔的抵抗性：《保佑我，乌尔蒂玛》

与贡萨雷斯的身份确认和文化保卫战不同，阿纳亚发表于1972年的小说《保佑我，乌尔蒂玛》以半自传体和虚构的图式刻画了故事世界和人物的心理世界，表达了奇卡诺民族内部复杂的伦理观与对白人主流社会的抵抗性，并创造了新的奇卡诺民族的鲤鱼神话和乌尔蒂玛这样的人神共存的伦理故事来创新奇卡诺族裔文化。

一　阿纳亚和他的《保佑我，乌尔蒂玛》

鲁道尔夫·阿纳亚出生于美国新墨西哥州的一个小山村，在圣塔·罗萨小镇附近长大。他的父亲来自新墨西哥州一个草原牧民家庭，母亲来自农民家庭。他有两个同母异父的哥哥和四个姐妹。他生活的自然环境、家庭环境和社会环境对他的生活、人生观与写作起到了至关重要的作用。他全家后来迁移到了阿尔伯克基（Albuquerque）市，在这里他完成了他的高中学业，接着在新墨西哥大学学习英语与美国文学，并获得学士学位。毕业后到高中任教，与此同时获得了英语专业和指导咨询专业的两个硕士学位。他继续他的写作，完成了他的自传体小说《阿兹特兰之心》（*Heart of Aztlan*）和《托儿图嘎》（*Tortuga*）。《阿兹特兰之心》的故事于50年代发生在阿尔伯克基市的一个贫民区巴热拉斯（Barelas）。像其他小城镇的居民一样，他的父母在二战后移居到大城市寻找更多的工作机会。《托儿图嘎》是一部具有魔幻现实主义意识的小说，讲述一座医院变成了一个地狱，一个名叫托儿图嘎的男孩必须经过斗争才能离开那座医院。《保佑我，乌尔蒂玛》是一部作者自己非常喜欢的小说。作家认为人们会对安东尼奥的精神之旅充满同情心。在充满抒情的叙述中，该小说也探索民间传说、神话和梦。读者能够感觉到风景富有生气，河流与它的出现、它的灵魂共呼吸，草原似乎形成了居住在那里的人的性格。太阳和月亮、河流与开阔的平原、善与恶的主题、天主教的教义与土著灵性形成了一种感动读者的小说原型性。该小说于1972年由Quinto Sol出版社出版。起初因为该小说采用了英语和西班牙语混合进行写作，阿纳亚在小说出版时遭遇了很大的困难，美国主流出版社都拒绝了该小说。但该小说出版后，再版了21次，销售量达到30万册。在该小说成为畅销书后，阿纳亚受邀成为新墨西哥大学教授，直到1993年退休。该小说于2013年被拍成了电影。

该小说讲述的是安东尼奥在乌尔蒂玛的引导下成长的经历。因年事已高，乌尔蒂玛接受安东尼奥父母的邀请到他们家里来安度晚年。当地人谣传她是一个巫婆，而实际上她只是一个心地善良的民间药师（curandera）。在安东尼奥家里和他家所在的农民社区，这个80多岁的老太太因为高超的医术受到了热情的欢迎。但她的神秘思想与魔咒让人感到害怕。她和安东尼奥发现他们有亲情精神，乌尔蒂玛指导他使用自然植物治愈力。但乌尔蒂玛的医术与当地村民特诺里奥（Tenorio）和他的三个施魔法的女儿产生了很大的冲突。特诺里奥令人讨厌的报复性对勇敢的安东尼奥幼小的心灵产生了极大的危害。与此同时，安东尼奥的家庭也产生了分裂。他的三个从第二次世界大战战场上归来的哥哥已经看不惯小村庄的人，过不惯小村庄的日子，希望到外面的世界去闯荡。这令他的父亲贝尼托·马汀内兹（Benito Martinez）和母亲德洛丽丝·埃雷迪亚（Dolores Heredia）烦恼不已。他们期待儿子从战场上回来后会继续在农场工作。除了宗教、移民经历和贫困，通过当地人对待乌尔蒂玛的态度和安东尼奥的同学对他的不同态度，作家表明一个社区如何通过无聊的谣言毁掉它自己的市民。一群动用私刑杀死从战场上回来的卢皮托的暴民，安东尼奥同学的死亡和乌尔蒂玛被杀害的事件淹没了奇卡诺牧民淳朴的形象。安东尼奥目睹了暴力与悲剧，努力克服心里的困惑。关于神学的争论被人们提及，但没有人去深入探讨它。但是由于乌尔蒂玛的指导，安东尼奥确实学会了对权威的质疑，用不同的观点去看待世界。

小说中的故事发生在主人公安东尼奥上学前至上学后的一两年内和第二次世界大战期间，而该小说于 1972 年出版发表。阿纳亚通过描述儿时的大草原、龙卷风、牧场、彪悍的牧人、奔驰的骏马，沙尘暴和怒号的狂风，河流、河谷、农田、玉米、辣椒，文盲村民、沉默的农夫、热情奔放的民族舞蹈，小湖和鱼，绿草、古老的树木、破败的墓地、兔子和啼叫的夜莺，小桥、小镇、教堂和学校，将奇卡诺人的集居地勾勒成一幅幅田园风光与草原风光动、静画，以这种地理上与白人主流社会隔离的空间构建了奇卡诺人浪漫的生存环境，形成了与 70 年代现实环境相对抗的抵抗性空间伦理。

二 奇卡诺族裔独特的抵抗空间伦理

阿纳亚的小说《保佑我，乌尔蒂玛》对 40 年代奇卡诺族裔集居的大草原和河谷以及其中的人和事的叙述与创造构建了 70 年代奇卡诺文学的抵抗伦理图式，这种"抵抗图式"的基础在于奇卡诺宣言《阿兹特兰精神计划》。这个奇卡诺宣言从文字上把奇卡诺人在"反对外国佬剥削我们的财富，摧毁我们的文化的斗争中联合起来了"①。奇卡诺文学与其研究成为了抵抗行动中的武器。玛丽亚·德·索托（Maria de Soto）写到，早期的奇卡诺研究的主要目的之一就是使这个反映奇卡诺运动目标和其激进的民族主义原则的团体成为典范，这些目标中最主要的、与奇卡诺运动目的一致的是它对奇卡诺主题的定义——"反同化，坚持抵抗，转向主观能

---

① 王岭、段忠阳译：《三个奇卡诺宣言》，《九江师专学报》1996 年第 2 期。

动性和身份都具有内省意义和族群意义"①。也就是说，奇卡诺文学一方面植根于奇卡诺文化、族群和历史；另一方面，它同时被搁置在反对和抵抗美国盎格鲁社会与文化的地位。在早期的奇卡诺文学准则下的作品呈现了奇卡诺主题中的这种社会政治性的定义。作为形成这种准则的作家和作品，阿纳亚与他的《保佑我，乌尔蒂玛》恰当地表达了早期的典型的文本如何反映奇卡诺运动的目标与观念。这样，他们形成了具有奇卡诺族裔独特空间的抵抗伦理。阿纳亚的小说描述了一个年轻的故事讲述者主人公安东尼奥·马雷斯（Antonio Márez）的成长与成熟过程。小说呈献给读者的新墨西哥州的奇卡诺裔的群居是被迫集居的族群，他们完全依赖自己的方式生存。小说不仅反对美国盎格鲁式的社会，也反对更大的美国以外的社会。阿纳亚明确地评价他创立的安东尼奥身边的奇卡诺社区忽略了其他的场景。这部作品不仅创造了完全与主流社会分隔开来的奇卡诺空间，它也评价了这个空间，认为它证明了抵抗的存在，这提升了"抵抗"的地位，它成为了了解当代美国社会现实的伦理②。

故事的开场是对大草原的描写：

> 在我快七岁那年的夏天，乌尔蒂玛来和我们一起住了。她到来的时候，草原的美丽展现在了我眼前，那汩汩流水随着大地的旋转之声歌唱。童年的神奇时光停止了转动。充满生机的大地的脉搏将它的神秘烙进了我的骨髓。她拉住我的手，她所拥有的各种无形的、神奇的力量创造了美，这种美来自原生态的、太阳炙烤过的草原，来自碧绿的河谷，来自白色太阳之家的湛蓝天空。我赤脚感受到了悸动的地球，全身激动得发抖。时光停止了流逝，和我一起分享曾经有过的东西与即将到来的一切……③④

---

① Maria de Soto, "On the Trail of the Chicano/a Studies", Multiethnic Literature and Canon Debates, ed., Mary Jo Bona and Irma Maini, Albany: State University of New York Press, 2006, pp. 41 – 60.

② Patrick L. Hamilton, *Of Space and Mind*, Austin: University of Texas Press, 2011, p. 24.

③ Rudolfo Anaya, *Bless Me*, *Ultima*, New York: Warner Books, 1999, p. 1.

④ 因国内目前没有发现该小说令人满意的中文版本，此小说的中文译文为笔者所译。以下译文同。

这段文字描述的宁静、美丽、原始和浪漫的大草原是叙事者儿时的记忆，在民权运动兴起的时代，作者描述奇卡诺人过去的生活，仿佛他们与当代美国白人主流社会毫无干系。而事实上，读者可以看出，作家的创作意图旨在运用遥远的过去来暗示奇卡诺族裔浪漫的生活与对外界干扰的抗拒，以及奇卡诺族裔文化的古老与经久不衰的伦理。

这个大草原上的村庄是一个个性化了的地方：充满生命力、温暖和神奇的空间。这种描述方法形成了小说的抵抗图式。那个发生了许多故事的瓜达卢佩小镇被一条绕行新墨西哥大片陆地的小河与它们隔开。在故事里，与其他世界分隔开的是这个空间和它的奇卡诺人聚居区。与大草原的正面准则相对立的是其他的故事世界的负面评价。美国盎格鲁社会与外面的世界对大草原这个空间起了破坏性作用并对奇卡诺的主观意识起了毁灭性作用。"二战"、盎格鲁对大草原的入侵、瓜达卢佩小镇和镇上的学校、教堂等特别机构不断地与想象中的大草原和它所代表的世界形成鲜明的对比。正如卡诺萨（Kanoza）描述的那样，大草原的"神圣空间"与"精神灵魂"在"盎格鲁影响不到的世界里发挥作用"[1]。奇卡诺文化世界与小说中的更大的世界既不同，也无关系。在幻想奇卡诺社区替代其他美国国家空间和其他世界时，阿纳亚故事世界中的抵抗空间诗学鼓励读者把奇卡诺特征和文化视为对美国和世界来说在时空上都是非常陌生的东西。

尽管有这种表面上颠覆他那个世界的哲学与伦理分歧，但更大的分歧一直贯穿整个小说：大草原世界和小说中其他世界的分歧。《保佑我，乌尔蒂玛》的背景是40年代的第二次世界大战战中和战后。这使小说"抓住了西南部文学文化史上关键的、复杂的转折时期：前哥伦布时期的神话、信仰、传说和迷信与20世纪中叶的技术和大众媒体文化并存的时期"[2]。然而，尽管历史上小说可能处在这个交叉口，但它对新墨西哥的奇卡诺社区的表达忽略了它们的存在。在远离技术和媒体影响的空间里，瓜达卢佩小镇和大草原是典型的农村与牧区空间。这些空间与技术和媒体掌控的空间并存，它们绝对不是作者杜撰的空间。小说不允许这样并存的

---

① Theresa Kanoza, "The Golden Carp and Moby Dick: Rudolfo Anaya's Multi-Culturalism," *MELUS*, Vol. 24, No. 2, April 1999.

② Ramon Saldivar, *Chicano Narrative: The Dialectics of Difference*, Madison: University of Wisconsin Press, p. 108.

空间存在，所以他采用了前哥伦布时代的、前资本主义的大草原时代和空间，从空间和伦理上让大草原远离现代更大的美国和世界的社会形态。

小说从整体上和局部上的层次完成并强化了这些分歧。它首先通过第二次世界大战和盎格鲁的入侵把大草原和美国的盎格鲁社会隔离开来。"二战"和白人入侵对大草原空间和它的居民的主体性地位具有破坏性和毁灭性作用。连接这些破坏性势力的是那个小镇。大草原由一小桥与之隔开。因为小镇是犯罪与邪恶的空间，所以小镇与纯洁的大草原有天壤之别。另外，小镇上的两幢建筑更使得小镇与大草原不同。它们坐落在小镇的中心，安东尼奥一开始就对它们产生了恐惧。尽管恐惧可以克服，但他对这两个地方的描述始终是负面的。因此，与大草原的乌托邦空间相比，小说中的整个世界、国家和小镇都存在道德败坏。

尽管第二次世界大战在阿纳亚的小说中充当了"死亡背景"①，但它渗透到了大草原和相关的人物身上。小说对战争的处理使大草原上的人免于挑起大战的责任，也将大草原置于大世界之外。第二次世界大战在小镇上被称为"日本与德国的战争"或"这个德国人与日本人的战争"②。这种明示法清楚地表明第二次世界大战不是小说中的人物的战争。即使他们的儿子们以此战争的名义被征召入伍，这也是其他地方、其他民族的战争，不是这个小说里的人的战争。尽管原子弹的制造给大草原带来了实际的影响，但主人公的描述表明大草原居民与之无关："大草原春天的沙尘暴继续肆虐，我听大人把严酷的冬天和春天的沙尘暴归咎于结束战争的原子弹。'原子弹'，他们偷偷地说，'一个超出想象、超越地狱的白色热气球。'"安东尼奥继续谈道，"他们与上帝抗争，扰乱了季节，他们寻求比上帝都知道得多的东西。最终，他们的知识会毁灭我们所有的人"③。尽管他们把原子弹看成是毁灭大草原的替罪羊，但他们认为这事与他们自己无关，这是别人干的。小说中这个不断被重复的"他们"表明：无论是谁制造了原子弹来挑战上帝的权威，骚扰大自然，都不会是他们自己所为。作者以这种描述方式把大草原与第二次世界大战隔离开，使他们与美

---

①　Ramon Saldivar, *Chicano Narrative*：*The Dialectics of Difference*, Madison：University of Wisconsin Press, p. 109.

②　Rudolfo Anaya, *Bless Me*, *Ultima*, New York：Warner Books, 1999, p. 52.

③　Ibid. , p. 200.

国之外的其他地方也毫无干系。

作者处理第二次世界大战对被征入伍人物影响的方法是强调大草原与外面世界的不同。战争，临时地，也永久地劫走了大草原上的年轻人。哪怕他们从战场上回来了，他们也和原来不同了。战争很明显地改变了人的性格与行为方式。战争把卢皮托（Lupito）和安东尼奥的哥哥们变成了野兽。这证明战争对奇卡诺人的主观思想产生了毁灭性作用。比如，卢皮托杀死了治安官，他自己还若无其事，但他被包括安东尼奥父亲马雷斯在内的人处以极刑时，马雷斯（Marez）悲叹"战争使他变得疯狂"。整个镇上只有乌尔蒂玛的朋友，酒鬼纳尔西索（Narciso），请求不要对卢皮托行刑，因为他们"知道是战争使他得了病"①。安东尼奥说出了卢皮托得病的真相："那个被他们吊死的人已经溜出了人类的理解力，他已经变成了一头野生动物"②。安东尼奥也同样描述了战争怎样改变了他的哥哥们，他们是"四肢肿胀的、做事像机器一样的动物"③。阿纳亚的这两个例子充分说明战争给奇卡诺人的观念带来了伤害。

另外，战争使卢皮托和安东尼奥的哥哥们脱离了大草原上的生活节奏。这个变化从安东尼奥对他的哥哥们从战场回来时的印象就可以看出来。他注意到哥哥们紧张、不安，他们对家乡持轻蔑的态度，如尤金（Eugene）宣称"这个乡巴佬呆的小镇憋死我了！"里昂（Leon）也有这种感觉："是哦！走遍了大半个世界再回到这个地方就像看见了地狱"④。从这里可以看出，不仅是战争被负面解读，大草原也被负面地理解了。

像战争一样，白人主流社会也给大草原和它的居民带来了负面影响，强化了这个社区与其他更大的国家空间的割裂。这种割裂是以安东尼奥的父亲这个角色来体现的。他的父亲被称为"牧童"，这个称呼"在西班牙人首次进入新墨西哥州时就使用了"，后来美国的盎格鲁人入侵到了这里，即便他们把美丽的大草原围了起来，他和那些与他一样的男人们仍然在那里工作，安东尼奥认为他的父辈们"只有在广袤的大地上和无尽的天空下劳作才能感觉到精神上所需要的自由"⑤。这里的描述形成了两种对

---

① Rudolfo Anaya, *Bless Me*, *Ultima*, New York: Warner Books, 1999, pp. 17, 21.

② Ibid., p. 20.

③ Ibid., p. 60.

④ Ibid., p. 69.

⑤ Ibid., p. 2.

照：大草原的古老与白人的初来乍到；大草原的自由与白人破坏自由的篱笆围墙。安东尼奥的父亲对土地和大草原精神被白人蹂躏不停地悲叹："大草原曾经是一片处女地，曾经有成年马的马镫那么高的草，有雨——然后外国佬来了，建了围篱，铁路来了，还有公路——像大海可怕的波浪盖住了一切美好的东西"[1]。这里，安东尼奥的父亲把大草原比喻成处女，她受到了白人的篱笆、铁路与道路的强奸。像那些入侵者一样，那些富有的大牧场主对大草原也有同样的负面影响，他们"用深井吸干了大地"[2]。根据大草原人父亲的观点，大草原对白人入侵的反应是："你们过分地利用我，风为大地说话，你们把我吸干，剥光了我的衣服。"[3] 这表明白人社会是如何剥夺大草原的资源和精神的。这里阿纳亚用了过去时态来表述。这在大草原和白人社会之间画出了一条时间与伦理线。小说把白人的行为置于大草原人过去的生活中，这也表明：大草原虽然受到摧残，但仍然顽强地活着。

阿纳亚运用了安东尼奥父亲的工作来表现白人社会对小说中大草原的蹂躏性入侵。像战争对他儿子们的影响一样，马雷斯在白人世界的经历从心理上改变了他。他变得孤立，甚至和同事之间都产生了距离："他在公路上工作，周末他领了薪水后到酒吧去喝酒。但他从不与镇上的人接近"[4]。这个工作也强迫他放弃了祖传的"牧童"身份。安东尼奥认为这种放弃身份的行为让他父亲在其他牧人面前颜面扫尽。像卢皮托和马雷斯自己的儿子们一样，马雷斯通过与白人社会的接触已经变成了与过去完全不同的人，这强化了小说中大草原空间与围绕它的国家和社会之间的本体上的分界。

如果第二次世界大战与各种入侵是小说中对大草原的伦理界定的更大范围的例证，那么小镇与其中的学校和教堂则代表伦理界定这种特质的更加地方化。通过马雷斯的工作，小说暗示大草原与小镇形成了鲜明的对比。但这是由安东尼奥做的比较：

---

[1]　Rudolfo Anaya, *Bless Me*, *Ultima*, New York：Warner Books, 1999, p. 57.

[2]　Ibid., p. 201.

[3]　Ibid., p. 202.

[4]　Ibid., p. 3.

桥上的两根路灯杆是欢迎的象征，它们象征喧闹的城镇和犯罪与大草原宁静的山头的分界线。我们跨过历经风雨的桥就有些释然了。不远处就是家与安全之地，母亲温暖的怀抱、乌勒蒂玛的治病魔力和我父亲的力量。①

安东尼奥强调一些与大草原有联系的特征：宁静、和平、安全、温暖、健康与力量。另外，小镇因为有特诺里奥（Tenorio）和他的巫师女儿们的存在而充满邪恶与动荡。

小镇上的所有建筑中有一幢特别显眼的房子，"一幢很大的灰墙房，用尖板条围住茂盛的草地，它属于一个名叫'罗茜'的女人，这里是整个镇上罪恶的源头"②。甚至在知道房子里的具体活动之前，安东尼奥就觉得此房可怖：

我已知道罗茜很邪恶，不是巫师的邪恶，而是人的其他方面的邪恶。有一次，牧师用西班牙语祷告来反对那些住在罗茜房子里的女人，所以我知道她的那个地方很坏。还有，我母亲在我们路过那栋房子时让我们低头而过。③

当安东尼奥尾随纳尔西索去通知乌尔蒂玛可能会受到特诺里奥的攻击时，他知道了罗茜的房子是妓院。更可怕的是他那些从战场活着回来的哥哥经常光顾此"罪恶的女人的房子"④。腐败在这里形成，它导致了另一村民安德鲁（Andrew）忽略纳尔西索的担忧，并参与杀害纳尔西索。这个小镇的这种状况与小说世界里的其他地方一样，它完全与大草原的精神世界相反。

除了罗茜的房子，小镇上还有两幢建筑是小说中伦理道德的分界线的场景："高出屋顶和树冠的是教堂的尖顶，"安东尼奥对它进一步描述道，"另一个高出屋顶，也能与教堂的塔相媲美的是学校的黄色顶部"⑤。就因

---

① Rudolfo Anaya, *Bless Me, Ultima*, New York：Warner Books, 1999, p. 175.

② Ibid., p. 3.

③ Ibid., p. 37.

④ Ibid., p. 172.

⑤ Ibid., p. 7.

为它们高出其他的房子，学校与教堂高耸在安东尼奥的生活中。从很早开始，安东尼奥就知道他未来的生活会与这两幢建筑有关："秋天，我将到镇上的学校上学，再过几年会到教堂去见习。我发抖了"①。他的害怕不仅是原本这些地方在他的心目中有可怕的形象，更是因为这些地方在那个充满罪恶的小镇上。到那两个地方去他得跨入那个罪恶的小镇。从一个温暖、安全和无忧的大草原到一个腐败了的也令人腐败的小镇去会玷污他的灵魂。

小说对大草原的观念和精神与学校和教堂的不同点进行了明辨。在这两个机构中，学校的不同程度小些。尽管安东尼奥的母亲认为这所学校将使他成为学者去为她的鲁纳（Luna）家族出力，但上学的第一天他和像他一样的孩子被视为异类。这从他吃午餐开始。他吃的是他母亲亲手做的一小罐热豆和青椒玉米卷，"其他的孩子看见我的午餐大笑起来，还指指点点"②，安东尼奥吃的是带有自己文化特色的饭菜，所以受到嘲笑。其他同学吃的是三明治，那是"由面包制成的"③。

学校有一个负面作用：同化孩子。在去那里之前，安东尼奥就担心学校会像"战争带走了的哥哥们"一样把他也"带走"④。像战争一样，教育过程中经历的是变化。最明显的变化是语言。安东尼奥说过，"只有一个人进了学校后他才会学英语"⑤。他的姐姐黛博拉（Debora）出了问题。"她只在学校待了两年，就只说英语了"⑥。更有甚者，她成了马雷斯家族中最有问题的孩子。尽管他妈妈把黛博拉的行为归咎于马雷斯家族狂野的血统，但她和其他孩子与大草原的生活的差异是由于在学校待的时间太长所致。这是她和家中其他孩子唯一不同的地方。

在学校里所受的孤立和悲伤迫使安东尼奥开始寻找同类。如他所描述的那样，"我们捆绑在一起，团结起来，我们就有了力量。我们发现了几个在语言和习俗上和我们一样的人，我们的部分孤独感消失了"⑦。阿纳

---

① Rudolfo Anaya, *Bless Me*, *Ultima*, New York: Warner Books, 1999, p. 25.

② Ibid., p. 62.

③ Ibid.

④ Ibid., p. 35.

⑤ Ibid., p. 10.

⑥ Ibid., p. 12.

⑦ Ibid., p. 62.

亚还描述了安东尼奥如何联合他人反抗其他孤立和嘲讽他们的人。安东尼奥的行为只是小规模地反对和他的文化和身份不同的人，而不是像小说本身那样对付一个联合起来的、同质的文化族群与身份的白人。

　　虽然教堂耸立在安东尼奥的面前，但作者只是在小说的中间部分简单地描述了它，但它立刻成了小说中涉及宗教伦理的分界线。教堂以负面形式出现。安东尼奥进入教堂后发现教堂里的"水冰冷，教堂里面寒冷，发霉了"①。教堂立刻变得让人不快：水不是冷，是"冰冷"，建筑物教堂本身也是寒冷的，发霉了的。他还继续描写"教堂的长椅"是"粗糙的"、"破碎的"②。这些描述不只是使这个本应让人们充满期待的地方变得令人不悦、不满意，更令安东尼奥不满的是牧师伯恩斯（Byrnes）神父。当安东尼奥和无神论者弗洛伦斯（Florence）上课迟到时，只有弗洛伦斯受到了处罚，这种不符合逻辑的事让安东尼奥不安③。

　　在他首个圣餐前的圣灰星期三，一个最令他期待的日子，也被破坏掉了，因为早上"灰蒙蒙"，下午"尘土飞扬"，那些虔诚的人一言不发，目光低垂，"手指如火柴棒"的人在为"出其不意地给孩子们额头上抹圣灰和牧师那令人痛苦的讲演"做准备。伯恩斯神父强调在永恒面前肉体与人类生活显得微不足道的时候，他的话留给人们一种"麻木的无助的感觉"④。这一切给人造成了不快、痛苦、受罪与折磨的感觉，这种感觉堪比外界给大草原造成的负面作用。

　　总之，作家通过小说主人公安东尼奥上学前和离开家上学的经历创造了一个假象纯真空间。在这个空间里，奇卡诺人把白人文化拒之于千里之外。这个想象的空间彰显了奇卡诺族裔典型的性格。

三　独特空间里奇卡诺族裔的土著性

　　自从哥伦布发现所谓的新大陆以来，白人学者就从他的日记里寻找他记录的奇卡诺族裔的刻板性格特征："无法无天、不负责任、懒惰、不值得信赖、背信弃义"，"天真、神的盲目崇拜者，对通向基督救赎之路一

---

① Rudolfo Anaya, *Bless Me, Ultima*, New York: Warner Books, 1999, p. 209.

② Ibid.

③ Ibid., pp. 199 - 200.

④ Ibid., pp. 214 - 215.

无所知"①。然而，阿纳亚笔下的奇卡诺人与这样的描述截然不同。与贡萨雷斯的诗歌里列举的一样，阿纳亚的小说也呈现了奇卡诺族裔人的性格多样性，但阿纳亚是通过假想空间里的人物形象和事件来描述奇卡诺族裔所具有的土著人性格多样性。他通过描述安东尼奥父辈生活的变化、马雷斯家族（放荡不羁的牧民）和鲁纳家族（谨小慎微的农民）的冲突、大草原上和河谷里奇卡诺社区邻里之间的斗殴和乌尔蒂玛的巫医术的描写，构建了在地理上局限在新墨西哥州大草原和河谷的奇卡诺人典型土著性性格图式，从而强化了奇卡诺族裔对白人社会与文化的抵抗。

　　首先，阿纳亚的小说所描写的奇卡诺族裔性和贡萨雷斯的诗歌所描写的奇卡诺族裔性一脉相承的是奇卡诺族裔无拘无束的自由生活。贡萨雷斯史诗中的华金策马奔驰在美国西南部的落基山脉中，过着自由的生活。阿纳亚小说中主人公安东尼奥父亲的马雷斯家族是土著人与西班牙殖民者的后裔，"马雷斯"即"海洋"之意。在盎格鲁人到达新墨西哥州大草原之前，安东尼奥的父亲马雷斯也从小就策马奔驰在大草原上，前半辈子一直都是骑在马背上的牧牛人，天生就具有不羁的浪漫特征。即使后来盎格鲁人来了，把大草原美丽的大地圈了起来，马雷斯仍然在大草原上工作了很长的时间。在安东尼奥的眼中，只有在那无垠的大地和蓝天下，他的父辈们才能感觉到他们精神上所需要的自由，而在安东尼奥的母亲看来，草原人"总在搬家，像吉普赛人，总是拖家带口到处游荡"②。在这种具有浪漫情怀下的奇卡诺族裔男性一旦离开了养育他们的草原，离开了他们自由自在地生活的地方，他们的自尊心就会受到严重的伤害。他的母亲不是草原人，而是一个农民的女儿。她看不到草原的美丽，也不能理解半辈子都生活在马背上的粗犷男人们的心思。在儿子安东尼奥出生以后，鲁纳说服丈夫马雷斯搬离草原后到瓜达卢佩小镇附近生活，以便孩子们享受到更好的教育，大人找到更好的工作。

　　离开草原使得他父亲马雷斯在那些仍然坚持自由地生活在大草原的人面前低人一等。马雷斯在城市无法再饲养他心爱的马便将它送给了朋友，但朋友无法将通人性的马关起来养，只好让它在野外游荡，这更深深地伤

---

① Ilan Stavans, *The Hispanic Condition: The Power of a People*, 2nd ed., New York: Harper Collins, 2001, p. 181.

② Rudolfo Anaya, *Bless Me, Ultima*, New York: Warner Books, 1999, p. 9.

害了他父亲的自尊心。他的父亲慢慢地不再见那些草原上的人，在心理上也发生了变化。他到了高速公路上工作，在周末领了工资后，就和他的同事到小酒馆里去喝点小酒，但他从来也不和镇上的人接近。偶尔，会有一些草原上的人到镇上买些生活必需品，他们路过时都会来和他父亲喝喝酒，他父亲的眼睛此时就会发亮，回忆过去发生的一些事情，讲些古老的故事。但老朋友们走后，他会一个人独自饮酒到深夜，然后第二天就开始抱怨到教堂做弥撒的时间太早。日复一日，马雷斯过着与本族人生疏、与白人也不亲近的孤独与沉寂的生活。阿纳亚在描述马雷斯为代表的奇卡诺人的性格时，形成了一条奇卡诺人的伦理道德分界线，奇卡诺人只有在大草原上无拘无束的生活才会感觉到自由与自尊，离开了大草原他们就失去了这一切。由此可见，阿纳亚笔下以马雷斯为代表的奇卡诺男性勤劳、勇敢、富有正义感与同情心，是自尊心极强的人，不是白人社会所描述的懒惰与不负责任的男人。在宗教信仰方面，他们更倾向于追随妻子去崇拜自己民族的神。

阿纳亚笔下的奇卡诺族裔的另一典型土著性特征是在家族里严格遵循先祖阿兹特克人的传统伦理：重视家族的发展、尊重年长女性以及为了家族的兴旺而不惜与姻亲如马雷斯家族（海洋家族）与鲁纳家族（月亮家族）之间发生这样的格斗。

小说《保佑我，乌尔蒂玛》中奇卡诺族裔的家族伦理描写以主人公安东尼奥的父母双方的家族为中心进行。这两个家族都是以爷爷辈为核心、长幼有序、家庭成员之间相互尊重的大家族。为了后代的发展，他们会不惜一切与他人争夺下一辈的未来人生规划权。在安东尼奥出生后，两个家族的成员分别浩浩荡荡地来到他们家，把自己的文化象征物摆放在他家以示吉兆。在日常生活中，安东尼奥的父母念念不忘的是各自家族的生活与风俗习惯。他父亲马雷斯崇尚的是草原人的精神，他们曾经是征服者，他们的自由是无限的。马雷斯认为野马的自由存在于马雷斯族人的血液里，他总是朝思暮想着向西挺进。他的先祖是牧人，所以他总希望自己的孩子也能成为草原牧人。安东尼奥的母亲则总是以娘家的庄稼丰收为骄傲。她的兄弟们虽然温柔、善良，但不苟言笑，非常沉静。他们与土地交流，用双手与泥土交流。在他们的地里和果园里，他们的话语最多，他们总是和生长的庄稼说话。安东尼奥的父母都以自己的家族为骄傲，在他们的争执中，母亲总是谴责父亲家族的人，认为在大草原上的奔驰是懒惰的表现，他们是群无用的家伙①，而且在她眼里，只要像她的兄弟们一样用双手诚实地劳动，所有的土地都会富得流油。

从安东尼奥父母的冲突表象看，似乎不同的奇卡诺家族水火不容，但从本质上说这些家族有着共同的生活环境和目标，他们一起构建了奇卡诺人丰富的家庭文化。在这个体现了不同奇卡诺族裔部落文化的家庭里，奇卡诺人对孩子的素质教育方式是言传身教，颇具特色。奇卡诺人从小就男女有别：安东尼奥的两个姐姐整天在家里躲到她们自己的房间里"摆弄她们的芭比娃娃并傻笑"②，而他则是通常安静地吃饭，不停地劳作，因为虽然来到了城市的郊区居住，安东尼奥的家里仍然饲养着许多牲畜：兔子、鸡群和奶牛，他的任务就是给他们上饲料或放牧。学习尊敬长辈与老人更是奇卡诺人家庭教育的重要一课。乌尔蒂玛到来之前，鲁纳教导孩子们要尊重她，要尊称她为"贵人"。当孩子们怀疑乌尔蒂玛为巫师时，她非常生气，严肃地告诉他们：乌尔蒂玛是一个有学问的人，一个非常友善之人，是她帮助鲁纳度过了草原上艰难的时光。在草原上的家庭里，关于本民族文化的教育，他们传承草原人精神。他们的学校就是草原，草原就是老师，也是他们的初恋。生活中陪伴他们青少年时代的是马鞍和小野马。虽然没有正规教育，但那是草原人最美的年代。

奇卡诺族裔家族之间的矛盾并非原则上的矛盾，只是同民族不同家庭文化的表现。草原的男人们是太阳的男人，而河谷的男人是月亮的男人，但他们都是白色太阳的孩子③。安东尼奥的父亲和母亲的矛盾在于草原人的自由观念与农民对大地依附的差异。在家族文化和族裔文化的培养中，奇卡诺族裔女性起着至关重要的作用。阿纳亚笔下的奇卡诺族裔女性具有其民族勤劳、手巧、持家、迷信等显著特征。

安东尼奥的母亲鲁纳是农民的女儿，一个典型的奇卡诺族裔家庭主妇。在描述家里房子的结构时，他这样说道："从楼梯的顶上，我有更好的视角，可以看到家里的全貌和我母亲的厨房"④。这个厨房是属于他母亲的，不是他家里其他人的。对于马雷斯来说，鲁纳是一位能干的贤内

---

① Rudolfo Anaya, *Bless Me*, *Ultima*, New York：Warner Books，1999，p. 10.

② Ibid.，p. 8.

③ Ibid.，p. 29.

④ Ibid.，p. 2.

助。她和丈夫能够一边讨论把乌尔蒂玛接过来住的事情，一边用她灵巧的手飞快地按照桌布的花样勾出大厅里大椅子的装饰巾①。她每天的任务就是做饭、洗衣、扫地、伺候丈夫和孩子、编制一些装饰品。在对待夫妻双方亲属的态度上，鲁纳有截然不同的思想。她心里整天想着的一件事就是她娘家的发达，希望她的小儿子安东尼奥将来长大能够成为一个牧师，去统治她的鲁纳家族。她几乎每天都要谈到小儿子安东尼奥的前途——成为牧师，将来好为她娘家的人争光。作为一个没多少文化的女人，鲁纳一谈到自己家族就会滔滔不绝，对她的兄弟们种植的甜玉米和红辣椒赞叹不已，认为他们的这些农产品闻名于全新墨西哥州，具有墨西哥人的特色。她的喋喋不休就是一个在重大事情上无真正决定权的家庭主妇的典型行为。而对丈夫家族的人她总是持否定的态度，认为他们懒惰、无用，并以坚定的态度督促丈夫搬离了大草原，来到离小镇不远的地方定居，让儿子能够享有更好的现代教育。

而对待外面的大事，鲁纳不太关心。当人们大肆谈论河中谋杀事件的时候，她却很优雅地和周边的女人们打着招呼并说些女人们之间的事。

鲁纳是位心地善良、知恩图报的理性女人。她的三个儿子从战场上回到家以后，尽管战争这只老鹰已经飞走，他们的母亲仍然像老母鸡照看小鸡一样护着他们②。当她感觉为她做过助产士的女医药师乌尔蒂玛一个人孤孤单单地在草原上生活的时候，不顾人们对巫医的偏见，提出把老人接到他们家里来一起住，让她安度晚年。出于对老人的尊敬，安东尼奥的母亲尊称乌尔蒂玛为"贵人"③。她对老人的敬重给子女们树立良好的道德榜样。

在宗教信仰方面，鲁纳表现的是一个典型的无科学知识的奇卡诺女人的精神寄托。在有关对神灵进行祭拜这样的家庭事务中，鲁纳具有绝对的决定权，她丈夫马雷斯总是随她行动。她同时信奉天主教与本民族女神——瓜达卢佩。她在家里设立祭坛供奉女神像。该神像有两英尺高，"女神身穿长长的、飘逸的蓝色袍子，站在牛角形的月亮之上，她双脚的

---

① Rudolfo Anaya, *Bless Me*, *Ultima*, New York: Warner Books, 1999, p. 3.

② Ibid. , p. 67.

③ Ibid. , p. 4.

周围有头戴翅膀的天使，她的头顶上带着皇冠，因为她是天堂之神"①。鲁纳把女神视为土地保护神。受母亲的影响，安东尼奥也把女神视为最后一个拯救所有罪犯的神之母，因为女神充满爱意，她能原谅所有犯罪的人。鲁纳也是一个非常虔诚的天主教徒，认为灵魂的拯救植根于圣母教堂，如果人们求助于大地，他们就会得到拯救。月亮家族的人很长时间都没有牧师了，所以她的梦想就是让她的儿子安东尼奥将来成为牧师，掌控月亮家族人们的思想。由牧师统治的农民社区是一种理想的生活状态②。鲁纳收到战场上的儿子安德鲁的信后，非常激动，哭红了眼睛，然后她点燃了很多支蜡烛，拜神保佑她的儿子们平安回家。全家人在他的指挥下拜跪在瓜达卢佩女神像面前直到孩子们一个个睡着，大人们还在那里跪着，就连不信神鬼的父亲也跟着跪了很久。面对卢皮托（Lupito）杀害警官的案件，鲁纳也是除了祷告就是祷告。

鲁纳的勤劳、聪慧、果敢、贬低丈夫家族人所表现出的狭隘思想与对神的信仰形成了奇卡诺族裔女性典型的矛盾性格。而民间巫医乌尔蒂玛则是阿纳亚笔下奇卡诺族裔典型的正面形象与文化象征。

在小说中，通过安东尼奥的视角，阿纳亚这样描述乌尔蒂玛的形象：乌尔蒂玛的脸是棕色的，她笑的时候露出来的牙齿也是棕色的，她的头发上扎着黑巾，脸上和手上布满了皱纹③，和她一起来到安东尼奥家的还有一只非常善良、象征吉祥并具有预测能力的猫头鹰④。在安东尼奥看来，乌尔蒂玛面孔苍老，但眼睛清澈、熠熠发光，似孩童纯真的眼，她的身上散发出一股草药的芳香⑤。她是一位善解人意的女性。来到安东尼奥的家后，她帮助鲁纳洗衣、扫地、做饭，承担了很多家务活，还陪马雷斯聊天，解除他不能实现自己西进淘金梦想的苦恼。

乌尔蒂玛对安东尼奥的影响从一开始就非常深刻。她拉着安东尼奥的手，他感觉到一阵旋风扫过他身边。她的眼睛扫过周边的山丘，安东尼奥顺着她的眼神放眼望去第一次看到了山野的美丽与绿色河谷的神奇，他的鼻孔都颤栗了，仿佛感觉到了知更鸟在歌唱，蚱蜢的叫声与大地的转动和

① Rudolfo Anaya, *Bless Me*, *Ultima*, New York：Warner Books, 1999, p.47.
② Ibid., p.31.
③ Ibid., p.13.
④ Ibid.
⑤ Ibid.

谐共存，草原从四面朝他涌来，白色的阳光照进了他的灵魂①。他也感觉脚下的沙粒与太阳和天空融为了一体②。他还经常刻意模仿乌尔蒂玛走路的优雅姿态。无论走到哪里，乌尔蒂玛都把安东尼奥带在身边。她带着他到草原上和河边去采草药，教他识别一些花草树木和鸟类以及其他动物。更为重要的是，从她那里，他了解了白天和夜晚都有美丽存在，河流与山川都有和平。她教会了安东尼奥聆听大地呻吟的神秘。他的思想也逐渐成熟③。后来，乌尔蒂玛带有灵性的猫头鹰都与安东尼奥同行，见证了卢皮托被杀事件，保证了安东尼奥的安全。和乌尔蒂玛一起，安东尼奥还亲身经历了大草原上邻居的驱巫治病事件、他舅舅被刮痧疗病事件和仇敌女儿被施魔法事件。潜移默化中，安东尼奥继承了宝贵的奇卡诺族裔原始的医药文化。

乌尔蒂玛是个无所不能的草药师和巫师。她通晓草药功效和古人的药方，经常深夜到大草原去，收集只有巫医药师在月光下才能采集到的草药。她也是一位能够用草药治愈各种病人的奇迹创造者。她能够驱除巫师施的魔咒和巫师植入人体使人生病的邪气。

她更是正义判断和正义的化身。在卢皮托被人射杀的问题上，安东尼奥的心中充满困惑。他不理解为什么他的父亲杀死了卢皮托还有资格去教堂参加圣餐仪式。乌尔蒂玛为他解惑，告诉他没有正当的理由，草原男人是不会轻易杀生，草原男人是忍耐性极强的人。人们晚上追杀卢皮托，是因为他杀害了无辜的警察。在草原人看来，以命抵命是天经地义的事。最后，当他父亲的仇敌对他们家族进行报复时，乌尔蒂玛的猫头鹰啄掉了仇敌的眼睛，用生命保护了安东尼奥一家的安全，最后它被仇敌打死。猫头鹰是乌尔蒂玛灵魂的化身，她和猫头鹰一起殉难。在她离世之前，她嘱咐安东尼奥："我将以善良、坚强和美丽的名义保佑你！安东尼奥。不要失去生活的力量。热爱生活！如果绝望入侵你的灵魂，你就在微风轻拂、猫头鹰在高山上歌唱之时到夜色中去找寻我。我会伴随你——"④。在奇卡诺族裔的文化中，他们经常把各种动物看作具有神力的人的化身。是猫头

---

① Rudolfo Anaya, *Bless Me*, *Ultima*, New York：Warner Books, 1999, p. 14.

② Ibid.

③ Ibid. , p. 16.

④ Ibid. , p. 261.

鹰代表了乌尔蒂玛还是乌尔蒂玛代表了猫头鹰？这是一个神秘难解的谜，是奇卡诺民族神秘文化的表现。但无论怎样，以乌尔蒂玛和猫头鹰为代表的正义最终战胜了邪恶。

对于作家阿纳亚来说，乌尔蒂玛是西班牙人、墨西哥人和土著印第安人的教义知识库。她的到来开阔了安东尼奥的视野，使他能够看到草原风景的美丽并理解本民族文化精神之根。在她的指引下，他开始理解河流，了解到开阔的大草原和自然中的一切充满神的精神，大自然的一切都有生命，上帝无处不在。安东尼奥由此开始了他不同寻常的梦想之旅，这也使他对人世间为何存在善恶产生了疑问，并慢慢地成熟起来。

除了正面形象的塑造，阿纳亚还描述了本民族之间小宗派思想的内讧与乌合之众文化等最显著的负面性格特征。

在安东尼奥出生的当晚，本应得到长辈祝福的重要日子却因为父母双方家族成员之间对他未来职业的不同意见而闹出大事件。他父亲那边那些拥有草原人性格的家族成员和他母亲那边那些拥有河谷农民性格的家族成员之间发生了激烈的格斗。为了表达他们的希望之情，河谷月亮部落的人（安东尼奥外婆家的人）从河底捞了些黑泥巴上来涂抹在他额头上，用收获的水果围着床，让安东尼奥出生的那间小房间里充满了青椒、玉米、成熟了的苹果和桃子、南瓜和绿豆的气味。他的外公认为安东尼奥的血液里流淌的是农民的血，所以他将来长大了必须成为河谷农民的一员并作为牧师来统治他们。突然，他们沉默的仪式被马蹄声打破，一群牧羊人（安东尼奥爷爷家的人）闯了进来，要抢走婴儿的脐带血，要求小孩长大了成为草原上的牧人。他们抹去了婴儿额头上的泥土，打碎了水果和蔬菜，摆上了马鞍、马毯、酒瓶、一根新绳子、一个马勒、一双马靴和一把旧吉他。他们认为人类不该与泥土拴在一起，而是在大地上自由自在地生活[①]。这些草原牧人充满生机、生性好动、驰骋在广阔的草原上。安东尼奥父亲家族的人认为男人应该像他们的祖先一样漂洋过海，不停地游荡，自由地生活在他们所征服的草原。这种具有姻亲关系的大家族的互不相让的态度充分显示了奇卡诺族裔人内讧和不团结的负面性格。

在对待因饱受战争刺激而精神失常的卢皮托杀死警察事件的处理上，奇卡诺人表现出了典型的乌合之众的人云亦云态度。在静悄悄的漆黑夜

① Rudolfo Anaya, *Bless Me*, *Ultima*, New York: Warner Books, 1999, p. 6.

晚，一群男人不分青红皂白，拿起武器，追赶到桥上，将逃跑在河水中的卢皮托乱枪打死。安东尼奥的父亲参与了追杀行动。他自己的儿子也是战场上回来的人，他无视战争给年轻人造成的心理上的伤害，只一味奉行杀人偿命的原始伦理标准，表现出对现代社会的正义伦理无知。以萨义德的东方主义话语来看，他们的行为正体现了族裔人的消极特征："无声、阴弱、专制、非理性与落后"①。这样，作家对这些族裔男性的鲁莽行为的描述形成了一条现代伦理观与原始伦理观的分界线，强化了奇卡诺族裔古老文化伦理对他们行为的控制，从而表现出奇卡诺人对主流文化伦理标准的抵抗特征。

总之，在阿纳亚笔下特定的奇卡诺族裔生存的空间里，奇卡诺人表现了本民族特别的性格特征伦理，这些伦理反映了奇卡诺人与众不同的固有文化和作家创造的奇卡诺族裔新文化。

四　奇卡诺族裔古老文化的保留与新文化的创造

小说《保佑我，乌尔蒂玛》中的故事发生在 20 世纪 40 年代的新墨西哥州。阿纳亚对新墨西哥州传统的奇卡诺文化的信仰深深地植根于天主教宗教和西班牙民间故事中，而这些信仰又受到了普韦布洛印第安人生活方式的影响，这种混合文化构成了该小说的创作背景。应该说，是新墨西哥人的生活方式激发了作者的写作热情，但一部小说的创作不是解释一种文化，而是创建自己的文化。作家创造故事，所以读者必须将文化的真实描述与小说区分开来。

胡安·戈梅—昆诺尼斯（Juan Góme-Quinones）提出了"反抗是族裔的标志"，他认为在美国奇卡诺文化被分割成了三个部分：一是同化，二是在夹缝中转化，三是离墨西哥近、离美国白人文化远的墨西哥文化②。他还认为在 1848 年的墨美战争后，奇卡诺人只有拒绝被外国人掌控与同化才能保存自己的文化，因为战后他们被白人和他们的组织机构认定为属民（a subject people），他们经历了跨越阶级界限的、反墨西哥化的种族主

---

① 单继刚：《夏洛克的失则：是什么妨碍了全球化伦理的实现》，载单继刚等编《政治与伦理》，人民出版社 2006 年版，第 317 页。

② Ilan Stavans, *The Hispanic Condition: The Power of a People*, 2nd ed., New York: Harper Collins, 2011, p. 191.

义行动，也成了针对奇卡诺人的种族主义者攻击的目标。共存、经济与征服引起了不断的文化融合、文化适应、文化生存与文化变化过程，这使得这些不同种族的人结合在了一起，而历史上连续的抵抗与冲突是奇卡诺人持续受到压迫的结果①。到了 80 年代奇卡诺人被人们称为"夹缝中的人"，阿美利哥·帕雷德斯（Amerigo Paredes）认为奇卡诺人在基因上被认为是混种民族，但在文化上是墨西哥在美国的触角②。

在小说中，通过主人公安东尼奥在乌尔蒂玛指引下成长与成熟的过程，阿纳亚书写和创造了奇卡诺族裔独特的文化特征伦理。通过地理上桥的分界，奇卡诺族裔文化与白人文化形成了相对抗的伦理线。桥的这一边是美丽的河谷与大草原，是安东尼奥父母家族的家园。农牧民的生活总体上是和谐与互助的生活。在收获季节，他们把青椒烤了晒干，红椒串成漂亮的圈；苹果堆得高高的，从它们被太阳晾晒的屋顶上发出浓浓的香味，有些苹果被制成了果酱；在夜晚，全家人围着火炉吃烤糖苹果和肉桂，听民谣和人们的旧事③。那些放荡不羁的草原牧人和沉默寡言的农民在那里有自己的草原与河谷文化。

在拜亲访友等日常生活中，奇卡诺人遵循长幼亲疏、男前女后之序。到母亲的娘家拜访，他们必须拜访每位舅舅，否则就是不礼貌的行为；但拜访舅舅之前，他们必须先拜访外公，他端坐在主房客厅的正中间，等待他们的到来；外公走路、说话的样子都表现出他的威严与智慧④。给外公行礼都是长幼亲疏有序地进行。首先是母亲给外公行礼，然后是子女，最后是乌尔蒂玛，接着外公代表全家欢迎乌尔蒂玛的到来⑤。

小说中乌尔蒂玛来到安东尼奥家后进行的救治他舅舅的巫术活动是奇卡诺文化中最常见的活动。人们在生病或遇到自然灾害时，不是去医院或求助于政府机构，而是找乌尔蒂玛这样的巫师进行一系列的驱巫活动来解决问题。乌尔蒂玛的行医活动都是带有迷信色彩的巫术。在龙卷风袭击草原时，受灾的人不是关注天象，而是认为已经死去的魂灵在显灵作祟并邀

---

① Ilan Stavans, *The Hispanic Condition: The Power of a People*, 2nd ed., New York: Harper Collins, 2011, p. 191.

② Ibid., p. 192.

③ Ibid., p. 52.

④ Ibid., p. 51.

⑤ Ibid.

请乌尔蒂玛去进行驱赶鬼怪的活动。安东尼奥随着乌尔蒂玛到达受害者家，搭建了舞台，燃起了篝火，烧掉被乌尔蒂玛施了法的三个包后，鬼怪离去，龙卷风也平息。而龙卷风的来去实际上是自然的规律，与古代的冤魂死鬼毫无关系。另外一个直接影响安东尼奥的巫术是他本人的经历。他因为亲眼看到卢皮托被杀而被吓病了之后，乌尔蒂玛给他施了法。她口中念念有词，同时用手指在他的额头上画了几个圈，他沉睡了几天病就好了。实际上，乌尔蒂玛的手指上涂抹了精心熬制的能够治疗感冒的草药，而且感冒后本身多睡几天就可以将身体恢复。乌尔蒂玛还使用巫术将安东尼奥一家的敌人的女儿置于死地，消灭了祸害他们的人。这样，巫术让安东尼奥深信它不仅可以治愈身体上的疾病，也可以治愈人们心理上的疾病，奇卡诺人不需要现代医术来治疗他们的疾病。

用草药治病是奇卡诺文化的另一个特征。大草原的山丘上到处都是乌尔蒂玛需要的草药。草原上的草药能治疗各种疾病：烧伤、喉痛、痔疮、婴儿的疝气、痢疾、肺炎、跌打损伤、刀伤、感冒咳嗽、腹泻、驱赶蛇蝎等①。对于巫药师乌尔蒂玛来说，每一种植物都有神灵。每扯出一根草药，乌尔蒂玛都要对它说一番好话②。乌尔蒂玛平时和安东尼奥分享的故事都是有关他的民族和古老的印第安民族的故事，如阿兹特克人、玛雅人和其他土著部落的草药和古代摩尔人的故事。乌尔蒂玛还把采摘来的草药晒干，与山里来的人交换各自需要的东西③。来自自然的神奇草药是治愈奇卡诺族裔一切疾病的灵丹妙药，是奇卡诺族裔生活中不可或缺的部分。在传统的新墨西哥州的村庄里有些像乌尔蒂玛一样的女性，在村子里没有医生的时候，她们是助产士，给人按摩，有时她们也帮人接上断骨。她们认识一些草药，用它们来治愈一些疾病。有些女巫师甚至还举行一些令人紧张的净化仪式来消除其他巫师的咒语产生的坏影响。现在人们有了精神疾病可以去看心理医生，但在过去的四百多年里，新墨西哥州的人一直都是女巫师给他们治病，这些女巫师被称为"女战士"④。她们帮助破碎的灵魂重建和谐。作为一个药师，乌尔蒂玛"保佑我"的行为与其说是具

---

① Rudolfo Anaya, *Bless Me*, *Ultima*, New York: Warner Books, 1999, p. 42.

② Ibid.

③ Ibid. , p. 45.

④ Ibid. , p. ix.

有神奇的巫术，还不如说是有一种奇卡诺族裔文化的精神。

与生产草药和给予奇卡诺人生命力量源泉的大自然息息相关的是奇卡诺人的自然诸神崇拜。新墨西哥州的民间故事中有许多关于人可以以草原狼或猫头鹰形象存在的故事。这些具有动物图腾特征的巫师是具有非常强大力量的人，他们为善或作恶，取决于依赖他们的人的需求。乌尔蒂玛是一个巫师，她具有猫头鹰的神奇力量，她使用正能量来做善事帮助他人。奇卡诺族裔的宗教信仰观体现奇卡诺人的信仰混种性。安东尼奥的母亲鲁纳在家中同时摆放着两个不同的神。对待她自己信仰的天主教和土著女神瓜达卢佩圣母，她虔诚万分，家里的大事小情都得请示她心中的神，为了亲友和三个战场上儿子的平安，她都会虔诚地祷告很长的时间。随着乌尔蒂玛的到来，安东尼奥进入了一个"诸神世界"，一个萨满教人掌控的世界。他进入了一个新的现实中，他的各种梦境开始反映这个神而有时又令人惧怕的世界。通过对安东尼奥各种梦境的描写，阿纳亚旨在告诉人们，通过意念，人们可以了解过去和预测未来。

最能体现奇卡诺文化的载体是语言。母语西班牙语是安东尼奥一家通用的语言。在他的家庭里，父母只允许孩子们说母语。他的两个姐姐到镇上上学后回到家里开始讲英语的时候，他的父母亲谴责她们。与其他的少数族裔不同，奇卡诺人对他们的母语无限忠诚。他们认为说母语是忠实于自己的民族的根。是他们的母语使他们在美国这个多元文化社会里团结在了一起，因为"母语是团结的力量，（人们）在家里使用，在学校使用，在街头也使用"①。在对比主流文化观与奇卡诺文化观时，语言是最有用的工具。西班牙语更注重过去情况的描写，而英语更看重将未来的事件的清楚表达；西班牙语把物体分为阳性和阴性，而英语缺少性别区分。在奇卡诺历史初期的语言理解中，他们失去了一些东西：归宿感和透明的身份②。因为西班牙语在许多公开的场合是被禁止使用的，所以人们常常把说西班牙语"看成是一种抵抗的标志"③。到了小说发表的 70 年代，美国政府已经鼓励人们使用英语和西班牙语作为奇卡诺族裔的两种官方语言。

---

① Ilan Stavans, *The Hispanic Condition*: *The Power of a People*, 2nd ed. , New York: Harper Collins, 2001, p. 153.

② Ibid. , p. 157.

③ Ibid. , p. 154.

在最高法院 1974 年判决公立学校设置英语为唯一课程语言是种族歧视后，双语成了时髦。阿纳亚对母语西班牙语的强调反映了他保留民族文化与反对主流社会的抵抗性伦理。

除了对奇卡诺族裔的古老文化的描述，作家阿纳亚还创造了新的金鲤鱼神话。同伴塞缪尔（Samuel）给安东尼奥讲述了金鲤鱼神话的由来。在瓜达卢佩小镇外一条鲤鱼河里，有一条 7 岁男孩个头大小的金鲤鱼，他是众多鲤鱼和当地河流湖泊的保护神。他和一群棕色的鲤鱼是由曾经受到诸神迫害的普韦布洛族人变身而来。故事的具体情况是这样的：很久以前，大地还很年轻、只有几个游牧部落的人接触纯洁的大草原，饮到小溪里清澈的泉水的时候，有一天一个陌生的民族来到了这里。这个陌生的民族触怒了大地诸神①，作为惩罚，这些人被罚变身棕色鲤鱼。诸神中的一位神非常喜欢这个民族，他请求变成一条鲤鱼来保护这些鲤鱼。因为他曾经是神，所以诸神把他的体形变得很大，而且拥有金色的外表，作为鲤鱼的主人与保护神，他掌管着山谷的一切水域。这条神秘的金鲤鱼只有少数幸运的人才能在天气晴朗的时候看到他。安东尼奥的朋友西科（Cico）把他带到湖边见到了神圣的金鲤鱼。塞缪尔对金鲤鱼神乎其神的描述与对金鲤鱼神的肯定动摇了安东尼奥对已知诸神的信仰。作为一个小孩，看到乌尔蒂玛的神力已经使他惊叹不已，这新来的鲤鱼神更使他相信除了他母亲信奉的神灵和学校教堂里的天主教以外，大自然中还有更伟大的神灵。

金鲤鱼神话改变了安东尼奥对天主教宗教的信仰，使他处于对神的信仰的纠结中。最后他能做出的决定就是接受所有的一切，创造一些新东西。

小说中有关金鲤鱼的神话故事是作家自己编造的神话。作家认为，作为一个故事讲述者，他也是一个神话创造者。金鲤鱼的故事和基督教、阿兹特克神话以及印第安人普韦布洛部落里的有关鱼的故事产生了共鸣。代表奇卡诺文化的、精通巫术与草药的民间药师乌尔蒂玛亦人亦巫的形象也是作家创造的文学神像。

总之，小说中所描述的奇卡诺民族古老的文化和作家创造的新神话都反映出作家对本民族深深眷恋与热爱的伦理情结，形成了奇卡诺族裔文化

---

① Ilan Stavans, *The Hispanic Condition*：*The Power of a People*，2nd ed.，New York：Harper Collins，2001，pp. 350 - 352.

与白人主流文化的伦理分界线，坚守与发扬了奇卡诺族裔文化，为小说主人公安东尼奥成长主题的抵抗性伦理图式做了坚实的铺垫。

五　安东尼奥成长主题的抵抗性伦理

小说《保佑我，乌尔蒂玛》进一步的抵抗图式是它作为成长小说的文学刻板模式的地位。M. H. 阿布兰姆斯（M. H. Abrams）把成长小说定义为对"从孩提时代起经历不同的经历后，主人公思想与个性的发展。他们常常经历精神危机，然后进入成熟，这通常包括承认个人身份和他/她在世界里的角色"[①] 的聚焦。主人公从孩提时代的天真到成年后的成熟的转换是阿纳亚小说受人追捧和诟病的焦点。卡诺萨（Kanoza）赞扬小说通过主人公成熟过程表明"智慧与经验使人的眼光超越差异来看共性"[②]。而有些人批评该小说，认为它作为奇卡诺文学刻板模式的小说有问题，小说创作是被与奇卡诺运动中更大的社会与身份问题不相干的个人身份问题所驱使。

与小说的抵抗伦理连接起来看，小说主人公的成长主题事实上颠覆了以上的赞扬与批评。德波拉·B·布莱克（Debra B. Black）高度并客观地评价了《保佑我，乌尔蒂玛》，认为这是

> 一部时不时用散文和着诗意横扫读者脑海的小说；时不时用奇卡诺文化族群丰富的历史来吸引读者的小说；它形成了一种对青春年少无邪的怀念，建起了要再次找到自己身份的责任心。描写四十年代的新墨西哥风景时，它不仅包含丰富视角的全景图，也是一部关于常人和非常人面临的生活与居住的现实理念的小说。[③]

小说中的"富裕"、"统一"等都只存在于假想的世界中。小说的模式并没有忽视奇卡诺运动的社会问题和身份问题。相反，主人公的成长经历肯定了奇卡诺运动的抵抗政治与伦理。"成熟"的安东尼奥在故事结尾是一个"自我"形象，完全聚焦在大草原空间，彻底孤立于美国盎格鲁

---

① M. H. Abrams, *A Glossary of Literary Terms*. 4th ed. , Fort Worth：Harcourt, 1981, p. 193.

② M. Theresa Kanoza, "The Golden Carp and Moby Dick：Rudolfo Anaya's Multiculturalism," *ME-LUS*, Vol. 24, No. 2, June 1999.

③ Debra B. Black, "Times of Conflict：Bless Me, Ultima as a Novel of Acculturation," *Bilingual Review*, Vol. 25, No. 2, May 2000.

文化与社会和其他世界，并与它们形同陌路。小说对主人公这个地位的考量与安东尼奥所受的教育结果强化了抵抗性质，鼓励读者同样把奇卡诺身份和其主观性视为同质的、孤立的东西。莫顿（Morton）认为不同的自然地貌景观交融是不同文化融合的催化剂[1]。在当代美国西南部奇卡诺族裔文学中，小说里的人物在挣扎着与不同的文化协调时，自然地貌景观在引导人物进行自我调节时起到了积极的作用。尽管在文学作品中自然地貌景观是传统保持者，是神圣的空间或历史事件的见证者，但小说《保佑我，乌尔蒂玛》的景观对主人公认同自己的混种文化起到了催化剂的作用。因为主人公所在的大地本身象征着混种特色，包含了不同文化冲突的历史，所以大地本身也反映了人物心理上的文化冲突。当小说人物看到自然地貌景观时，他们的心中会有产生某种危机的焦虑。为了解决这种危机，主人公常常会琢磨出自我调节的办法。

就在大草原这个环境里，安东尼奥发现他自己身处于各种精神与哲学矛盾冲突的中心。矛盾的各方都以自己的方式来定义安东尼奥的身份。如安东尼奥必须处理他父母两个家族对他的影响。他父亲希望他过马雷斯家族自由自在的牧民生活，而他母亲希望他过宁静的农民生活。安东尼奥自己感觉在天主教与乌尔蒂玛治病魔方和金鲤鱼传说有关的崇尚自然的宗教活动之中摇摆不定。在小说的结尾，安东尼奥决定接纳所有的思想，把它们综合起来，就像他对他父亲宣称的那样，"造出某个新东西"[2]。依照他的宣言，小说就想象安东尼奥不仅从衰败的、相互对立的那些旧思想里造出新的东西，也确实能成为某种"新人"。人物伦理观受文本中描述的周边环境的影响。周边的环境就是作者想象的环境和现实环境的结合，或者纯粹是作者想象的根本不存在的环境。

在这个与主流社会分裂开来的世界上，安东尼奥会成为什么样的人，他成熟的本质又是什么样的，在他的世界里他怎样定义他的角色，读者无从知道。他曾向他父亲提出要"造些新东西"，这标志着他决定了他要做的事。但这是在故事结尾时才说的。整个故事里，这个任务唯一被提及的

---

① Donald Morton, "Transnsforming Theory: Cultural Studies and the Public Humanities," *Post Theory*, *Culture*, *Criticism*, Vol. 23, ed., Ivan Callus & Stefan Herbrechter, Boston: Brill / Rodopi, 2004.

② Rudolfo Anaya, *Bless Me*, *Ultima*, New York: Warner Books, 1999, p. 261.

地方就是在故事的结尾。乌尔蒂玛死了，他清楚地说出第二天就是她的葬礼："明天来悼念乌尔蒂玛的女人将帮妈妈给她穿上黑衣服，我父亲说要给她造一副上好的松木棺材"①，安东尼奥继续讲到，尽管她的葬礼是明天，但她"今天晚上"就已经和她的猫头鹰一起被埋葬。"今天晚上"一词是小说的最后一个词。尽管小说的叙事声音似乎来自一个更加成熟的安东尼奥，但小说最后一段标示的是小说的叙事发生在乌尔蒂玛死亡的那个晚上。这样，成熟的安东尼奥没有在小说中表述出来，因为死亡就发生在安东尼奥决定他将来成为什么之后。

　　然而，安东尼奥所处的世界的本质能告诉我们他成年后的身份会是什么，能是什么。成长小说中的主人公的身份大都依赖他们和他们所处的那个世界的关系而定。正如阿布兰姆斯（Abrams）在他的定义中写的那样，通常身份规定一个人在他那个社会的作用。这在安东尼奥也是一样。实际地或形象地说，他受到先祖、宗教和道德的各种势力撕扯，他所说的"造些新东西"就是由冲突和糅杂形成他的身份。但他将要用来"造些新东西"的各种影响力受到了极大的限制。最大的影响力来自他的父母亲之间的冲突。他母亲的家族为世代农民，而他的父亲为世代牧民。从这两个家族，安东尼奥学会了热爱宽广、自由的大地的神奇的美丽。从他母亲那里，他弄清了人类属于大地，他沾满泥土的双脚是哺育了他的土地的一部分，是这种复杂的糅合给了人类安全与生活的保障。同样，从他父亲那里，安东尼奥意识到"更大的永恒在于人类的自由，而自由滋长于无限的大地、空气和纯洁、洁白的天空"②。自从理解了从父母那里学到的东西，安东尼奥发现了对于他的身份来说他的父母之间冲突的意义。在这个冲突中，他的角色就是改善他们之间的关系。

　　然而，这也意味着对他身份的影响完全来自家庭和个人。卡米尼洛－桑坦格罗（Caminero-Santangelo）注意到了同样的情况："阿纳亚小说中的身份冲突表现似乎是非常个人化的——是家庭事务，对奇卡诺民族来说没有更大的意义。"③尽管安东尼奥的冲突大部分都在家庭内部，事实上，

①　Rudolfo Anaya, *Bless Me*, *Ultima*, New York: Warner Books, 1999, p. 277.

②　Ibid., p. 242.

③　Marta Caminero-Santangelo, "'Jason's Indian': Mexican Americans and the Denial of Indigenous Ethnicity in Rudolfo Anaya's *Bless Me*, *Ultima*," *Critique*, Vol. 45, No. 2, June 2004.

探讨安东尼奥的身份对了解奇卡诺人和文本中所传播的奇卡诺身份和文化都有很大的意义。这些意义能够在他后来的宣誓中找到。这也说明这些家庭内部的冲突影响了他的新身份。这种意义也体现在他与父亲马雷斯的倒数第二次对话中，马雷斯告诫他"每个人都是他过去的一部分。他不可能逃离过去，但他可以改革旧的东西"①。这里马雷斯很清楚地表明：无论安东尼奥将变成什么"新的"东西，它还是与更古老的过去相关联。很明显，这个"过去"就是由大草原所代表的一切："抓住大草原和河谷、月亮和大海、上帝和金鲤鱼——然后'造些新东西'。"② 在安东尼奥对自己说这些话时，他列出了他要抓住的、常常具有竞争力的影响，并把这些影响糅进他成熟的自我。但这些东西都完全局限在大草原空间和他家族的过去。大草原与河谷，暗指他父母亲之间的冲突；月亮和大海，亦分别是他父母亲各自家族的象征。上帝与金鲤鱼等多神教的冲突概括了安东尼奥所面临的宗教危机。提及上帝会使人们认为安东尼奥从某种意义上在把他在天主教教义影响下的成长与大草原上的生活联系起来。小说中的情形表明，无论谁是他的上帝，这个上帝都不会是伯恩斯神父信奉的痛苦、惩罚与罪恶之神。在整个小说中，安东尼奥通过自己的叙述完全把他不完全成熟的身份定义和聚集在大草原的空间、精神与力量之中。

这样，安东尼奥绝不会把自己的身份定义为由大草原之外的世界形成的或者是大草原之外的世界的一部分。阿纳亚和他的小说《保佑我，乌尔蒂玛》就因为这个局限，特别是他忽略了与小说出版的时代相关的文化问题，受到了批评家的批评。许多批评家反对这部小说，因为"虽然它的背景是新墨西哥州大草原可定的历史时刻，但它似乎与之无关"③。特别是有些批评家认为该小说没有凸显盎格鲁—奇卡诺矛盾和"通话问题以及融合与文化保存问题"④。至多，在表达安东尼奥在学校的经历时，这些冲突出现在更加个人化、个性化的身份问题中，其结果是安东尼奥不是在盎

---

① Rudolfo Anaya, *Bless Me*, *Ultima*, New York: Warner Books, 1999, p. 261.

② Ibid.

③ Genaro M. Padilla, "Myth and Comparative Nationalism: The Idealogical Uses of Aztlán," *Aztlan*: *Essays on the Chicano Homeland*, Eds., Rudolfo Anaya and Francisco A. Lomeli, Albuquerque: Academia/El Norte, 1989, p. 128.

④ Marta Caminero-Santangelo, "'Jason's Indian': Mexican Americans and the Denial of Indigenous Ethnicity in Rudolfo Anaya's *Bless Me*, *Ultima*," *Critique*, Vol. 45, No. 2, June 2004.

格鲁人与奇卡诺人之间而是在成为奇卡诺族裔牧人和农民这两种形式上被他父母拉扯。

然而，小说最基本的思想是盎格鲁文化和世界与以大草原为中心的奇卡诺社区之间的对立。小说的故事世界与空间诗学就是以这个分界为基础的。阿纳亚把小说建立在拒绝这个世界和文化的基础之上，它们对安东尼奥和他所代表的奇卡诺人的经历和身份产生了影响。

小说将关系到美国盎格鲁文化的奇卡诺身份的处理与安东尼奥作为"混种"人物以及影响奇卡诺的土著美国人信仰的处理并列进行，无论安东尼奥的父母之间有怎样的矛盾，也无论乌尔蒂玛、上帝、金鲤鱼之间有什么矛盾，他们从本体上都属于同一"空间"：大草原与它的奇卡诺文化。所以，这里所争论的是同一个本体领域的部分内容。小说的另一个主要主题是探讨如何承认那些看似矛盾与相互冲突而实际上都是一样的东西，如安东尼奥的父母之间的矛盾冲突实际上都表明他们与土地的关系和热爱。同样，掩盖在小说中的还有对奇卡诺文化继承与连接印第安人信仰与观念的承认。但这种掩盖了的东西可以在安东尼奥解决问题冲突时采取的"宗教融合"方式中得以显现。作者的这种限制或许只想表明他尽力把奇卡诺身份定义为纯洁、绝对与单质的身份。

小说在处理盎格鲁文化和社会的影响时，完全排除了它对奇卡诺文化的影响。这部小说象征奇卡诺运动中主要的抵抗语篇，它与20世纪六七十年代的奇卡诺运动目标一致。但人们发现抵抗伦理小说也有负面影响，它让读者认为奇卡诺的身份、经历与文化完全和美国主流文化无关，不是美国文化的组成部分。

总之，随着奇卡诺运动应运而生的奇卡诺文学在其初期以贡萨雷斯的诗歌《我是华金》和阿纳亚的小说《保佑我，乌尔蒂玛》，通过特定的族裔居住空间图式以及这个空间里的人物和故事形成的图式，正式确定了墨西哥裔美国人的新民族身份——奇卡诺人，赢得了民族文化保留战，为本民族的文化感到自豪与骄傲，继承、发扬和创新了奇卡诺文化，形成了与白人主流社会文化和价值观相对抗的抵抗伦理。

第三章

奇卡诺族裔文学的
政治性伦理

　　随着奇卡诺族裔身份的确认与文学抵抗性伦理的发展，旨在争取该族裔正当权益、针对族裔人的公正司法与公平政策的文学作品从 20 世纪 60 年代末起就已经肇始。阿贝拉多·"拉洛"·德尔加多（Abelardo "Lalo" Delgado）于 1969 年创作的诗歌"愚蠢的美国"就以描述奇卡诺人的艺术家形象来反映奇卡诺族裔争取应得权益的斗争：

　　　　愚蠢的美国，你看，奇卡诺人
　　　　大刀
　　　　在他手中紧握
　　　　他只想坐在板凳上
　　　　把基督神像雕琢
　　　　你却不让。

　　　　愚蠢的美国，你听，奇卡诺人
　　　　在大街上狂吼
　　　　他是诗人
　　　　没有纸和笔
　　　　因为无法去写作
　　　　他将爆炸。

　　　　愚蠢的美国，你记住，奇卡诺人
　　　　数学英语不及格
　　　　他是伟大的雕刻家

蛰居在你的西南部各州

但他会死去

带着千百万杰作

萦绕心头。①②

在该诗歌里诗人以拟人的手法把歧视他们的国家视为"愚蠢的美国"以抨击美国白人主流社会对他们的种族歧视。诗歌所描述的奇卡诺人与白人社会所想象的奇卡诺人完全不同，他们是艺术家与诗人，虽然大刀在手，却并不具备进攻意识；他们大喊大叫，可喊叫的是诗歌；他们学习成绩不好，那是因为他们所集居的地方教育落后。如果扼杀他们的艺术创造，他们将会带着想象的艺术离世。这首脍炙人口的诗歌反映了奇卡诺族裔强烈的反白人社会不公的政治性伦理。在后来的奇卡诺文学中，路易·瓦尔迪兹的戏剧《佐特装》和安娜·卡斯蒂洛的小说《远离上苍》分别反映了白人社会对奇卡诺族裔的司法不公和对女性的迫害以反映正义的政治性伦理。

第一节　政治性伦理

政治伦理，亦称为政治道德或公共伦理，是对政治行为做出道德评价的实践和对这种实践的研究③，它包含两个方面的内容：过程政治伦理与政策政治伦理。过程政治伦理的焦点是公共事务官员和他们所使用的手段，而政策政治伦理（或公共政策）的问题则聚焦在对政策与法令的判断上。这两个方面都借鉴了道德和政治哲学、民主理论和政治科学，但政治伦理是一门自成一体的科学。

过程政治的中心问题是约束执政者的伦理原则与管理个人生活的伦理原则之间的差异程度。伦理原则要求政治领导者避免伤害无辜者，但他也

---

① Luis J. Rodriguez, "Abelardo 'Lalo' Delgado: A Pioneering Chicano Poet Passes on to the Ancestores", XISPAS Colectivo, retrieved 11 - 04 - 2 - 14, http: //www. xispas. com/poetry/delgado. htm.

② 因国内目前没有发现该诗歌的中文版本，此诗歌的中文译文为笔者所译。

③ "Political Ethics", *International Encyclopedia of Ethics*, retrieved 12 - 04 - 2014, scholar. harvard. edu/files/dft/files/political_ ethics-revised_ 10 - 11. pdf.

可以强迫他们为了民族和国家的利益而牺牲无辜者，例如一个国家的总统可能明知会伤害无辜还要从道义上发出军事行动的命令。在职业责任或公司运作方面也有同样的问题，而且它们在政治生活中更极端、更频繁。

公共事务官员遇到的伦理问题来自他们执政的两个方面的特征，即执政的代表性和组织性。他们为大家服务，而且与其他人一起行动。因为他们是为大家做事，所以他们有普通人没有的权力和责任。为了他们服务的那些人，他们的职责允许甚至要求他们使用武力、谎言、隐瞒和违背诺言等这些在日常生活里被认为是错误的手段。以迈克尔·华尔泽（Michael Walzer）的观点来看，"政府的特别行为在功利主义原则下非常正确，但它使具体执政者对道德错误深感内疚"①。这里就产生了一个矛盾：政治家们要为了做对事而去做错事。

人们对政治家做出的判断同时包含了结果论和道义论成分。结果论者认为，如果政治家的行为有正确结果，那么他就没有负罪感，而道义论者认为，如果政治家的行为是道德上真正的错误行为，那么他就根本不应该这么做。

民主政治理论家认为，在民主语境下，政治伦理问题不是公民应该对领导人做什么，而是公民和国家应该做什么来补偿领导人所做的决议涉及的受害者，或者公民可以要求领导者为他们合法进行的秘密决策负责。

政策政治伦理涉及的是政治家的政策和法令的伦理。政策伦理中的一个关键问题是政策执行结果的价值问题，许多突出的问题是由政策带有偏见的要求与社会公正的要求之间的普遍紧张性所催生②。在政策政治伦理中，人们还涉及环境保护、纳米技术等科技伦理。

总之，政治伦理涉及所有关于执政者和政策的正义问题。所有政策的制定与执行都应考虑所有公民的利益和现代社会里道德和政治观点的多样性，公民有权对政策的制定发出自己的声音。政府政策的制定应考虑公民不服从的正当性、官员辨别力的实践与文化和语言上的少数族裔的权益等。瓦尔迪兹的戏剧《佐特装》和安娜·卡斯蒂洛的小说分别反映了美

---

① Michael Walzer, "Political Action: The Problem of Dirty Hands," *Philosophy & Public Affairs*, Vol. 2, No. 2, January 1973.

② "Political Ethics", *International Encyclopedia of Ethics*, retrieved 12 - 04 - 2014, scholar. harvard. edu/files/dft/files/political_ ethics-revised_ 10 - 11. pdf.

国城市社区和边疆贫民对司法公正和现代社会正义的追求。

第二节　城市社区奇卡诺人对司法 正义的追求：《佐特装》

一　路易·瓦尔迪兹和他的戏剧《佐特装》

路易·米盖尔·瓦尔迪兹（1940— ）是奇卡诺族裔最伟大的戏剧家、导演、作家、演员和教师，是美国国家艺术基金会评审成员，具有奇卡诺戏剧教父之称。他出生于加利福尼亚州的德拉诺镇，他的父母亲是流动农民工。从 6 岁起他就开始帮父母干农活。尽管生活很艰辛，但他以惊人的毅力完成了中学学业并获得了圣约瑟州立学院的奖学金，四年后他获得了英语专业的文凭。在大学期间他就开始了戏剧创作，同时非常热衷于奇卡诺农民运动，后来组织了农民工争取权益的罢工，于 1965 年成立了由农民自己当演员的"农民剧社"，他用卡车搭建舞台，在田间地头为农民演出，也因此被称为农民戏剧家。他的戏剧内容大都涉及奇卡诺土著先祖阿兹特克和玛雅文化，以此鼓励本族裔热爱自己的民族。1978 年的大型舞台剧《佐特装》获得了巨大的成功，走进了百老汇，他的农民戏剧社也从此走进主流社会，成为美国戏剧文化的重要部分。此后，他还创作了《匪帮!》（*Bandido!*）、《我不必给你看臭勋章》（*I Don't Have to Show You No Stinking Badges*）、《石化鹿》（*Mummified Deer*）等许多反映奇卡诺先祖文化和奇卡诺人生活的作品，获得了许多戏剧成就奖。"没有瓦尔迪兹，就没有现代奇卡诺戏剧的繁荣"，这是网络对奇卡诺戏剧家路易·米盖尔·瓦尔迪兹的评价。

随着奇卡诺运动后美国多元文化的发展与 1974 年双语教育政策的执行，少数族裔的文化都以不同的方式得到发扬光大。与贡萨雷斯和阿纳亚一样，奇卡诺戏剧文学之父路易斯·瓦尔迪兹通过时空错位伦理和民族历史固有文化伦理来强化本民族文化，并促进其发展与壮大。而与贡萨雷斯确立奇卡诺族裔身份和阿纳亚构建奇卡诺族裔独特的空间迥异的是，瓦尔迪兹通过舞台戏剧表演再现历史的方式来反抗白人社会司法的不公，强化大都市里处于白人主流社会旋涡中的奇卡诺族裔社区文化。

20 世纪 70 年代末的奇卡诺人被人们称为"夹缝中的人"。阿美利哥·帕雷德斯（Amerigo Paredes）认为奇卡诺人在基因上是混种民族，但在文化上是墨西哥在美国的触角①。而瓦尔迪兹于 1978 年撰写的剧本《佐特装》艺术和真实地再现了 20 世纪 40 年代发生在美国洛杉矶市的"睡泻湖谋杀案"，以此来表明在夹缝中生存的不屈的奇卡诺人，不仅仅是基因上的混种民族和文化上的墨西哥触角，生活在美国大都市的他们既有土著先祖的特性，也有美国主流社会的特性，大都市的奇卡诺族裔社区文化是个海纳百川又不失本民族特性的文化。该剧于 1978 年 7 月 30 日在洛杉矶剧场首次上演，受到观众一致好评。该剧还曾在纽约的百老汇舞台演出四周。该戏剧于 1981 年被拍成电影。胡尔塔（Huerta）认为《佐特装》是"洛杉矶戏剧史上最大的成功"②。

瓦尔迪兹的戏剧《佐特装》再现了 20 世纪 40 年代发生在美国洛杉矶市郊的"睡泻湖（Sleepy Lagoon）谋杀案"的冤案。戏剧中的主人公亨利·雷纳因为第二天就要去美国的海军部报到参加第二次世界大战保卫自己的国家——美国，所以穿上佐特装将自己打扮一新，和女友一起参加了社区举办的音乐舞会。在舞会正酣时，警察突然闯入舞厅带走了所有穿佐特装的奇卡诺青年，理由是他们涉嫌谋杀同族人，法庭在证据不足的情况下一审将亨利判处终生监禁。在他等待二审时，他受到狱卒的侮辱后毫不犹豫地与之搏斗，因此被单独关禁闭 3 个月。法官不公正的判决使此事件持续发酵，导致了白人水兵和奇卡诺青年之间的斗殴，引起了全国各大城市的反种族主义运动。最后，在家人、朋友、社区、记者爱丽丝和人民律师的帮助下，亨利和他的同伴在被关押两年后无罪释放。奇卡诺人终于取得了司法上的胜利，获得了公平与正义。故事最后回到戏剧家写作的年代，通过不同人物的口述，交代了他们听说的亨利不同的结局，他的下落成为了一个谜。

该戏剧采用时空错位图式、英语夹杂西班牙语的混合语言、奇卡诺民间戏剧表演手法和白人戏剧的舞台布景方式，反映了美国国家大背景下的奇卡诺族裔反对种族迫害、追求公平与正义的坚决斗争。

---

① Ilan Stavans, *The Hispanic Condition*: *The Power of a People*, 2nd ed., New York: Harper Collins, 2001, p. 192.

② Jorge Huerta, "Introduction," *Zoot Suit*, Houston TX: Arte Publico Press, 1992, p. 11.

二　城市社区奇卡诺族裔文化的政治性

与贡萨雷斯和阿纳亚所描述的西南部的奇卡诺人不一样，瓦尔迪兹戏剧《佐特装》所描写的奇卡诺人是美国城市中的奇卡诺人，也就是说，奇卡诺人在 20 世纪 70 年代已经在地理图式上大规模地接触或融入了美国主流社会，成为了公认的奇卡诺族裔美国人。他们由多种民族如非洲裔人、天主教徒、犹太教徒、阿拉伯人与土著人（阿兹特克人、萨巴特克人、玛雅人、印加人等）等混种而成，他们的文化被认为是"殖民者的文化，而不是被殖民者的文化"，"他们的艺术会永久地在归属于大西洋两岸中摇摆，一个夹缝中的自我，既不属于这边，也不属于那边"。① 他们以其独特的服装、语言、音乐、神话和夹缝中求生存的理念形成了自己的奇卡诺城市社区文化。在塑造奇卡诺城市青年形象的同时，瓦尔迪兹在《佐特装》里通过奇卡诺人的服饰、语言、音乐与风俗习惯创建了大都市里奇卡诺族裔的社区文化，形成了美国大空间伦理的一个组成部分。

佐特装是奇卡诺民族自豪与自信的象征。作为一种时尚表现形式的佐特装使奇卡诺青年吃尽了苦头，受尽了侮辱，例如亨利的弟弟因为穿佐特装在街上被二十多个水兵抓起来扒光衣服并毒打，亨利因它而遭受牢狱之灾，但是奇卡诺人从来都不把自己的文化视为劣势的文化，相反，帕楚科（Pachuco，意为"流氓少年"）认为：

> 媒体歪曲了"佐特装"这个词的意义。对于所有人来说，它就是称呼墨西哥人的另一种表达方法。但是其原来的意义是要看起来像宝石，后背垂到臀部时尖尖的服饰，让人们在洛杉矶大都市边缘棕色人的山区和郊外找到城市般的生活方式。②

从帕楚科的理解可看出，佐特装象征着奇卡诺人高雅身份和他们美好的城市生活方式。佐特装的意义在于它是奇卡诺青年的自信与骄傲，是一种民族根的象征。帕楚科在社区晚会上曾唱道："穿上一件佐特装，感觉

---

① Ilan Stavans, *The Hispanic Condition：The Power of a People*, 2nd Ed., New York：Harper Collins, 2001, p. 189.

② Luis Valdez, *Zoot Suit*, Houston TX：Arte Publico Press, 1992, p. 80.

自己有了真正的根", "你会看似一颗宝石, 闪闪发光"①。因为佐特装, 亨利被警察逮捕, 他母亲责问他佐特装有什么好处, 他告诉母亲"这是优雅的套装"②。美国其他族裔如菲律宾人和黑人都在穿佐特装这种时髦服饰, 甚至有些白人孩子也穿它。他们也把它视为时髦的服饰来追捧它, 因为它引起的反种族主义歧视运动的烈火迅速地燃烧起来, 传遍了美国各大城市。

如果说佐特装是奇卡诺民族的自信与自豪的象征, 那么西班牙语、英语或西英混合语是奇卡诺文化伦理的另一种象征。奇卡诺人常常处于语言的深渊: 用两种语言思维并陷入翻译的忙碌中③。戏剧《佐特装》中的各式人物说话时故意夹杂着一些西班牙语, 有些演讲、歌剧唱词与对话还大段地采用西班牙语。戏剧第一场的开场白就是用简单的、非正式的西班牙语和正式的英语两种语言对后面将要进行的舞会进行了简要的介绍。奇卡诺青年帮派成员内部进行交流时都会使用西班牙语。在亨利的家里, 他的父母亲和兄弟姐妹大都会使用两种语言交流。在朋友之间, 他们也大都使用双语。对于奇卡诺人来说西班牙语和英语都是他们的母语。是他们的母语使他们在美国这个多元文化社会里团结在了一起。"母语是团结的力量, (人们) 在家里使用, 在学校使用, 在街头也使用"④。把西班牙语与英语并列使用甚至优先使用体现出奇卡诺族裔对本民族语言的热爱和民族的自尊。读者从戏剧家的创作意图可以看出该剧旨在凸显本民族语言的优雅与美丽, 弘扬本民族的语言文化。因为西班牙语当时在许多公开的场合是被禁止使用的, 所以人们常常把说西班牙语"看成是一种抵抗的标志"⑤。在 1974 年最高法院判决公立学校设置英语为唯一课程语言是种族歧视后, 双语成了时髦。为了使得双语教育继续进行并扩大化, 一些学校向联邦政府申请了教育经费来推广双语教育方法, 一些州不仅赞同这种做法, 而且催促学校发展双语教育项目。这给奇卡诺文化在白人主流社会的合法学术地位提供了保障, 这是其他族裔根本无法比拟的。

---

① Luis Valdez, *Zoot Suit*, Houston TX: Arte Publico Press, 1992, p. 26.

② Ibid. , p. 38.

③ Ilan Stavans, *The Hispanic Condition: The Power of a People*, 2nd ed. , New York: Harper Collins, p. 154.

④ Ibid. , p. 153.

⑤ Ibid. , p. 154.

　　两种母语的使用突显奇卡诺人以包容与开放的态度来对待主流社会的文化。多元文化主义者认为当今的种族现实与过去的任何时期都不一样了，真正的全球文化将取代欧洲中心主义，只要能够有益于同化过程，双语政策也受到人们的普遍欢迎。在奇卡诺人的文学创作中，双语的使用始终是他们坚持的创作原则，因为与其他的少数族裔不同，奇卡诺人对他们的母语无限忠诚①。

　　在《佐特装》中，除了服饰和语言，表现奇卡诺族裔性最引人注目的载体是古老的土著神话，它是奇卡诺人文学中的基本要素。与贡萨雷斯和阿纳亚相似，瓦尔迪兹没有忽略本民族土著先祖文化，他巧妙地运用了神话元素。当帕楚科的佐特装被强行脱掉时，他身上只剩下遮羞用的缠腰带。阿兹特克式的遮羞带成了奇卡诺人的保护神的象征。这个形象暗指阿兹特克的祭奠神，这个神在心脏被献给宇宙神时衣服被脱光。戏剧中的这个场景令人震撼。在刚出场时，这个流氓少年的衣着非常讲究，被扒光衣服的赤裸形象与之形成了强烈的反差。他可以被脱光，但他在赤裸裸中高贵地坚如磐石，最后消失在黑暗中。这里隐含着奇卡诺人面对主流社会强权的欺凌仍然桀骜不驯的性格。帕楚科这个人物形象也代表阿兹特克人保护动物的理念②。当亨利一个人独自蹲监狱时，帕楚科来到监狱陪伴他，因为亨利在被捕时受到惊吓，情感上他作为外衣的自尊被脱光，为了生存他必须依赖想象力来唤起自己民族精神的记忆。亨利是否能从他的另一个自我获得民族精神的力量取决于他与他的保护神帕楚科的接触能力。

　　在运用神话形象的同时，瓦尔迪兹创造了戏剧人物的神话，在戏剧结尾时，作者通过不同人物迥异的叙述使主人公亨利的人生结局扑朔迷离。媒体认为亨利因为盗窃和用致命武器袭击他人于 1947 年被判重新入狱，在狱中因为杀死了同伴，到 1955 年才因毒瘾发作出狱，于 1972 年死于贫困；亨利的弟弟鲁迪（Rudy）说他 1950 年去了朝鲜战场，他在三八线一带进行了防御战直到战死沙场，后来被授予"国会荣誉勋章"；爱丽丝说他于 1948 年和德拉（Della）结婚，养育了 5 个孩子，其中三个在上大学，讲卡罗语（西班牙语和英语混合使用的语言）并自称为奇卡诺人；

---

① Ilan Stavans, *The Hispanic Condition: The Power of a People*, 2nd ed., New York: Harper Collins, p. 153.

② Jorge Huerta, "Introduction," *Zoot Suit*, Houston TX: Arte Publico Press, 1992, p. 15.

律师乔治认为他是一个天生的领袖；法官认为他是社会的受害者；他的朋友伯莎认为他是街头斗士；斯迈丽认为他是色鬼……帕楚科认为亨利是个少年流氓，他仍然活着①。不同身份的人对他的最终结局给出了不同的答案。瓦尔迪兹在戏剧的最后通过不同的角色设定亨利不同的结局，一个轰动全美的案件的主角最终去处竟然不能确定，这使得该剧更戏剧化。作家在此模仿了美国浪漫主义作家华盛顿·欧文的"睡谷传奇"式结尾，让观众和读者感觉到奇卡诺族裔的神秘性与美国文学的浪漫性。

除了佐特装服饰文化、双语文化和神话，瓦尔迪兹还大量运用了奇卡诺族裔传统戏剧表演方式、主流戏剧表演方式和不同的乐曲来表明城市社区奇卡诺族裔的生活方式既有族裔性也有主流文化特征，是典型的美国文化的一部分，因为他认为《佐特装》是美国文化影响的混合体，它包括黑人文化、亚洲文化、墨西哥文化和欧洲裔文化，同时它也包括摇摆舞，蓝调，加勒比和拉丁音乐，这是"20世纪40年代的文化"②。《佐特装》主要继承了奇卡诺文学古老的创作风格，它综合了奇卡诺文学创作特色的小品和民谣，体现了奇卡诺族裔不屈的民族精神和人间正义感以及古老民族的神秘性伦理。它像奇卡诺文学的小品（acto）一样，用表演的形式揭露社会弊病。该戏剧重现了1943年发生的臭名昭著的"睡泻湖谋杀案"审判事件。通过运用叙事者帕楚科（Pachuco，流氓少年之意）在舞台上的频繁出场，瓦尔迪兹让观众更好地把握了主人公亨利的心理状态与舞台剧情节发展的速度。为了控制整个剧情并让观众注意事件的意义所在，当法官判定"为了区分这些少年流氓的身份，在整个案件审判过程中佐特式发型必须保持原状"时，作家通过帕楚科指挥亨利和观众仔细听取审判内容。剧中这个指导者一样的人物的运用是奇卡诺小品表演的方式，他也是主人公亨利的隐喻式人物。

在运用奇卡诺文学中的小品形式的同时，瓦尔迪兹的戏剧采用了美国主流社会30年代流行的新闻纪录片式戏剧。旧报纸是这种戏剧中通用的道具。瓦尔迪兹在第一场第一幕用报纸做背景，让帕楚科从报纸背景中走出舞台，凸显新闻媒体无处不在，在戏剧后面的情节中，亨利的母亲多洛

---

① Luis Valdez, *Zoot Suit*, Houston TX: Arte Publico Press, 1992, p. 94.

② Kevin Howe, "L. A. Latino Legacy," *Monterey County Herald*（CA）, 03 – 16 – 2008, Retrieved 04 – 13 – 2014, http: //web. a. ebscohost. com.

丽丝（Dolores）也把报纸挂在晾衣绳上。由此看出，与贡萨雷斯和阿纳亚不同，瓦尔迪兹的创作模仿了主流社会戏剧创作的方法，表现出美国主流文化特征，体现出他的族裔包容性。

另外，像奇卡诺古老的吟唱民谣（corrido）一样，瓦尔迪兹在戏剧中运用人类共享的艺术——音乐来表达他的民族是美国文化的一部分。在第三十八街社区邻里的晚会上，他们吃喝玩乐，有时优雅，有时疯狂，其乐融融。如在第一场第七幕中，帕楚科通过吟唱"星期六晚上舞蹈"抒情曲来设置情境。当他放声歌唱时，演员们随着他的曲调节奏翩翩起舞。舞台上演员们载歌载舞的表演艺术是对奇卡诺族裔古老文化的继承和发扬。剧中的歌曲有些是剧作家原创，有些是拉丁曲，有些是白人主流社会流行曲，如格伦·米勒（Glenn Miller）的歌。与乐曲由音乐家现场吟唱的民谣不同，瓦尔迪兹的舞台音乐都是提前录制好的。戏剧中的舞蹈艺术更像音乐剧，用历史的真实性来强化戏剧性并进一步吸引观众。更为重要的是瓦尔迪兹采用的40年代的流行音乐，通过演员的摇摆舞和曼博舞把奇卡诺人置身于他们也是美国人的历史背景中，从中观众可以看出，奇卡诺人的音乐爱好和其他民族一样广泛。通过音乐，剧作家展现了奇卡诺语言、习俗和神话中存在的跨文化主义思想。可以说，在他的理解中，奇卡诺人是美国人，没有与主流社会割裂开来，同时，作家也表明美国人不只是居住在美国，他们也居住在更大的美洲①。

通过对历史事件的再现，作家重新书写了奇卡诺历史。瓦尔迪兹本人就是百老汇街头的帕楚科，他改变了好莱坞影视文化描绘的奇卡诺族裔脸谱，通过戏剧《佐特装》里亨利这个人物形象创造了白人主流社会里大都市奇卡诺社区的奇卡诺族裔新神话，改变了奇卡诺人在多元文化社会里看待自己的方式。《佐特装》是对过去、现在和将来的奇卡诺人身份的寻找和强化，与阿纳亚小说《保佑我，乌尔蒂玛》里的人物生活的环境不同，这些人物生活的空间是洛杉矶大都市。都市里的奇卡诺人和白人相比，他们的生活空间是非常的糟糕，但是奇卡诺族裔仍然是浪漫的、富有互助精神和文化多样性的民族。在美国国家空间里，《佐特装》所再现的"睡泻湖案"以及由此引起的全国反种族主义运动反映了奇卡诺人对公平正义的诉求，从而体现了瓦尔迪兹创作的政治性伦理。

———————————

① Jorge Huerta, "Introduction," *Zoot Suit*, Houston TX: Arte Publico Press, 1992, p. 14.

三　奇卡诺屈辱历史的真实再现

佐特装或佐特套装，是流行于 40 年代的一种上衣肩宽而长、裤子高腰裤口狭窄的男子服装①，它是当时奇卡诺青年装束的标志。这种凸显民族特色的服装是年轻人的至爱，是奇卡诺青年自信和民族自豪的资本，绝非白人主流社会和主流媒体所想象的聚众闹事的流氓行为的象征。因为战时物质材料紧缺，所以政府规定不允许厂家再生产这种服装和其所需的布料。但因为奇卡诺青年们非常热衷于它，有些厂家仍然生产这种衣服，这引起了当时驻扎在美国南加州太平洋沿岸的白人水兵的强烈不满，并与身穿这种服装的奇卡诺青年发生了肢体冲突。奇卡诺人长期被主流社会排挤的愤懑在冲突中愈演愈烈。1942 年 8 月 2 日奇卡诺人何塞·盖拉多·迪亚兹（Jose Gallardo Diaz）在洛杉矶近郊睡泻湖附近被发现醉酒后因不明原因死亡，警察认定系奇卡诺青年流氓帮派谋害所致，把此案命名为"睡泻湖谋杀案"并以此为借口逮捕了以洛杉矶第三十八街以亨利·雷维斯（Henry Leves）为首的大批身穿佐特装的奇卡诺青年。尽管证据不足，但由于种族偏见和媒体的歇斯底里，法官还是于 1943 年 1 月将他们以二级谋杀的罪名判以重刑并投入监狱。此案的冲突最终引发了洛杉矶大规模的奇卡诺人、黑人、其他族裔人和白人水兵与警察之间的大规模冲突与全国规模的城市骚乱。在亨利等服刑两年后，缘于奇卡诺人和媒体的强烈反对，此判决最终被最高法院否决。

在民主中，隐瞒真相的邪恶值得人们特别注意，它会使公民无法获得对政府的邪恶暴力等错误行为的集体判断②。主流媒体大肆宣扬奇卡诺青年的流氓行为，极大地影响了主流社会对奇卡诺人行为的判断，让白人士兵和白人社会对奇卡诺人产生了极大的仇恨，从而引发了一系列的冲突与暴力。政治性伦理认为，当公民有理由拒绝那些对他们来说很危险的价值观时或者它们属于不同的社区和民族时，政治伦理就应该考虑采纳什么样的结论来作为政策与法令③。政府明令禁止生产佐特装明显违反了奇卡诺

---

① 陆谷孙，"zoot suit"，《英汉大词典》，上海译文出版社 1995 年版，第 2221 页。

② Denis F. Thompson, *Political Ethics and Public Office*, Cambridge, MA: Harvard University Press, 1987.

③ "Political Ethics", *International Encyclopedia of Ethics*, Retrieved 12 – 04 – 2014, scholar. harvard. edu/files/dft/files/political_ ethics – revised_ 10 – 11. pdf.

族裔个人的价值观，极大地伤害了他们的民族自尊心。

戏剧《佐特装》的故事情节再现的就是 1943 年发生在洛杉矶的"佐特装骚乱"事件。故事发生的时间、地点人物和关键情节与历史上发生的"睡泻湖谋杀案"事件基本一致。虽然描述了历史上在洛杉矶市发生的奇卡诺人和白人主流社会的冲突，《佐特装》没有产生像当今媒体上的头条新闻那样的直接影响，但政治敏感的人很快就会发现这个戏剧里表现的警察的粗暴执法和非正义行为至今还在发生。最明显的是这个戏剧诠释的事件"在第二次世界大战中对洛杉矶的奇卡诺社区有很大的影响，而这个事件在美国的历史教材中被故意忽略不谈"①。

佐特装是 40 年代的奇卡诺年轻人所穿的标志性服装，它代表奇卡诺青年的与众不同和反主流社会文化心理。因为穿上了佐特装，奇卡诺青年亨利被白人警察理所当然地看成杀人犯，进而被逮捕和公开审判。在作家看来，白人警察的行为是对少数族裔的迫害，也是对族裔文化传承者的摧残和对奇卡诺文化的不尊重。

民主的责任要求公共官员不仅为大众利益行事，而且要求他们显示他们正在这样做②。作为法令执行者，政府行政官员有责任去承担他们自己无法控制的后果③。在《佐特装》里，作为为政府行使权利的警察，他们有责任去制止士兵的暴力行为，但他们没有这样做，而是任其冲突演变成大规模骚乱时，警察再大批出动逮捕受害者奇卡诺人。这里可以看出白人警察起初的不作为是对白人士兵的纵容和对奇卡诺族裔的蔑视，是违背正义伦理的行为。"正义是一种政治价值，是社会组织（social institutions）第一美德或目的"④。白人警察组织则缺少这种美德。在戏剧中，瓦尔迪兹在 70 年代末对 40 年代事件的再现反映出作家对当代美国白人警察司法不公的抗议。

---

① Jorge Huerta, "Introduction," *Zoot Suit*, Houston TX：Arte Publico Press, 1992, p. 13.

② "Political Ethics", *International Encyclopedia of Ethics*, Retrieved 12 - 04 - 2014, scholar. harvard. edu/files/dft/files/political_ ethics-revised_ 10 - 11. pdf.

③ Ibid.

④ 陈真：《全球正义及其可能性》，载单继刚等《政治与伦理》，人民出版社 2006 年版，第259—272 页。

四　亨利对司法不公的反抗

在戏剧《佐特装》第一场的开头，穿戴讲究、充满自信与热情奔放的奇卡诺佐特装青年帕楚科（Pachuco）出现在观众的眼前，他是瓦尔迪兹塑造的一个40年代典型的奇卡诺青年。亨利·雷纳就是这种青年中的一个，他是一个奇卡诺青年才俊，追求时尚，胳膊上留有文身，穿戴整齐的佐特装。他还是一位优秀的机械工，经常为朋友和邻居修理汽车，服务热情，为此他赢得了社区青年人的信任，成了他们的领头人物。他曾经因为使用父亲的车被警察误认为小偷而遭到关押，而持有种族主义思想的警察的记录则显示，他曾是小偷、街头袭击者、入室盗窃者。当他再次被逮捕的时候，警察直接将他定为谋杀者。在他和同伴因被定为睡泻湖谋杀案嫌犯遭逮捕和关押起来后，警察让曾经在街头受到袭击的受害人、被抢劫者和丢了钱包的人前来指认罪犯。

事实上，当警察逮捕亨利的时候，他感觉莫名其妙，因为他什么坏事都没有做。亨利被认为是一个青年犯罪分子，原因是他穿了佐特装，还被警察视为洛杉矶第三十八街的奇卡诺青年流氓团伙的头目。刚被关押的时候，他感到恐惧并强调自己"不喜欢被关押起来"①，还幻想他第二天到海军部报到，为保卫美国出力，成为美国民族英雄。而他的同伴告诉他这个国家不属于他，他"被警察视为敌人。当其他人都在太平洋、欧洲和意大利作战时，洛杉矶市长在和奇卡诺人作战"②。警察把这些跳舞的奇卡诺青年视为"畜生"③，比作"母狗下的崽"④，他的厄运因此降临。在狱中亨利因为拒不承认自己的罪行，遭到了警察的鞭刑并昏死过去。亨利被认为是当时"睡泻湖谋杀案"的主谋，被起诉犯有谋杀罪，并被投入监狱服刑。从政治性伦理看，作为政府的代表，政府行政官员为了赢得执政权或保持权利，他们有时必须做出违背他们自己判断的结果的行为⑤。为了白人政府的利益，白人警察必须这样撒谎，才能有理由逮捕堂而皇之地

---

①　Luis Valdez, *Zoot Suit*, Houston TX: Arte Publico Press, 1992, p. 29.

②　Ibid., p. 30.

③　Ibid., p. 32.

④　Ibid., p. 33.

⑤　"Political Ethics", *International Encyclopedia of Ethics*, Retrieved 12 - 04 - 2014, scholar. harvard. edu/files/dft/files/political_ ethics - revised_ 10 - 11. pdf.

制服这些具有反抗精神的奇卡诺人，从而巩固白人的统治地位。这似乎符合政治家行为的伦理，但警察的行为损害了无辜者的利益，是非正义行为。

在亨利这个人物的刻画上，瓦尔迪兹在舞台上运用帕楚科这个代表城市街头穿佐特装的青少年帮派的人物在舞台上打着响指来安排所有演员的活动，他与亨利如影相随，并衬托亨利富有正能量的性格：勇敢、坚毅、智慧、忍耐。在监狱等待庭审的阶段，看守对他进行人身攻击时，他表现了内心的挑衅性态度，毫不犹豫地进行反击，这导致他被单独关押三个月。他的这种行为在很大程度上代表的是他对污蔑奇卡诺青年团体是流氓帮派的不公正体制的公开挑战。在庭审前，亨利坚信自己有胜诉的希望，他认为他像记者爱丽丝所说的那样是阶级社会的受害者，但他"绝不会做失败者"①。面对即将进行的庭审，亨利也很镇定地告诫同伴要保持意见一致，不得承认没有干过的事情。在庭审时，其他的嫌犯都疲倦地趴在地上，只有亨利屹立不动，稳如泰山，这表现出他体力上和心理上的坚强。当女记者过分热情地让他说出自己到底是不是谋杀者时，他机警地觉得自己可能被媒体利用并认为她是在"利用墨西哥玩政治"②。聪慧的亨利用激将法试探出了记者爱丽丝和人民律师乔治（George）是真心为他们的翻案在做努力。

在亨利被关押的同时，亨利的弟弟鲁迪（Rudy）因为穿了哥哥的佐特装，在街头被几十个水手和海军士兵围攻和殴打并被剥光衣服，最后还被迫加入了海军，驻扎在位于太平洋的部队，为这个不欢迎他们的国家服役。最后鲁迪因为自己是海军战士而感到自豪与骄傲。鲁迪的形象一方面进一步反映了奇卡诺佐特装青年遭受了种族主义的残酷迫害，另一方面又反映了他们不屈的奇卡诺族裔精神和作为美国人的爱国主义精神。作家通过亨利兄弟的经历表达他对种族歧视的谴责。

五　奇卡诺社区对主流媒体公正性的质疑

在描述谋杀案审判过程中亨利和他同伴的反抗的同时，瓦尔迪兹还描述了亨利的家人、社区、富有正义感的记者和人民律师对此案件判决和这

---

① Luis Valdez, *Zoot Suit*, Houston TX: Arte Publico Press, 1992, p. 51.

② Ibid. , p. 71.

些青年嫌犯的关注。

在戏剧中，作家通过帕楚科这个人物在舞台上的指挥，安排了一系列的主人公与奇卡诺族裔观众的互动，以此表明奇卡诺人对主流媒体报道的亨利事件的真实性和执法部门不公正执法的质疑与不满的态度。

在记者采访嫌犯们的家人时，亨利和他同伴的邻居都深情地回忆起往日幸福生活的情景。社区人们对媒体上渲染的谋杀案事件不屑一顾，把主流媒体的报纸撕碎，扔在地上。在亨利和他的同伴被羁押期间，支持他们的陌生人的信件雪片一样飞向他们。《人民世界日报》（*Daily People's World*）新闻记者爱丽丝（Alice）是一个犹太裔人，她对亨利的冤案倾注了极大的热情。她从一开始就在案件报道的前线，是她把媒体的各种舆论转达给了身陷囹圄的亨利和他的同伴。作为亨利的支持者，爱丽丝鼓励他说，无论庭审做出什么决定，她都深信他无罪。她和他的社区都会站在他一边来支持他。她亲临监狱采访亨利，并访问他的父母和其他受害人的妻儿，为他们募捐，尽一切可能帮助这些受害者。她在一审判决后向亨利发誓，"我们将站在你的身后，直到你的名声被洗白"①。

另一个支持亨利的律师乔治（George）是一个具有西班牙血统的正义追求者，起初因为其肤色被亨利视为白人代表，但乔治认为无论他的血统是阿拉伯人还是犹太人，这些都不重要，重要的是作为律师，他能帮助乔治打赢官司。作为人民律师，他免费为他们进行了辩护。在庭审中，当法官要求所有嫌疑犯的服装和发型都保持案发时原样来证明他们就是一群流氓的时候，他不停地大声抗议。乔治还认为控方在法庭上呈上的证据都是在嫌犯被关押时受到警察的刑讯逼供而来，他深信正义的制度会判亨利和他的同伴无罪。

正是"亨利们"的坚持和族裔种族正义力量的支持使"睡泻湖谋杀案"冤案得以昭雪。瓦尔迪兹戏剧《佐特装》中的奇卡诺人再现了奇卡诺民族的不屈不挠的民族精神。该剧不仅塑造了坚强不屈的亨利，它同时也强化了处于城市危机中的奇卡诺家庭和社区形象。亨利是戏剧故事的中心人物，在审判的过程中，他并不孤单，他还有父母、兄弟对他的支持。他的家庭成员是他与观众中奇卡诺社区的联结点。他的家人在舞台上不断地出现提醒人们奇卡诺社区是一个完整的社区。尽管有各种各样的内部矛

---

① Luis Valdez, *Zoot Suit*, Houston TX：Arte Publico Press, 1992, p. 63.

盾，那里的人们面对主流社会的迫害与欺凌总是互相关心与照顾，坚持正义，形成了与白人权威相对立的伦理线。作家本人借律师之口谴责法官不公正的判决，认为案件"竭力让你们相信他们是一些反人类的匪帮，但他们是美国人。如果认定他们有超出青少年之间比拳头的更大的罪状，你们就是在谴责美国所有的年轻人。如果认定他们犯有谋杀罪，你们就亵渎了美国种族正义精神"①。这和贡萨雷斯和阿纳亚描述的奇卡诺人的族裔抵抗性一脉相承。

《佐特装》通过了运用土著文学形式和各种音乐背景来描述城市奇卡诺人所遭受的虐待和反抗，很明显，作家在用此描述来表明自己的态度：奇卡诺族裔有自己悠久的文化，奇卡诺人也是真正的美国人。更重要的是，作家通过谋杀案嫌犯审判事件反映了白人警察和司法机构不公正的执法和判决，从而体现了奇卡诺文学反抗迫害城市中奇卡诺族裔的政治性伦理。

第三节　边土上奇卡诺人对正义的追求：《远离上苍》

和瓦尔迪兹的戏剧一样，卡斯蒂洛的小说反映了奇卡诺人对正义的追求，但她所描述的是美国边疆山区女性贫民的抗争。在小说《离上帝如此遥远》中，卡斯蒂洛运用把虚构人物融合在重置的历史宗教故事和现实事件当中的手法，塑造了因各种原因相继失去四个女儿后单身母亲索菲亚仍然顽强地生活的女强人形象，以此来表达她反厌女症与反种族压迫的政治性伦理思想。卡斯蒂洛描写的美国奇卡诺族裔各种对象地位的差异与盎格鲁、异性行为、父权制和资本主义社会的差异同质，并以此塑造了与美国主流社会竞争性价值观和竞争性思想并列的奇卡诺人物，创建了奇卡诺社区的价值观和思想。小说《远离上苍》把这些价值观混合在一起产生了小说故事世界中反主流社会非正义思想的意识。

一　卡斯蒂洛和她的小说《远离上苍》

安娜·卡斯蒂洛（1954—　）是21世纪美国最著名的三大奇卡诺族

---

① Luis Valdez, *Zoot Suit*, Houston TX: Arte Publico Press, 1992, p. 62.

裔女性文学家之一①。从 20 世纪 90 年代至今，她发表了 15 部诗歌集、小说与戏剧。她曾获得美国图书奖，卡尔·桑德堡奖，山地平原书商奖，全美小说诗歌奖和索尔胡安娜艺术成就奖。她在博士毕业论文的系列文章中自创的"奇卡娜主义"（Xicanisma）一词已成为奇卡诺女性族裔创作思想的代名词。

　　小说《远离上苍》是卡斯蒂洛的一部广为传阅与评论的小说。小说《远离上苍》讲述了一个奇卡诺单身母亲独自抚养大四个女儿、而这四个女儿又相继因各种原因离世后母亲仍然怀着积极心态生活的故事。大女儿埃斯佩兰萨（Esperanza）大学毕业后成了电视新闻播报员。尽管她明显地事业有成，但她仍然感觉自己生活空虚，并不幸福。在老布什发动对伊拉克的战争后她被派往波斯海湾报道战事，不幸失踪，最后被确认牺牲在沙漠。二女儿卡莉达德（Caridad）是四个女儿中的小美人，但她因异性恋失恋而转向同性恋，最后被变态而又热恋她的男子尾随，并因受其死亡威胁而与她的同性女友一起跳崖身亡。三女儿菲（Fe）表面上看起来正常，可在男友离开她后整整昏迷了一年，最后因在工作繁重而环境有剧毒的军工厂拼命挣钱患上癌症死亡。四女儿"疯女"（La Loca）三岁时突发癫痫病死亡，在葬礼上突然复活，变成了具有魔幻般功夫的神人，能帮她姐姐堕胎，和姐姐们关系都很好，她帮助母亲伺候家里所有的牲口，快乐无忧地赤足生活一生，在她的姐姐们均不幸身亡后，她也莫名其妙地患上艾滋病，悲惨离世。女主人公索菲亚在前十三年的婚姻中因丈夫赌博输掉家产将其逐出家门多年。在一连串的丧女打击之后，她仍然顽强地生活着，后来再次将懒惰无能的丈夫扫地出门并正式离婚，积极参加社会活动，参与市长竞选，成立了"烈士与圣徒之母"组织并任主席。她把自己的四个女儿的肖像制成了纪念品，销售到美国其他大城市的旅游景点，以此来让本民族的文化走向世界。主人公索菲亚是一位勇敢的爱情追求者、富有独立精神的妻子、勤劳的女性、核心家庭的维护者和新神话的创立者。

　　总之，这部小说从创作手法上探索了历史事实、当代事实与作家虚构相结合的可融合性与优势，同时也探究了各种宗教和哲学信仰相结合的美

---

　　① 2012 年加州大学欧文校区召开了全美当代最著名的奇卡诺女性作家创作研讨会，专门探讨安娜·卡斯蒂洛、桑德拉·西斯内罗斯和阿尔玛·拉斯·维拉纽瓦的创作。

国西南部文化。卡斯蒂洛在这部小说里进行了文学创作的大融合实践，她有选择地吸收、糅合与重置她所获得的资料源中的传统与习俗。这部小说是一部后现代作品。作家采用了标准的文本与文学的普遍传统模式，揉进了圣经、堂吉诃德、圣徒言行、天主教神话、奇卡诺谚语、民间传说和民间药方。这种重构与综合不同文学基因的手法反映了卡斯蒂洛的主题伦理：通过文学融合方式，卡斯蒂洛能够诠释文学融合理念与实践的优势，并能够在文学中强调并评论一些社会问题。卡斯蒂洛吸收与重置各种原始材料，其目的在于使小说更有深度，更能在读者中产生共鸣。从表面上看，这部小说讲述的是一个家庭的情景剧，其实不然。作家是运用这些原型故事材料来引起读者对长期的厌女症和种族压迫的关注和批判。

二　对政府与组织不作为的揭露：索菲亚不幸的家庭

小说《远离上苍》以故事的中心家庭里的小女儿"疯女"的死亡开篇。她的死亡很短暂，在大家为她在教堂举行葬礼时，她复活了。复活后她立刻飞上了教堂的屋顶。这是小说中几个魔幻现实的场景之首个场景。在第一章里，与这个事件同时讲述的还有"疯女"的母亲索菲亚和她的另外三个女儿埃斯佩兰萨、卡莉达德和菲目前的状况。她们的父亲多明戈（Domingo）没有出现在小女儿的葬礼上，这给故事的讲述者提供了机会来描述索菲亚"那一开始就在门上挂了黑色花圈的婚姻"①，这桩婚姻首先遭到她的父母反对，后来被多明戈四处赌博并最后离家所困扰。黑色预示没有父母祝福的婚姻是不会幸福的婚姻。

除了"疯女"的复活，故事的开头还概括了她三个姐姐的生活以及她们如何"走出家庭进入社会最后又回到她母亲家里"②的经历。最大的姐姐埃斯佩兰萨是四个女儿中唯一一个完成了大学学业的孩子，她和鲁本（Ruben）谈朋友，后来她"在当地电视台找到了做新闻节目主持人的工作"③。二女儿卡莉达德"上了一年大学，但学校对她不合适"，后来怀了孕，结了婚，发现她丈夫梅莫（Memo）对她不忠，便堕了胎，然后"跟

---

① Ana Castillo, *So Far from God*, New York：Penguin, 1993, p. 21.

② Ibid., p. 25.

③ Ibid., pp. 25 – 26.

任何一个她在酒吧里认识的男子"睡觉①。第三个女儿菲，一切都"很好"：24 岁，在银行工作，有一个非常勤奋的男友，是一个精心维护好的形象。菲对"疯女"的病和母亲迷信的厌恶把读者又带回到"疯女"死亡与神奇复活的故事②。从这里开始，通过一个具有奇卡诺身份的叙事者，小说的家庭中的主要人物的经历被描述了出来。

政治伦理认为，有些错误的方式是很普遍的，任何能干的官员可以预见到并采取应对预案来防止它们或者至少将灾难性后果减到最小③。边境上的索菲亚家的女儿死亡事件都是可以避免的，但它们还是不可避免地发生了，是政府官员的不作为行为导致了这一切。

在故事刚开始不久，卡莉达德（Caridad）受到了神秘物的残酷打击，几乎被杀死。在她小妹"疯子"的梦境中，作家把这个神秘的东西描绘成一个身体庞大的羊毛球状的怪物④。"疯女"（La Loca）梦中魔鬼的模样与流传在新墨西哥州民间的怪物（La Malogra）相似，它们都是一团羊毛状物体，有时成绵羊状，有时成人类状。当它成人类状态时，就预示着噩运或死亡。在黑暗的夜晚它形状像羊毛织物时，就会在不幸遇到它的人的面前缩小或胀大。看到这个怪物的人就会像见到了魔鬼一样，永远失去知觉。卡莉达德有天夜晚在一个十字路口被怪物袭击，失去了知觉，后来是她看到了怪物形状的小妹"疯女"将她治愈。

这个鬼怪在卡斯蒂洛的笔下变成了一个身体笨重的庞然大物：

> 这个东西，即真实存在又无固定形状，一团可以说是由锋利的金属物、碎木头组成的东西，或者说是石灰、金子和易碎的羊皮纸做的东西组成。它有一个大陆板块那么重，像墨水一样不可磨灭，它有几个世纪那么老，但又像彪悍的狼一样力大无比。它没有形状，却比黑夜还黑，更有甚者，卡莉达德永远不会忘记它，它是一股纯粹的力量。⑤

---

① Ana Castillo, *So Far from God*, New York：Penguin, 1993, pp. 26 - 27.

② Ibid. , pp. 27 - 29.

③ "Political Ethics", *International Encyclopedia of Ethics*, Retrieved 12 - 04 - 2014, scholar. harvard. edu/files/dft/files/political_ ethics - revised_ 10 - 11. pdf.

④ Ana Castillo, *So Far from God*, New York：Norton & Co Inc. , 1993, p. 78.

⑤ Ibid. , p. 77.

　　这个形象的描述很明显地暗示西班牙对美洲的征服以及之后的状态，并表明卡斯蒂洛对批评性别压迫和种族压迫的兴趣①。

　　这里与原始的羊毛故事相似又不同的鬼怪暗示西班牙的侵略就像是狼披着羊皮一样，没安好心，假慈悲。卡斯蒂洛把鬼怪对卡莉达德的袭击与西班牙人对土著人的毁灭性征服用"大陆"和"几个世纪"这样的字眼来暗示。这种暴力征服与压迫已经延续了几百年。这表明对卡莉达德的袭击不是偶发的事件，它更不是历史上的偶发事件。对卡莉达德的袭击、骚扰与威胁在后来的故事里连续发生，而且是来自本民族的虔诚的男性天主教徒弗兰西斯科的致命袭击。弗兰西斯科的自我禁欲行为和自我否定没有把他与上帝拉近，相反，他离上帝越来越远，成了真正的魔鬼。

　　在故事中的另外两位女性海伦娜（Helena）和玛丽亚（Maria）驱车前往新墨西哥州偏僻的小镇时，她们差点被神秘的黑衣人撞死。这个事件与弗兰西斯科（Francisco）对卡莉达德的神经质追逐有关。当他怀疑卡莉达德与艾斯米拉达（Esmeralda）的同性恋关系时，他就对所有女同性恋者进行威胁。后来他跟踪卡莉达德和艾斯米拉达到了阿科马·普韦布洛村（Acoma Pueblo）。在那里，他的突然出现把这两个女孩吓得慌不择路地狂奔，不慎掉下了万丈悬崖。通过这一连串的相关事件，卡斯蒂洛告诉读者，女性被这种历史上持续的男性厌女症推到了死亡线上。

　　更有甚者，具有暴力行为的鬼怪可以表现为不同的形式，有时候以人的形式出现，如弗兰西斯科，有时候不是，它以现实社会中的大公司出现。故事中菲的死亡悲剧反映了现实生活中的现代工业污染对美国西南部的奇卡诺族裔女性生命的严重威胁。

　　"疯女"的三姐菲在她工作的艾克米（Acme）公司因长期接触有毒化学物而经历了难以置信的痛苦后死亡。而这个公司隐瞒了工作的危险性质。这种公司员工中毒的事件在现实中确有其事。Flynn曾经报道了自20世纪70年代到80年代曾在IBM公司工作过的工人因罹患癌症和其他不治之症而起诉公司的案子。根据报纸的报道，像菲一样，IBM的工人们带着外科手套与口罩，在非常干净的房子里进行操作，这些保护措施让工人们

---

　　①　Alesia Garcia, "Aztec Nation: History, Inscription, and Indigenista Feminism in Contemporary Chicana Literature and Political Discourse", diss, University of Arizona, 1998, p. 293.

相信他们受到了保护，不会受到任何有毒物质的伤害①。也和菲一样，IBM 公司的受害人很难根据法律依据来证明他们的疾病是长期接触有毒物的结果。雇主故意忽视那些表明雇员间存在高癌症率的证据。菲的疾病和死亡与 IBM 公司的工人的疾病和死亡如出一辙。

　　曾经开设在美国西南部的像 IBM 这样的成为现代工业污染源的公司为数很多。为了能够挣得更多的钱来养家糊口，美国西南部的大量族裔女性曾到从白人居住区搬移到西南部的有毒的公司工作，直到这些公司最后在 20 世纪末搬移至海外。这些族裔工人承担了白人不愿意承担的危险工作。卡斯蒂洛把现实中的 IBM 公司案件重置在菲的死亡事件中，意欲通过这个事件凸显美国流水线上的族裔人种所面临的危险的工作环境。

　　这部小说里索菲亚的每个女儿的死都可以看成是某种暴力导致的结果。而在这种暴力下，奇卡娜人的安全问题一般都被视为无关紧要的事。故事中索菲亚的大女儿埃斯佩兰萨（Esperanza）被另一种无法言状的魔鬼夺取了生命。

　　埃斯佩兰萨这个名字在西班牙语里意为"希望"。她是家中的长女，她的父母对她寄予了厚望。她也是家里唯一一个读完了大学的孩子。她大学毕业后在当地电视台做了播音员，也组成了家庭。但由于她想走向更广阔的世界，海湾战争爆发时她去了中东地区报道老布什针对伊拉克发动的"沙漠风暴"行动，在沙漠里失踪，最后被确认遇难。

　　众所周知，"沙漠风暴"行动是老布什领导的以美国部队为首的多国部队于 1991 年 1 月 17 日伊拉克当地时间凌晨两点发起的为恢复科威特领土完整而对伊拉克进行的局部战争，其根本目的是获取海湾地区石油。这场战争以美国领导的多国部队的胜利告终②。它为美国的主流社会整地了廉价的石油，但对于小说中的母亲索菲亚来说，这是一场残忍的杀戮，是一场让她失去希望的战争。虽然她被邀请到首都华盛顿去参加她女儿的阵亡烈士荣誉授予仪式，但石油没有给她生活的小镇带来变化，她的生活也并未因此变得更好。

----

　　① Laurie J. Flynn，"I. B. M. Toxic-Chemical Suit Heads to Court," *New York Times*，13 Oct.，2003：C1，C5.

　　② "海湾战争"，百度百科，Retrieved. 08 - 14 - 2014, http://baike. baidu. com/view/889. htm? fr = aladdin.

在埃斯佩兰萨的故事里，作家把真实的海湾战争重置在她的写作中，让使母亲为之骄傲和充满希望的埃斯佩兰萨成为真实战争的牺牲品，意在批评战争对少数族裔奇卡诺女性的残酷压迫，她们为白人所坚持的所谓民主付出了生命的代价。

"疯女"是索菲亚四个女儿中最小的一个。小说中她没有正式的名字，她也很少与人交流。整个小说故事就是以她的突然昏死开始。当人们把她抬到教堂举行葬礼时，她突然复活，一纵身飞到教堂的屋顶上坐着。后来她一生都是赤脚过日子，也很少和外人打交道。她每天的任务就是帮助母亲伺候家里的牲畜，快乐无忧地生活。家禽和邻居的孔雀是她的朋友。当她想说话的时候她会跑到离家不远的小河边去坐着和水说话。她生活在与世隔绝的生活中。她也具有巫师的本领，治好了她姐姐卡莉达德的病，还帮她姐姐堕了胎。尽管她生活在自己个人的世界里，但她仍然染上了全世界流行的艾滋病，最后悲惨地死去。

这个悲剧人物"疯女"在整个小说中作家没有给她一个正式的名字，她的形象是作家基于历史上圣徒传记故事里的圣·克里斯蒂娜创作。圣徒传记记载克里斯蒂娜生活在1150—1224年，她的故事也确实令人惊讶。在她22岁的时候，她得了癫痫病，人们以为她会很快死去，把她安放在没有盖的棺材里送到教堂给她做安魂弥撒。她突然坐了起来，飞身跳到教堂屋顶上坐着，直到牧师请求她才下来。她宣称她只是想在屋顶上躲避一会儿，因为人类罪恶的身躯的气味太难闻。她还告诉人们事实上她已经死过了，她进过地狱、炼狱和天堂。她逃到了遥远的地方，爬树、爬塔、攀岩，也爬进灶里，以此来再一次躲避人们难闻的味道。她可以随意玩火，在刺骨的寒风里，她可以跳到河里游泳。她能站在围栏上保持身体平衡，也在地上卷曲身子变成球状。因为行为古怪，人们以为她疯了，所以称她为疯女。最后她被人捉住，她的腿上被狠狠地打击了一下，被打折了。她被打上绷带并被锁到柱子上，但是她还是逃跑了，穿着破烂衣服沿街乞讨，行为非常可怕①。小说中"疯女"的经历和圣·克里斯蒂娜的经历非常相似。这个"疯女"是一个孤独、充满智慧和力量的形象，非常圣洁，是一个典型的奇卡娜人。现实生活中的奇卡娜女人都是这种默默无闻、勤

① Daniel Cooper Alarcón, "Literary Syncretism in Ana Castillo's *So Far From God*," *Studies in Latin American Popular Culture*, Vol. 23, 2004.

勤恳恳、充满智慧的女人，像"疯女"一样，在家庭和社会中她们没有自己的声音和说话的权利。

阿拉孔（Alarcón）认为作家采用圣·克里斯蒂娜的传奇故事有两个原因：一是早期的文学体裁如圣人传奇故事里的角色常常是女性；二是作家想要聚焦女性长期遭受的痛苦和他们因信仰和基督式善行而得到的救赎①。像圣徒传记里的故事一样，卡斯蒂洛的故事也凸显了人们对奇异现象的误解，把它们归结为魔鬼的行为。作家故意把"疯女"描绘成特立独行的人物，欲以此来表达人们对圣洁、聪慧的奇卡娜人的忽视。

卡斯蒂落把"疯女"和宗教历史上的圣徒重置在一起，意在表明充满智慧的、纯洁的奇卡诺女性长期以来遭受了父权价值观的压迫和迫害，她们已经失语，失去了应有的平等。"疯女"的死也表明无辜的族裔会招来从白人那里飞来的横祸，她们不能幸免于肆虐的现代病的灾难。

小说的中心人物母亲索菲亚的故事叙述者从故事的开头就暗示了她婚姻的失败。由于父母的反对，她举行婚礼那天，新房门上挂着一个黑色的花环。黑色花环是死亡的象征。后来的现实果真如此，她丈夫嗜好赌博，输掉了她家的祖业，在忍无可忍的情形下，她把丈夫赶出了家门，一个人独自承担起了抚养四个女儿的责任。

从这点可以看出，索菲亚是位能干、能吃苦耐劳、富有独立精神的女性。面对四个女儿一个接一个地死去的事实，她号啕大哭。小说中的故事讲述者把她的哭泣重置在墨西哥神话哭泣娘的故事里。哭泣娘为了能够和情人私奔，她把自己的孩子扔到河里淹死，但后来受到惩罚，每天夜里沿着河边哭泣着，寻找自己淹死的孩子。作家在小说里这样描述哭泣娘：她"一路游荡，从古老的墨西哥来到了美国，实际上她存在于她的民族居住的每个角落，哭嚎着寻找自己的孩子"②。但叙述者很快改变了索菲亚的形象：

> 永远哭泣的女人的悲剧没有发生在索菲亚的身上。而且，教堂告
> 诉她，当人们死亡时，每个灵魂都得等待最后的审判，那为什么哭泣

① Daniel Cooper Alarcón, "Literary Syncretism in Ana Castillo's *So Far From God*," *Studies in Latin American Popular Culture*, Vol. 23, 2004.

② Ana Castillo, *So Far from God*, New York：Norton & Co Inc., 1993, p. 160.

娘这么快就要受到惩罚呢？……她没有淹死自己的孩子。相反，她留下来独自抚养她们。在她一生中，她周边不乏这样的女人，她们曾被孤独地扔下，抛弃，离异或寡居，单独抚养孩子，她们没有哪个曾经杀死过自己的孩子。①

这里可以看出，作家抛弃了把索菲亚与哭泣娘相提并论的想法。她认为如果不是人们世世代代把哭泣娘看成妖魔，她也许从"一开始就是一个永远不缺乏爱心的神母"②。索菲亚没有亲手杀死女儿，她哭泣是残酷的战争夺走了她女儿的生命。

笔者认为，卡斯蒂洛把哭泣娘重置在索菲亚的哭泣故事中有两个原因：一是借哭泣娘长期被人咒骂的经历来描述奇卡娜人长期遭受的迫害；二是借母亲索菲亚的哭泣来批判现实残酷的战争，让人们看到白人世界带给奇卡娜人的只有眼泪。

经历四次死亡打击的母亲索菲亚没有消沉。相反，她以积极的态度改变自己未来孤独的生活，她参加社区的各种活动，将自己的四个女儿塑造成不同的神像，特别是她小女儿，被塑造成了这样的一个形象："走路大胆，在人生旅途中知道如何取舍，生活本身就是勇气和智慧的状态，不是像其他许多人经历的那样，毫无节制地参与社会活动"③。小说最后索菲亚以母权价值观原则建立了"烈士母亲与圣人组织"（MOMAS）。这个组织只允许烈士母亲和生女儿的母亲加入这个组织，这是对以男性为主的罗马教堂的极大讽刺。汉米尔顿（Hamilton）认为，索菲亚积极地参加市长竞选，为自己的民族走向大都市、走向世界进行了不懈的努力④。这也证明奇卡娜女性"能前所未闻地在社会变革中担当起领导人的角色"⑤。

民主政治理论家认为，在民主语境下，政治伦理问题不是公民应该对领导人做什么，而是公民和国家应该做什么来补偿领导人所做的决议涉及

---

① Ana Castillo, *So Far from God*, New York：Norton & Co Inc. , 1993, p. 161.

② Ibid. , p. 163.

③ Ibid. , p. 250.

④ Patrick L Hamilton, *Of Space and Mind*, Austin：University of Texas Press, 2011, 74.

⑤ 王守仁：《新编美国文学史》，上海外语教育出版社 2004 年版，第 587 页。

的受害者，或者公民可以要求领导者为他们合法进行的秘密决定负责①。小说《远离上苍》里的受害者没有得到任何的补偿，更没有要求谁为四个女儿的死亡负责。作家对她们死亡的描写揭露了美国主流社会、白人拥有的大公司和奇卡诺社会的虚伪与残忍。故事的悲惨结局也反映了作家对奇卡娜女性所经历严酷的厌女症迫害与种族迫害的批评态度，这种态度反映了作家创作中揭露政府不作为、关注女性与本民族生存与发展的正义伦理思想。

三　反奇卡诺族裔社区和主流社会对女性的歧视

在小说中，新墨西哥州的托梅（Tome）社区是索菲亚和她女儿们的"家庭空间"，叙事者陈述了这个社区和以"父权制民族主义思想统治的更大美国国家空间"② 之间的关系。卡斯蒂洛不是简单地反对这两个文化空间。相反，无论在美国空间范围内，还是在世界范围内，作者都想象把这两个文化空间作为相互可以接受的空间。卡斯蒂洛的《远离上苍》不是把两个不同的民族放置在想象的同一个空间，而是把两个民族的价值观念和思想联系在一起：把同质的奇卡诺社区的价值观念和思想与占统治地位的美国主流社会的价值观念和思想连接在一起。小说开始时似乎是反对奇卡诺文化与美国主流文化之间有联系，但小说里叙述的四个姐妹的生活表明：思想上单纯地依靠一种文化，她们的生活非常艰难。唯独她们的母亲跨越了两种文化而得以生存下来并且最终事业非常成功。许多批评家把托梅镇看成是一个抵抗白人主流社会和保持奇卡诺标准的叙事方式和伦理的地方，而不是思想融合的地方。如罗兰德·沃尔特（Roland Walter）提出"卡斯蒂洛的叙事证实了反霸权主义……是奇卡诺思想的基本内容"③。沃尔特提出"奇卡诺思想"即是与主流社会"相反"的观点，所以奇卡诺思想是反对美国霸权主义的思想。小说中的"家庭空间"是"生存"所必需的空间，所以它表明在小说中家庭空间以外的空间，文化生存是不可能的。

---

①　"Political Ethics", *International Encyclopedia of Ethics*, Retrieved 12 - 04 - 2014, scholar. harvard. edu/files/dft/files/political_ ethics - revised_ 10 -11. pdf.

②　Ana Castillo, *So Far from God*, New York: Penguin, 1993, p. 81.

③　Roland Walter, "The Cultural Politics and Dislocation and Relocation in the Novels of Ana Castillo," *MELUS*, Vol. 23, No. 1, January 1998.

　　丰乡町（Toyosato）认为"小说表明生存的可能性是基于当地的、文化自觉的行为，在一个特定的地方发展"①。德尔加迪略（Delgadillo）认为家庭"作为生存、康复和自省中心被展现出来"②，勾画出在家庭空间价值以外的地方自我生存不可能实现。

　　卡斯蒂洛构建的家庭空间是一个给四个女儿提供生活保障、人身安全和精神支柱的庇护所。在她们进入白人社会前，她们必须做好身心准备。因为过早地闯入白人主流社会并带着不现实的期待，所以"疯女"的三个姐姐一个个离家出去，很快又回归家庭。与三个女儿不同，索菲亚和小女儿对外界没有那么大的欲望，所以就一直待在家里，所以她和小女儿相对来说就更有安全感、更自由。

　　但家庭与社区的分界线就像是安扎杜尔的边土伦理分界线，人们总在跨界，从一个文化跨进另一个文化，为了生存人们必须接受它。在这跨越的阶段，人们"经历民族性、社区利益和文化价值"③。这种不断的交流表明：在把女性社区与女性身份和国家空间连接时，她们已面向了更广阔的空间。在更大的空间里，弱小的家庭空间在小说中坍塌了。小说开头描写的三个女儿的生活与索菲亚维持的家庭似乎可以与主流社会并存，然而，大女儿埃斯佩兰萨和三女儿菲这两个对家庭价值最反感的人首先成了资本主义主流社会的牺牲品，而另外两个更倾向于家庭价值的女儿后来也以悲剧收场。后两者的悲剧性似乎次于前两者，但她们的悲剧原因既有主流社会的暴力与性别歧视，也有奇卡诺社区的暴力和性别歧视。卡斯蒂洛把这两个空间共同的问题并置在一起。可以说，作家把奇卡诺社区问题和主流社会的问题等同了起来，告诉人们：族裔问题就是主流社会的问题。

　　但在白人主流社会里，奇卡诺人更容易成为受迫害的对象。作为新闻记者，埃斯佩兰萨被派到了最危险的海湾战争前线，最后失去了生命。在主流社会看来，族裔女性可以随便处置。菲也在主流社会受到了同样的伤

　　① Mayumi Toyosato, "Grounding Self and Action: Land Community, and Survival in I Rigoberta Menchú, No Telephone to Heaven, and So Far from God," *Hispanic Journal*, Vol. 19, No. 2, February 1998.

　　② Theresa Delgadillo, "Forms of Chicana Feminist Resistance: Hybrid Spirituality in Ana Castillo's *So Far from God*," *Modern Fiction Studies*, Vol. 44, No. 4, April 1998.

　　③ Kelli Lyon Johnson, "Violence in the Borderlands: Crossing to the Home Space in the Novels of Ana Castillo," *Frontiers*, Vol. 25, No. 1, January 2004.

害。她在银行一直非常努力地工作，把自己看作是"非常努力与尽职型员工，总是百分之百的投入到工作中，""尽管两次晋升的机会都没有得到"①，她一直坚持着。这显示了她为了美国梦而努力工作的道德品格。银行从她的工作中获得了利益，可她却没得到应得的报酬。在她婚姻失败后她大病一场，银行认为她再无用处，便随意辞掉了她。

而在奇卡诺族裔的社会里，埃斯佩兰萨和菲同样遭遇了歧视。前者的情人在奇卡诺文化强化时期把自己的名字都改成了民族土著神的名字"瓜乌特莫克"，以此来贬低她的身份和地位。埃斯佩兰萨还为了男友放弃了上研究生的机会，可他带她参加土著人举办的野营会时，人们教她"女人的地位与男人的地位不同，这是不能受到质疑的"②。很明显，故事的叙述者告诉人们埃斯佩兰萨是处于二等公民的地位。这样强化她的地位让她感觉自己像"草药"③，被物化了。

奇卡诺社会里男性的地位也是他们自夸自吹的。鲁本参加了墨西哥朝拜会，表面上非常神圣，埃斯佩兰萨作为女性被拒绝参加。但是，这所谓的朝拜只是观光旅游的借口而已。这只能说是父权制的表现。菲和她姐姐一样，也是随意受到男人处置的对象。小说中最初出现时，她的生活过得很好，她的男友汤姆·托里斯（Tom Torres）是世界上最勤奋的男人，而且他们已经订婚，可她试穿婚纱那天，她男友打来电话，毁掉了婚约，还不许他回信，并声称"请不要打电话来尝试改变我的决定④"。汤姆这个奇卡诺男人任性地拒绝了菲想要挽回爱情的念头。

从埃斯佩兰萨和菲的遭遇，读者可以看出在父权制奇卡诺社会里，她们都被男人随心所欲地处理掉，她们也从此再没有振作起来。埃斯佩兰萨再一次向男友妥协，放弃了到大城市休斯顿工作的机会来顺从鲁本的意愿，而菲则因被抛弃歇斯底里的号叫失去了好嗓子。这对姐妹在奇卡诺族裔父权制价值观下所受的迫害与他们在主流社会所遭遇的一切非常一致。卡斯蒂洛把这些事件放置在 20 世纪末人际关系非常淡漠的大环境下。而这种环境中的淡漠又习以为常。因此他们最终的悲剧也只是美国社会大环

① Ana Castillo, *So Far from God*, New York: Penguin, 1993, p. 177.
② Ibid., p. 36.
③ Ibid.
④ Ibid., p. 30.

境里非常平常的事。埃斯佩兰萨把上战场当成做记者应尽的职责，但她的失踪也没有引起人们多大的关注与悲伤，只是变成了新闻，她后来才成了战争英雄。菲的婚姻也没有了激情，只是异性间的耦合。她和表亲结了婚，买了现代家用电器，获得了小小的物质上的满足。她一如既往地追求富裕的美国梦。她继续在白人掌控的国际公司——艾克米公司为军火商生产致命性武器。为了挣到更多的钱，她不顾生命危险，接触了致癌物质。她所做出的努力极具讽刺意义。她的毁灭是她把自己当成资本主义生产机器所致，她的勤奋与努力使她完全忽略了危险就在身边。待她发现时，死亡已经来临，而且工厂已经更换了工作环境，其他人都戴着防毒面具工作，工人之间不再交流，他们变得安静，也变得冷漠。埃斯佩兰萨和菲的悲剧是她们离开家庭的庇护所致。

　　与埃斯佩兰萨和菲不同，卡莉达德和"疯女"远离主流社会，生活在以托梅小镇为背景的家庭里。前者"上了一年大学，大学教育不适合她，后来再也没去上了"①。叙事者把她描绘成芭比娃娃，经不起外面的风浪。"疯女"和卡莉达德一样，认为外面的世界太世俗，宁愿待在家里。"疯女"成长在一个由女人主宰的家庭。看着姐姐们一个个出去工作、失望、幻灭，甚至毁灭，直至最后全部死亡，她对自己"从未走出去没有一丝后悔，也没有发现出去工作有啥用"②。她希望"永远都不去姐姐们工作过的地方"③。

　　"疯子"和卡莉达德生活在从言语上和思想上都与主流社会格格不入的托梅小镇郊外的农家小院，然而，她们也没能逃脱主流社会思想的迫害。小说描述了她们脱离主流社会的悲惨遭遇。卡莉达德是她社区的最大受害者。在她受到伤害自暴自弃并与许多男人乱性时，托梅镇"没有人对她这个享受生活的人有半点友好之心"④。故事的讲述者都用"享受生活"来描述卡莉达德所受的伤害，可见人们对她受害的冷漠和雪上加霜的心态。小镇上那邪恶思想的代表就是曾经对她仰慕的年轻人弗兰西斯科（Francisco）。他曾经幻想她是纯真和谦逊的化身。当他得知她成为了同性

---

① Ana Castillo, *So Far from God*, New York: Penguin, 1993, p. 26.

② Ibid., pp. 151 – 152.

③ Ibid., p. 27.

④ Ibid., p. 33.

恋者后，他认为她违背了他设想的伟大形象，于是他就像影子一样跟踪她，直到她和同性恋人坠崖身亡。根据医生的描述，小镇上的邪恶势力对她的伤害无以复加，"她的乳头被咬掉，她也曾被人用什么东西鞭打，像牛一样被烙上印记，最可悲的是她因被割喉而不得不装人造气管"①。是谁这么残忍地伤害了卡莉达德？小说中的叙述者给出了答案：怪物。它是"一个东西，即真实存在又无固定形状"②。这里的"真实"和"无固定形状"指的是人们的态度、宗教信仰和思想，它们是人们思想上和心理上都无固定形式的东西，但它们真实地存在。这一团东西也可以看作是美国历史上曾经欺侮弱小民族的势力与态度。

"疯女"所受到的伤害是染上艾滋病。她一生唯一与白人的接触就是邻居"查尔斯先生"的孔雀，那孔雀开屏时很像她母亲的扇子。但无论她怎么去逗它，孔雀都对她毫无反应。这里暗示"疯女"与外界的联系微乎其微，但她并没能逃脱感染主流社会流行的病毒的厄运。病毒已无处不在。在面对人类共同的疾病时，以土著人方法治疗她的巫医和用现代医疗方法治疗她的医生共同探讨治疗方法。

索菲亚四个女儿分别处于两个社会空间：奇卡诺社区和美国主流文化社会，但她们都没有逃脱自己的命运。卡斯蒂洛的描述的不同空间问题的共性反映出族裔问题也就是主流文化社会的问题，反之亦是。解决问题的办法就是走出自己的文化圈，融入更广阔的空间。

四　奇卡诺女性的生存之道：自强

在描述墨美边境小镇的奇卡娜人生活的长篇小说《离上帝如此遥远》中，卡斯蒂洛刻画了一个独立、自给自足、自强、有信仰、关爱自我、关爱他人与他人利益的坚毅母亲的形象。小说的主人公索菲亚是一个中年单身母亲，她和四个女儿生活在奇卡诺文化、墨西哥文化、西班牙文化和印第安人文化的交叉之中的托梅小镇。在经营小本生意和照顾四个女儿的艰难生活中，她遭遇了现代技术和长久的传统的挑战。为了更好地生活，她和她的邻居们沉浸在天主教传统、草药术和有关神的本质的民间传统中。索菲亚在前十三年的婚姻中因丈夫赌博输掉家产将其逐出家门 20 多年，

---

① Ana Castillo, *So Far from God*, New York：Penguin, 1993, p. 33.

② Ibid. , p. 77.

在一连串的丧女打击之后，她仍然顽强地生活着，再次将懒惰无能的丈夫扫地出门并正式离婚，积极参加社会活动，参与竞选市长，成立了自己的组织与实业公司。

作为奇卡诺女性的索菲亚，虽然从小就受传统的奇卡诺文化教育，尊重父权价值观，听从父母的管教，但16岁起就开始了非传统的自由恋爱，没有征得父母的同意便和自己喜欢的人结了婚，她还把她的丈夫娶回了家，和她的父母同住。从她婚姻的第一天起，一种不祥的预兆就笼罩着她的婚姻。有人将一个黑色的花圈挂在了她新房的门上。黑色预示着死亡。果然不出人们所料，他那好吃懒做的丈夫整日沉溺于酗酒与赌博之中，输掉了她父母的牧场，把家里最终弄得一贫如洗。她当初自主地把丈夫娶回了家，在家庭经济受到丈夫的破坏时，不甘贫困与虐待的索菲亚也毅然决然地把慵懒的丈夫扫地出门，保护了自己、女儿和家族的生存环境。

在近二十年的时间里她一个人独自挑起了家庭的重任。没有丈夫的日子里，她一边经营家族生意，一边抚养孩子。家庭生活安排得有条不紊，但生活像是和她开起了玩笑。在故事的开头，索菲亚的小女儿突然死去，又在教堂的葬礼上突然复活，并自称在地狱走了一圈，回到人间再也无法忍受人间的人的气味，只能与家禽，特别是与马匹为伴。邻居们都称之为疯子。但作为母亲的索菲亚十几年来一直耐心地伺候疯子一样的女儿。悲剧一个接一个地发生在女儿们身上。除了悲伤四个女儿的不幸罹难什么也没有给她留下。悲剧并没有击垮索菲亚，她承受住了一次又一次的打击。

索菲亚，其意为"智慧"。作为母亲的索菲亚在女儿们离开她后，不是沉沦，而是很智慧地活着，通过她所信仰的宗教获得了活下去的动力。她积极参加社区的活动，还参加了市长选举，立志为社区服务。在她的努力下，她的社区建立了"羊吃草羊毛编织公司"[1]。最后她组织并建立了"烈士母亲与圣人组织"（MOMAS），自任主席。通过这个组织，她把她失去的几个女儿做成了小小的神像来纪念她们，从销售纪念品中获得了利润，也发扬了她本民族的文化。小说中代表坚韧的古老民族性格的母亲索菲亚，在历经磨难后走出了家园，走向世界，终于找到了生存的出路。

卡斯蒂洛的小说《离上帝如此遥远》的创作把索菲亚的四个女儿的悲剧与她重置的历史的宗教故事、新墨西哥传奇和现实的事件融合在一

---

① Ana Castillo, *So Far from God*, New York：Penguin, 1993, p. 146.

起：卡莉达德因受有极端的厌女癖的弗兰西斯科的追逐坠崖而亡，菲为了尽可能地挣钱而长期接触有毒化学物质患绝症而亡，埃斯佩兰萨因战事而亡，"疯子"因染上艾滋病而亡。唯有勤劳、能干、对子女付出无微不至的关怀、心中怀有宗教信念的母亲索菲亚仍然顽强地活着。这一方面表明极端的宗教崇拜与极端的物质主义或拜金主义都只能导致死亡，母亲的生活态度反映了奇卡娜女人不屈的性格，一个有信仰的人永远不会失去对生活的希望。另外，该小说反映出作家对美国边疆小镇上遭受美国社会迫害的奇卡诺女性的同情与对社会正义的呼唤。

　　因为受到主流社会经济上的剥削和文化上的同化甚至灭种的威胁，随着奇卡诺运动产生和发展的奇卡诺文学以不同的形式表达了奇卡诺人对白人社会压迫的抗争以及争取应得权益的斗争。瓦尔迪兹的戏剧《佐特装》以重现历史事件的方式反映了城市奇卡诺族裔美国人争取司法公正的斗争，而卡斯蒂洛的小说《远离上苍》采用历史和宗教与现实事件重置的方式反映美国边疆女性所遭受的非人待遇以及她们的独立自强精神。作家的创作反映了她本人对社会正义的呼唤，正如后殖民女性主义对有色人种女性创作的评价，她的书写逼真、属于写实主义、充满正面形象以使其作品具有批判性与政治性[①]。以瓦尔迪兹和卡斯蒂洛为代表的奇卡诺作家和他们的作品充分表明奇卡诺作家的创作具有浓厚的政治性伦理特征。

---

　　① 宋素凤：《多重主体策略的自我命名：女性主义文学理论研究》，山东大学出版社 2002 年版，第 202 页。

第四章

奇卡诺族裔的家庭伦理

在奇卡诺文学中，与争取白人主流社会同等权益的政治性伦理相伴的是作家们对奇卡诺族裔内部家庭伦理的颠覆与继承。家庭伦理通常是指调整家庭成员间关系的规范和原则。家庭关系中的核心是夫妻关系，由此延伸的是上至父母下至子女及相应的一些亲属关系。夫妻家庭伦理认为夫妻之间有相互协助、诚实守信和互相忠诚的义务。无论在怎样的文化背景下，家庭道德的内涵都包括长幼有序、父慈子孝、兄友弟恭、姐妹相携、夫妻和睦、养育子女、尊老爱幼，等等。家庭是社会的细胞，讲家庭道德不单单是个人的私事，也是社会精神文明的一个重要方面。如果每个家庭都能遵守家庭道德的规范，做到夫妻和睦，尊老爱幼，那么，人类的精神文明就有了坚实的基础。

在传统的奇卡诺家庭伦理中，女性长期受到父亲、兄弟与丈夫的歧视，被视为生育机器、家庭维持者与照顾他人者。她们必须照看孩子、做家务并给丈夫做饭。男人总是认为女人无能在外面工作，因此她们被视为软弱的人。在过去，女人在社会上必须遵循一定的社会伦理原则。在大城市，如果女性和陌生人说话，她们就会招来充满恶意的眼光。但与此同时，做妓女在许多地方却是合法的职业，而且男人即使结了婚，若有几个女朋友，那么他会被视为英雄般的人物，而不是受到人们的鄙视。奇卡诺女人比白种女人遭受了更多的苦难，因为她们还要忍受种族主义思想的迫害。当白人女性在60年代已经争取到真正自由的时候，奇卡诺女性到70年代才开始意识到"要为争取与奇卡诺男人的平等而奋斗，并发现她们的教育、合法堕胎和幼儿中心的建立等不尽如人意"①。为此她们进行了不

---

① Nicole Akoukou Thompson, "Xicanisma: The Chicana Feminist and Her Movement," 11 - 10 - 2013, retrieved 5 - 25 - 2014, http://www.latinpost.com/articles/3650/20131110/xicanisma - chica-na - feminist - movement. htm.

懈的斗争。有些女性主义者提出反奇卡诺传统家庭、反奇卡诺文化、反男人霸权，甚至忽略了种族歧视和阶级剥削等问题。

奇卡诺人最大的特征是以家庭这个最小的社会单位为核心传承本民族的文化。也就是说，家庭对于混种的奇卡诺族裔来说是文化传承之地和他们精神的栖息之地。经历过奇卡诺运动和由此引发的女权主义运动后，奇卡诺族裔的家庭伦理观在奇卡诺人的生活中发生了翻天覆地的变化。家的构建在奇卡诺文学中表现出独特的伦理。对于追求自由和权利的奇卡诺女性来说，建立一个理想和幸福的家庭的难度似乎超出了常人的想象，因为在父权制和白人主流社会霸权主义的双重压迫下，女性的奋斗显得特别的艰难。她们大都经历了家的寻找、家的建立、家的破碎和家的重建的过程。卡斯蒂洛的小说《米瓦拉信笺》讲述了奇卡诺人，尤其是奇卡诺女性无家可归、寻找理想家园和奇卡诺族裔女性身份的艰辛过程；而瓦尔迪兹的戏剧《石化鹿》的家是以大家庭为中心，家庭成员为了维持这个大家庭和这个家庭所代表的文化去奋斗、去抗争，以此来保存和发扬奇卡诺族裔文化，它也反映了奇卡诺人古老家庭的奋斗史和家的坚守，体现了奇卡诺家庭的混种性、持久的忍耐力和古老民族的永恒性，因而完美地展现了历经千辛万苦仍然屹立于世的奇卡诺家庭伦理典范。这些作家们创造的奇卡诺家庭伦理和家庭构建伦理具有其土著先祖文化的特征，它们都是由女性为主体构建的混种大家庭，男性家庭成员在女性反抗压迫中似乎处于边缘化的地位。因此，这些文学作品中所描述的男性大都"无法无天、不负责任、懒惰、不值得信赖、背信弃义、天真，是神的盲目崇拜者，对通向基督救赎之路一无所知"①。下面的探讨将聚焦于奇卡诺族裔家庭伦理的嬗变及其构建图式。

第一节　奇卡诺传统家庭伦理及其颠覆：《米瓦拉信笺》

随着奇卡诺运动和白人女权主义运动的发展，长期受到父权制和霸权主义思想压迫的奇卡诺族裔女性逐渐意识到了自己低下的家庭地位，并通

---

① Ilan Stavans, *The Hispanic Condition: The Power of a People*, New York: Harper Collins, 2001, p. 181.

过不同的形式为自己的命运进行抗争。他们不懈的斗争颠覆了传统的奇卡诺族裔家庭伦理，重新定义了女性在家庭的身份。卡斯蒂洛的小说《米瓦拉信笺》描述了奇卡诺女性对传统家庭伦理的颠覆、女性身份的寻找以及新的家庭伦理原则下的小家的构建。

一 卡斯蒂洛的小说《米瓦拉信笺》

安娜·卡斯蒂洛的第一部小说《米瓦拉信笺》（*The Mixqiuahuala Letters*）（1986）是其成名之作，它是一部揭露深远的社会和文化弊端的书。作家运用书信体写作手法描述了加州诗人特里萨（Teresa）和她的纽约艺术家朋友艾丽西娅（Alicia）从大学时期到中年成功的奋斗历程。该小说也探讨了美国与墨西哥拉丁妇女七八十年代不断变化的地位以及保守的拉丁裔男人和白种男人对她们得到解放的负面反应。通过编排信件序号和不同顺序，卡斯蒂洛创造了特里萨和艾丽西娅故事的三种形式：顺从、犬儒和愚侠。这是一本标杆式的小说，它使卡斯蒂洛成为了一名重要的奇卡诺女性作家，她也因此获得美国图书奖。

通过描写两个女性朋友的大学生活、一起旅行到墨西哥和毕业后在纽约、洛杉矶等大城市的生活，卡斯蒂洛小说的文本构建了奇卡诺人寻找自己真正家园的过程。

在小说《米瓦拉信笺》中，故事的叙述者一直在与一个困难做斗争——寻找真正的家，一个可以确认自己身份的家。寻找的结果是，叙事者不仅在小说中反映了自我，也完全认识到了她的自我构建。那些来自米瓦拉市信件是特里萨写给朋友艾丽西娅的信，全文共 40 封信，涉及她们之间的友谊以及她们在墨西哥和美国旅行时形形色色的男性势力对她们的影响。该小说运用了具有后现代特征的信件写作形式，其情节结构由读者自己来决定，叙述者用非常规的小写英文字母"i"来表现自己的渺小、不确定性和非权威性。

二 奇卡诺族裔的传统家庭伦理

在小说《米瓦拉信笺》中，卡斯蒂洛描述了传统的奇卡诺家庭伦理。在传统的家庭伦理概念里，家庭的维系都是以年长的女性为主体，女性管理家庭事务，而男性则在外挣钱养家糊口。家族里长幼有序，尊老敬幼，在经济和精神上都互相帮助、互相支撑。

在小说主人公特里萨（Teresa）的母系家族里，外婆是绝对的权威，舅舅、舅妈、姨妈、姨父都服从她的管理，也非常尊重她。虽然由外婆掌握大权，但家中的男丁舅舅和姨父对女性都持不屑一顾的态度。姨妈是个地道的烟鬼，常常趁丈夫不在家时穿上比基尼到外面的游泳池游泳。她曾与死于斗殴的情人同居生子，而这个情人是一个有妇之夫。她的婚姻维持了30年，通过一份保姆的工作她养大了与情夫和丈夫所生的四个孩子。特里萨的姨父是个典型的大男子主义者，不允许女性开车，见不得女人没有丈夫的陪伴去外面游荡，认为他的老婆只能在距离家一公里以内的地方打工。特里萨的舅舅费尔敏（Fermin）是个酒鬼，从事洗涤业，有自己的公司，他从不和女人说话，总是显出一副威严的样子。当他听到特里萨只给自己拿酒喝而不给他时，"眼睛瞪得可以吓跑一头进攻的公牛"①。他认为除了他母亲世上的女人都归魔鬼所有。从这里可以看出，在传统的奇卡诺家庭伦理中，晚辈对长辈需要保持绝对的尊重。而在夫妻之间，丈夫处于绝对的霸主地位。在过去的家庭组建中，奇卡诺人的婚姻观认为结婚意味着对双方的忠诚。女子一旦结了婚，就必须以家庭为中心，承担家里的一切家务，相夫教子。特里萨的姐姐们结婚后都与其他女人断绝了亲密关系。一旦女人与男人进入了亲密关系的门槛，她就头也不回地离开她的同性朋友，她的一切需求都由男人满足，就算得不到所求，她也只能在家里忍受空荡荡。

婚后的女人渴望的自由难以实现。特里萨的一个姐姐因无法忍受孤独宣称要与丈夫分居十载，特里萨便建议她去看电影、跳舞、逛超市，后者非常愉快地接受了建议，因为她觉得平生第一次有了自己的选择，表达了自己的思想，能够决定周末晚上自己要做什么。但很快她就发现她没有任何技能，无法融入社会，夏天结束后，她就回到了丈夫的身边。特里萨曾经也因害怕被人看作是坏女人而放弃了女人的自由和自主权利，在分居一段时间后暂时回到了自己的丈夫身边。传统婚姻伦理几乎把女人困死。

随着奇卡诺民权运动的发展与白人文化的入侵，在主流社会里，奇卡诺族裔的家庭伦理发生了巨大的变化。奇卡诺年轻人，尤其是奇卡诺女性对家庭的伦理产生了怀疑，他们做出了与老一辈截然不同的选择，寻找身

---

① Ana Castillo, *The Mixquiahuala Letters*, New York: Anchor Books, 1992, p. 19.

心自由，摆脱传统的束缚，"自由地飞翔，去寻找雨后神秘的彩虹"①，寻找自己心灵中梦想的真正的家。他们经历了无家可归的痛苦，但一直都在寻找家的道路上前行。

三　无家的人：传统家庭伦理的颠覆

在理想家庭的追求问题上，奇卡诺女性比男性更加迫切与现实，因为她们遭遇了更多、更深的迫害。颠覆传统的家庭伦理是她们获得幸福家庭与幸福生活的出路。受白人女性主义思想的影响，奇卡诺女性从20世纪60年代开始就追求家庭成员地位的平等、思想的独立与经济的独立和配偶的尊重，所以传统家庭父权制与追求精神和身体都得到解放的女性主义思想发生了强烈的冲突。对于特里萨和艾丽西娅这样的知识女性来说，做家庭主妇还是职业女性的选择是个两难的问题。伺候老公、抚养孩子和操持家务的家庭主妇既没有家庭地位也没有经济权，更没有社会地位，这不是知识女性的理想家庭伦理。若成为自由的职业女性，在男权价值观的社会里，女性就要面临重重困难，无法找到真正意义上的家。她们一直在人生旅途中寻寻觅觅，寻找自己心中理想的丈夫和理想的家，也为了理想的家而努力工作。

艾丽西娅来自白人家庭，是一位美丽、聪慧的女子，16岁时就和男友同居，17岁堕胎并绝育。在纽约读大学时她的男友趁她外出旅游和一黑人女子鬼混，让她感觉她自身的女性特征不够，身材平庸，不受男人青睐。她的外貌与传统的审美并不相符。人们期待女人温柔、丰满、金发碧眼、活泼、樱桃小嘴、像好莱坞的小明星或圣母玛利亚。艾丽西娅缺少这些。相比之下，特里萨性格温顺，身材火辣，丰乳肥臀。虽然先祖拥有欧洲血统，但特里萨继承了土著先祖的文化，例如，她习惯于蹲在地上用手拿着玉米饼吃。特里萨对于家庭有着自己的期望，不愿意委身于碌碌无为的男人。在艾丽西娅和特里萨周遭充斥着男人对她们的侵犯贪欲，但她们凭借自己的智慧与力量逃离了厄运。

年轻时的特里萨和艾丽西娅充满激情，虽然贫穷，但非常快乐。两个人在大学时都经济拮据，只能到社区打工来维持自己的学业，但她们很会生活。她们从慈善店买来廉价化妆品，将自己打扮得非常漂亮，还经常像

① Ana Castillo, *The Mixquiahuala Letters*, New York: Anchor Books, 1992, p. 28.

艺术家一样逛逛酒吧。她们非常乐观地认为年轻就是本钱，什么都可以做。但她们的努力得到的是男人的歧视与虐待。作为知识女性，她们在生活中遇到的男人对她们感兴趣的不是她们的才华，而是她们的姿色。在纽约华盛顿广场碰到的男子把她们当成卖淫女看待，还想拉她们入伙。她们曾经很大方地和两个男性跳舞，但是被男人看作是能够随意和男人上床的妓女。但特里萨对自由概念的理解是"自由选择所做的事、和谁一起做、什么时间做，还有可以选择不做，不和任何人一起做"①。为了掌握爱情的主动权，特里萨曾经在街上大胆地向她所钟情的男人求爱。艾丽西娅在大学受到男人欺侮时，特里萨出手相救。她们曾经一起在大学的体育馆里机智地逃脱了男人的奸佞。在旅行途中她们在暴雨中遭遇男性的骚扰，特里萨拒绝了男人的诱惑，更是挺身而出保护艾丽西娅的人身安全。

曾经对爱情和家庭非常渴望的艾丽西娅以绝育的方式反抗将女性作为生育工具的传统伦理，特里萨也因为丈夫的无能而主动提出离婚，放弃了家，成了无家可归的人。在配偶选择问题上，特里萨认为如果一个女人"爱一个男人，爱城市、州和国家管理者，爱某个组织领导人，爱学校校长，爱经营和拥有企业的男人，她就是沉溺于某种程度的自卑"②。这两个无家的女人愿意在建立家庭的道路上不懈地自我奋斗，寻找自我和属于自己的家。

因为平胸而不受男性待见的同性朋友在特里萨的眼中是美丽的女神。在艾丽西娅遭到男人遗弃的时候，特里萨以女性特有的眼光去赞美她，认为她背后两股柔顺的长辫很是可爱；她纤长笔直的腿以及她身体的三角形轮廓非常养眼，她纤细的脖子、优雅的身形曲线、钢琴家一般雅致的手指都是她美丽的秘密③。在对待女性是否美丽的标准上，作家卡斯蒂洛用主人公特里萨的口吻讽刺社会上男人的审美标准，认为男性眼中的丑女是女性眼中标准的美女，对同性朋友的美的赞美溢于言表，鼓励女人充分展示女性的自然美与魅力。这体现出作家对女性遭受男权主义者歧视的反抗，也说明了在家庭生活中得不到温暖的女人在社会交际中获得了友谊与安慰。没有家的奇卡娜人在同性的友谊中找到了心灵的慰藉。

---

① Ana Castillo, *The Mixquiahuala Letters*, New York：Anchor Books, 1992, p. 79.

② Ibid. , p. 119.

③ Ibid. , p. 51.

　　特里萨和艾丽西娅是勇敢的女性。在墨西哥城她们遇到两位从美国回去的工程师，他们给她们讲鬼怪故事试着吓唬她们，可她们根本就不在乎，因为特里萨的奶奶曾经教导她"幽灵不会伤人，伤人的是人们自己本身的畏惧"①。

　　特里萨在男人面前是个不示弱的坚强女人。特里萨在男友离开后，她努力把自己的生活安排得井井有条，自食其力。在一个晚间音乐会上再次见到她的旧情人时，她仍然显现出自己的美丽，装扮优雅得体，微笑着，还带点固执的情绪。在他眼中，她是一位外表坚强的女性，打扮得体。离开男友多年后，特里萨没有消沉，而是活得潇洒和滋润。在特里萨的眼中，男人都是伪君子，无能的人。她对男人对她的看法不屑一顾，男人对她的态度也不会影响她的身体形象。她是一个绝对的自由主义者，非常自我的女人。受女权主义思想的影响，卡斯蒂洛的创作中，男人都是无能、无术、在家庭里霸道和在外沉默、软弱的形象。离开了男人，特里萨也能独立的生活，活出了女人的味道。特里萨的为人原则最后赢得了男性的尊重。这就是卡斯蒂洛笔下的独立女性。

　　她们的独立特性似乎违背了传统的家庭伦理。在对待生育的问题上，特里萨因为男友的不负责任而坚持自己堕胎的选择，而曾经对爱情和家庭非常渴望的艾丽西娅以绝育方式反抗作为生育工具的命运。奇卡诺族裔传统家庭伦理中女性承担着繁衍后代哺育后代的家庭责任，所以堕胎是对女性家庭责任的推卸，违背了最为基础的传统伦理。而从女性主义视角来看，是否生育由奇卡诺女人自己说了算。女权主义运动给了妇女这样的自主权，使得她们有足够的勇气去面对情感和婚姻中出现的问题。

四　家：曲折之路

　　现代奇卡诺女性本身的独立意识与传统文化伦理的冲突造成了奇卡诺家庭伦理的困境。传统家庭里的女性所承担的角色是"种族的孕育、文化传承（如母语、传统饮食文化等）、国家的象征。换言之，女人的身体承载了种族或民族对维持自身疆域的血统纯粹的渴望，女人的身体是种族孕

---

① Ana Castillo, *The Mixquiahuala Letters*, New York：Anchor Books, 1992, p. 77.

育者与符码"①。而现代家庭里的女性则是要求平等与尊重的伦理原则。

在卡斯蒂洛描述的奇卡诺族裔的夫妻之间,丈夫总是违背这些基本的伦理原则。艾丽西娅的几任男友都对她缺乏最起码的诚信。家对于艾丽西娅来说是难以实现的梦想。她 17 岁怀孕后她的男友不再来看她,她便自主堕了胎,做了节育手术,永不再生育。艾丽西娅曾爱上了一个土著印第安看门人阿丹,正当她憧憬美好爱情的时候,阿丹的老婆带着孩子们找上门来。这个对她友善的男人是别人的丈夫,她乌托邦的爱情破灭了,但是与男人的纠葛仍然永无止境。在卡斯蒂洛的小说里,女人遭遇男人的背叛已成为常态。因为生活的拮据,艾丽西娅曾经和一个名叫阿布都尔(Abu-del)的男子一起生活,可这个男人像寄生虫一样靠着她的收入度日。当她不愿再供养他时,便遭到了他的打骂虐待,她的艺术品也被他糟蹋。最后他在她的厨房里饮弹自尽。她曾经渴望建立一个幸福的家:一个文静的男人,一群孩子围坐在桌子旁,一家人在寒冷的冬天紧紧地依偎在一起,天气晴好就出去游玩②。她还认为家庭中理想的夫妻关系是男人和女人只做同伴,他们应该共同承担起家庭的经济责任和抚养孩子的义务③。奇卡诺女性眼中的男人都是一些无法承担起家庭责任的窝囊废。特里萨的前夫是个不折不扣的小人,他在新女友面前极力贬低特里萨。特里萨和她丈夫里布拉(Libra)之间充满了对立与矛盾。他是个无能的家伙,眼高手低,干的都是超出自己能力的事。他曾在加州游荡了半年之后与他人合伙开设了一个护肤品商店,最后被合伙人骗光所有财产。后来他又与人合伙做马匹买卖的生意,又受骗上当,最后倾家荡产。因为丈夫的行为不靠谱,所以夫妻两个天天吵架、揭短、相互谴责、威胁报复。无可奈何的特里萨离开了丈夫。不止女主角身边的男人被塑造成反面形象,甚至令人敬畏的教堂里的牧师都是邪恶之人。特里萨曾进入教堂,觉得教堂中香和蜡烛燃烧后混合的味道里有死亡的气息。教堂的牧师在黑暗中向她走来,图谋不轨,她愤怒地离开了教堂。按照常理,能够在教堂做牧师的人都是品行高尚之人,只有这样他们才能教导别人如何规范自己的行为。但在卡斯蒂洛

---

① 宋素凤:《多重主体策略的自我命名:女性主义文学理论研究》,山东大学出版社 2002 年版,第 199 页。

② Ana Castillo, *The Mixquiahuala Letters*, New York: Anchor Books, 1992, p. 112.

③ Ibid.

的小说中，不要说普通的男人，就连本该是行为模范的教堂牧师都成了恶魔。

在卡斯蒂洛看来，造成奇卡诺族裔歧视女性的家庭伦理问题的原因，应部分归咎于墨西哥文化。奇卡诺文化源于墨西哥文化，而在墨西哥传统文化中，女人毫无经济地位，更没有遗产继承权，而男人则不受约束，可以随意乱性。在特里萨和艾丽西娅的第二次墨西哥城旅途中，她们的旅伴阿尔瓦洛·佩热兹虽然知识丰富，懂技术，能说会道，但在他的家庭里他的弟媳妇因为爱打扮在婆婆眼中成了个坏女人，经常遭受丈夫的虐待，同时其他家人深怕她要分享公公的财产。在佩热兹家中一晚的经历告诉特里萨在传统的墨西哥社会里女人没有任何地位与权利，是任人宰割的羔羊。同样地，在奇卡诺文化中，一般的家庭妇女的地位低下，她们在家的工作就是给孩子喂奶和给男人缝补衣衫。在特里萨眼中奇卡诺族裔男人都是得陇望蜀的色魔。

关于对妇女的歧视问题，特里萨看得非常清楚。她认为人们总是有各种理由来歧视与摧残妇女，贬低她们的行为和能力。阿拉伯国家对女孩实施割阴礼以杜绝她们受男人诱惑而使家族蒙羞的可能。印度新娘的嫁妆太少会遭婆婆的凌辱致死，然后新郎再娶更富有的女人，而新娘的死会被认为是她自己在厨房引起的。卡斯蒂洛运用本民族以外的妇女所受的残酷迫害来表明全世界的妇女都是受压迫和剥削的人，男人对待妇女的歧视与摧残无处不在。作家在小说中给受压迫的女性指出了成家的路：追求文学艺术，用知识武装自己。艺术创作被作家当成了女性生命的延续，艾丽西娅最后开设了美术馆，特里萨对艺术的热爱使她后来把自己的儿子都冠以艺术家的名字。

五　文学艺术知识的追求：家庭构建之路

在奇卡诺家庭生活中，丈夫对妻子的歧视无处不在。在家务承担中女人总是责任人。丈夫总会有各种理由说服她们去干活。即使妻子能说会道，丈夫也会认为这是他们教育的结果，而不是她们天生聪颖。在妻子抱怨时，丈夫总是有理由让她们闭嘴。特里萨认为，女人在家"扫地、做饭、洗衣，照顾能让她生存的丈夫就像照顾独生子一样，就像他是从她的子宫里跑出来的"[1]。而"作为交换，男人可能会付账，也可能不会付，

---

[1]　Ana Castillo, *The Mixquiahuala Letters*, New York：Anchor Books, 1992, p. 118.

他也可能会把她的姓氏冠以他的，然后带上她出去社交，也可能不会。他可能会让她感觉自己像个女人，也有可能不会"①。卡斯蒂洛把家庭生活里男人能够给予女人的东西都描述成不确定的东西，女人感觉她们时刻像男人的影子一般存在于家庭生活中。具有独立思想的女性在这样的困境中作出的选择往往是寻求自我解脱，而自我解脱就是通过对艺术和诗歌的追求实现，或者通过在外面获得工作机会进而获得经济来源来得到与男人平等的地位与权利。

妇女的翻身得解放得益于社会上的妇女组织。主人公艾丽西娅参加了一个要求成员必须独身以便于自给自足的妇女组织。为了女性与团体的独立性，这个组织的成员必须摆脱对男人的任何形式的依赖②。艾丽西娅曾经对男人很迷恋，但自从加入了妇女组织以后就远离了男人。

小说里的另一主人公特里萨在失败的婚姻中寻求独立。特里萨在夏天结束时离开了丈夫，搬出了公寓，靠打零工来维持生计，这种无家可归的生活近乎流放。这是奇卡娜人寻求独立所要付出的代价，但她在所不惜。只有勇敢而具有独立精神的女性才能做出这样的决定，即使这种决定使她身心受到了极大的伤害。但处于逆境中的奇卡娜人不会自甘沉沦，她们会转向本民族的传统文化，从中寻找慰藉与帮助。特里萨离异后和艾丽西娅再度旅行到了墨西哥城。她们一起寻找先祖的文化，在古迹中徜徉，从先祖留下的文化艺术中她们获得了创作的灵感，增加创作维度。

艾丽西娅在妇女组织里曾进行有关家庭夫妻共同责任的演讲，博得了听众的热烈掌声。对男人绝望至极的艾丽西娅把热情都倾注到了画画艺术上。对高雅艺术的追求和女人权益的保护成了女人独立与自由的家庭生活的出路③。

一个真正的家需要女人自己去创造。在不断的寻寻觅觅中奇卡诺女性建起了自己幸福的家庭与自己的事业。人到中年，特里萨最终有了自己可爱的儿子、事业有成的丈夫、宽敞明亮的房子，建立了幸福的家。艾丽西娅最后成功地开办了自己的艺术展览并成立了自己的艺术馆，在精神和物质上都获得了巨大的成功，也有了喜欢她的男朋友。女人的家庭幸福只能

---

① Ana Castillo, *The Mixquiahuala Letters*, New York: Anchor Books, 1992, p. 118.

② Ibid. , p. 111.

③ Ibid. , p. 44.

靠女人自己去争取。

　　在卡斯蒂洛的小说《米瓦拉信笺》中，两个离开父母到大学求学并自谋生路的女人特里萨和艾丽西娅从大学校园生活开始到成家立业经历了漫长的家的寻觅。作为女人和混种奇卡娜人，她们在大学里和社会上遭遇了普通白人女性无法想象的歧视、艰辛与劳碌。传统的奇卡诺族裔家庭伦理与父权价值观给她们向往身心自由、经济独立与地位平等的心灵造成了莫大的伤害。她们的经历告诉人们新的家庭道德伦理的建立只能基于夫妻之间的相互忠诚、信任、平等与尊重之上。

第二节　奇卡诺族裔大家庭的建设与坚守：《石化鹿》

　　与前面女性的寻找家园和以艺术建设小家庭的伦理思想迥异，路易·瓦尔迪兹的戏剧《石化鹿》采用闪回等时空交错的叙事方法，构建了伟大的奇卡诺母亲楚妈妈最伟大的母爱与她对组合大家庭坚守的模式。通过楚妈妈腹中石化死胎意象，戏剧《石化鹿》反映了奇卡诺女人乃至奇卡诺民族经历了各种磨难后，仍然坚如磐石地屹立在白人主流社会中间，生生不息。瓦尔迪兹以女性为主体构建的奇卡诺族裔家庭伦理思想体现了他对奇卡诺族裔先祖文化的认同、继承和发扬。

一　瓦尔迪兹的戏剧《石化鹿》

　　路易斯·瓦尔迪兹的戏剧《石化鹿》的构思始于 1984 年。当时他在一张报纸上看到一个消息：一个 84 岁老太太的腹中怀有一个 60 年的石化胎儿。受到这则逸事启发之后他一直在构思这个形象，最后他决定写一个基于他先祖雅基族老妪的故事的剧本。尽管他的祖母没有怀过死胎，但瓦尔迪兹还是以他的祖母为原型构建了雅基族老妪楚妈妈的形象[1]。对于瓦尔迪兹来说，这个石化了的死胎就是奇卡诺族裔先祖土著印第安遗传的暗喻[2]。虽然戏剧以叙事的形式向观众讲述的是 1999 年发生的老妪腹中死胎的故事，但瓦尔迪兹把故事的时代背景设置在 1969 年这个奇卡诺运动发

---

　　[1]　Jorge Huerta，"Introduction"，*Mummified Deer and Other Plays*，Houston, TX：Arte Publico Press，2005，p. x.

　　[2]　Ibid.

生的高潮时期，这个时期的奇卡诺人正普遍质疑白人权力结构并要求奇卡诺人的学校教育、工作场地、街区和法庭都享有更好的条件。当时的越南战争使得许多家庭破裂，激发了社会矛盾。这时期也是奇卡诺人加深对民族印第安族裔根的兴趣的时代。奇卡诺人知道自己的文化源于墨西哥，但作为混血儿民族，他们对墨美两边的土著美洲人所说的东西更感兴趣。

　　该剧的核心情节是 1969 年一个 84 岁的雅基族老妪楚妈妈因病住进医院，医生通过 X 光检查发现她的腹中怀有一个两磅重的石化死胎。她的儿子、女儿和外孙女川流不息地来医院看望她，作家通过她的后辈们的对话叙述与老妪的回忆和场景再现，让观众了解到楚妈妈一生不平凡的经历。楚妈妈的真实姓名是耶稣·玛丽娅·弗洛里斯（Jesus Maria Flores）。她从小生活在墨西哥索诺拉沙漠一个富裕的家庭，她的父亲是法国人，母亲是土著雅基人。她成人后嫁给了一个鹿舞者佩德罗·科尤特（Pedro Coyote）。有一天，当人们正观看佩德罗跳舞时，突然政府军包围了他们并开枪打死了佩德罗，楚妈妈的三个孩子也被打死，她自己在战争中沦为奴隶，连续不断的战争使她从墨西哥雅基人的集居地流浪到了墨西哥与美国接壤的边境上，最后她成为了美国人。在逃亡路上，她曾收养过 20 多个孩子，但大部分都在婴儿期就因战争或疾病死亡。她因奶水充足最终养活了三个孩子，普洛夫（Profe）、阿佳斯缇娜（Agustina）和欧拉莉亚（Oralia），她也和后两个孩子的父亲结了婚。但这两个男人除了满足个人的私欲与对楚妈妈的虐待，都不曾帮助过她。楚妈妈靠给人洗衣打零工抚养大了三个孩子。普洛夫在第二次世界大战中曾参加美国海军终身未娶。阿佳斯缇娜为了生活得更好与来自墨西哥马戏团的一个小丑私奔，后来生下了私生女阿米达（Armida），最后自杀。但实际上阿米达是普洛夫的孩子。小女儿欧拉莉亚（Oralia）嫁给了一个白人，表面上生活幸福，实际上遭遇了丈夫不忠的背叛，也是个不幸的女人。在剧本的结尾，外孙女阿米达博士以讲座的形式梳理了她的家族史，她的外婆楚妈妈在腹中死胎被发现后还活了 30 年，直到 1999 年她 114 岁才离世。楚妈妈一生经历了如此多的死亡与磨难，仍然顽强地生活着，被人们成为"战士一样的女人"①。

---

①　Luis Valdez, *Mummified Deer and Other Plays*, Houston, TX：Arte Publico Press, 2005, p. 21.

在创作楚妈妈这个人物时，瓦尔迪兹同时创造了雅基族舞者的形象——一只鹿，他的名字叫卡耶梅（Cajeme），25 岁，始终陪伴在楚妈妈身边，他代表楚妈妈个性的另一面。他的一举一动楚妈妈都能感觉得到。他是楚妈妈的过去和她的民族族裔特征的提醒者。卡耶梅的名字来源于传说中的一个雅基族反叛者，他曾经在 19 世纪反抗墨西哥政府。故此，卡耶梅成为了瓦尔迪兹的戏剧《石化鹿》的一个重要组成部分，是老妪腹中石化胎儿的化身。楚妈妈去世时，他的舞蹈也达到高峰，以胜利者的姿态，把头高高地昂起，最后倒下，失去生命①。石化鹿不只是一只普通的鹿，他是楚妈妈跳动的生命，他用上帝的语言和楚妈妈说话②。虽然楚妈妈死了，带走了卡耶梅，楚妈妈和卡耶梅都承受了他们无法承受的东西，但卡耶梅是以胜利者的姿态舞蹈着离世的，这表明他们的革命将会延续下去。戏剧最后展现了他们胜利的时刻。戏剧的结局没有给出简单的解决问题的办法，它要求观众有深思熟虑的行为，这种行为可以使生活变得更美好，而这种变化也只能来自对自己过去的了解。为了更好的将来，人们需要更好地了解过去。该剧反映了奇卡诺家庭建立、维系和坚守的族裔家庭伦理观。

二　奇卡诺族裔大家庭的构建：混种与组合

因为奇卡诺族裔的混血性，在戏剧《石化鹿》中，瓦尔迪兹通过时空的交错来描述以楚妈妈为核心的奇卡诺人的混血组合家庭的建立。剧中的故事发生在 1906 年到 1950 年近半个世纪里，地点在墨西哥与美国西南部各州。在奇卡诺族裔家庭伦理中，女人就是维系家庭关系的主心骨，这是他们的印第安先祖传承下来的祖训。而且，年龄最长的能干女人是最具有权力、最受人尊敬的人。楚妈妈是混血儿，她父亲是法国人，母亲是雅基人。她随了母亲的血脉。年幼时，她生活在墨西哥索诺拉大沙漠的大家庭里，家里还曾拥有两个印第安保姆。她相貌上看起来像西班牙人，信奉基督教，认为人们生来就是受苦受难的。楚妈妈经历过 1910 年的墨西哥革命。她经营着一家为移民开设的小旅馆。三十多年来，她一个人维持着

---

① Luis Valdez, *Mummified Deer and Other Plays*, Houston, TX: Arte Publico Press, 2005, p. 62.

② Ibid. , p. 18.

一大家子的生计，过着清贫的生活，似乎贫穷是他们一家的嗜好①。但楚妈妈从来都不服输，她认为雅基族印第安人是永远都不服输的硬汉。所以她能够坚持活到114岁。在养子普洛夫眼中，有楚妈妈的地方就是家。没有她的存在，家就不存在，他也就没有了归宿感。尤其在他从"二战"战场回来后，他更清楚地意识到了楚妈妈就是家②。

应该说，一个完整的家庭是楚妈妈一生对家庭模式追求的伦理。楚妈妈最原始的家庭曾经是一个幸福的家庭，她和丈夫以及他们的三个孩子曾幸福地生活在他们雅基人世代生活的村子里。但剥夺他们土地的政府军杀死了她的丈夫和三个孩子，毁灭了她的一切。她曾经沦为战争的奴隶，经过艰难的抗争，她重新组建了一个新家。

楚妈妈的新家是一个由她捡来或他人送来的子女组合而成的家庭。自从第一个丈夫死后，她腹中的胎儿就一直待在腹中，和其他的另外两任丈夫不曾再生育。她新家的第一个孩子普洛夫（Profe）是战场上捡来的，第二个孩子阿佳斯缇娜（Agastina）是她的第二个丈夫弗洛里斯（Flores）在妻子难产死亡后带来寻求母乳哺育留下的，第三个孩子欧拉莉亚（Oralia）是她的第三个丈夫古尔罗（Guero）带来寻求母乳哺育留下的。楚妈妈先后与第二个和第三个孩子的父亲组成家庭，她把这三个孩子都以她死去的孩子的名字来命名，建立了她梦想的与她原来的家相似的完整的家。

在几十年的风雨中，楚妈妈抚养大了三个孩子和一个外孙女。她的儿子普洛夫非常孝顺，参加过第二次世界大战，后来成为了理发师。当楚妈妈重病住院后，普洛夫带着吉他来到医院，他想用美妙的歌声来安慰生病的母亲。她的大女儿成为了一个艺术家，因不幸婚姻自杀，但给她留下了房子和一个可爱的外孙女阿米达。小女儿也嫁入大户人家，表面上衣食无忧，并生下了女儿蒂丽（Tilly）。这个不同寻常的混种与组合家庭经历了各种艰难困苦，但仍然顽强地团结在一起。瓦尔迪兹通过不同的舞台灯光与音乐艺术揭示了他们各个时期不同的遭遇，表现了他们的家庭矛盾，以及他们化解矛盾所遵循的家庭伦理原则。

---

① Luis Valdez, *Mummified Deer and Other Plays*, Houston, TX: Arte Publico Press, 2005, p. 3.

② Ibid., p. 9.

三 奇卡诺族裔大家庭的艰难维系

经过艰难的奋斗来保持家庭的完整是奇卡诺家庭维系下去的重要伦理选择。作家用鹿的象征来描述了奇卡诺人的家庭生存状况。舞动的鹿在戏剧里象征着"无阳光、无夜晚、无痛苦、无热、无干渴、无饥荒和无雨"[①] 的世界。剧中的鹿像野人和草原狼一样自由独行且顽强,象征着楚妈妈的家庭经历。楚妈妈操持的家庭经历了残酷的墨西哥革命,她的第一任丈夫惨死在政府军的屠刀下,她的三个孩子也被斩尽杀绝。后来为了能够养活她的养子女,她先后与两个男人凑合着过日子,最后独自承担起了家庭责任。

在养子普洛夫的记忆里,他是在战争中被楚妈妈领养的。楚妈妈带着他一路逃难到了墨美边境。后来,楚妈妈找了第二个丈夫卢卡斯·弗洛里斯。弗洛里斯因为自己的女儿需要母乳哺育,与单亲楚妈妈生活在了一起。但弗洛里斯是一个铜矿工人,也是一位抵抗运动的领导人,受到了政府军的追捕,为了活命他逃亡到索诺拉沙漠,传说他在 1929 年的革命中牺牲,楚妈妈认为他的牺牲一文不值,像"狗一样被枪毙在尘土里"[②]。实际上他被政府军逮捕,判处 15 年的劳役。弗洛里斯认为,作为雅基人,他应该为雅基人收复他们曾经失去的土地而战。但楚妈妈认为在美国不要提雅基人,在新的国度里,他们不再是雅基人,他们是"出水之鱼,张口呼吸,正淹死在空气中……女仆、农业工人、手工业者,[他们]是隐形人"[③]。在弗洛里斯离开的日子里,楚妈妈靠给人洗衣养活孩子。楚妈妈为了孩子的健康成长,从来都没有提及过阿佳斯缇娜父亲弗洛里斯坐牢的真相。后来楚妈妈和唐·古尔罗(Don Güero)生活在了一起。他的家人几乎都死于瘟疫,他带着嗷嗷待哺的女儿欧拉莉亚来到她家里寻求帮助。楚妈妈提出了与唐体面结婚的要求,但唐不愿意接受身份低下的女人。倔强的楚妈妈认为自己在一个法国人家庭长大,非常自豪,不肯向唐低头,

---

① Luis Valdez, *Mummified Deer and Other Plays*, Houston, TX: Arte Publico Press, 2005, p. 7.

② Ibid. , p. 19.

③ Ibid. , p. 36.

还认为"独居比嫁给一个坏蛋强"①。最后，楚妈妈迫使古尔罗同意和她结婚。楚妈妈接纳了他和他的女儿，他们成为了一家人。但作为丈夫与继父，古尔罗给予楚妈妈和继子女的只有拳头和谩骂。他们像仆人一样住在古尔罗的家里，忍饥挨饿。古尔罗对待楚妈妈的态度非常粗鲁，把她当作生育机器，希望她能够给他生很多儿子。当他发现楚妈妈年复一年都无怀孕迹象时，便移情别恋，把眼睛盯在了继女阿佳斯缇娜的身上，对她进行了多年的性侵。事实上，他在墨西哥和得克萨斯州还有六个妻子和几十个孩子。后来古尔罗还对自己的亲生女儿进行性侵，但遭到了楚妈妈的强烈反抗。她的反抗受到了死亡的威胁，最后她带着三个子女逃离了古尔罗的家，自己谋生。古尔罗最后遭到了报应，被自己养的骡子踢死。楚妈妈是一个坚强而又独立的人，她和三个儿女经历了美国最萧条时期的磨难，她曾经甚至认为找丈夫的标准应该是"能吃上饭比谈恋爱更重要"②。受此影响，她如蝴蝶般美丽的女儿、阿米达的母亲为了能够吃上饭与一个马戏团的小丑私奔了。楚妈妈一直苦心经营自己的小旅馆，因生活节俭而胃部多年疼痛不已，最后因重病住院。

无论生活如何艰难，楚妈妈坚持自己带着几个孩子一起生活，还抚养大了外孙女阿米达。作家在戏剧中以楚妈妈作为家庭生活与家庭维系的主体再现了土著雅基人的家庭传统文化，这是作家创作中具有土著人特征的奇卡诺家庭伦理选择。

楚妈妈的经历告诉人们，奇卡诺人的家庭经历了一次又一次的变故，生死的较量，不断的重组与破灭，破灭与重组，在家庭的维系中他们做出了巨大的努力。最终，虽然不是完整的家，但奇卡诺人的家庭以顽强的母系为核心立足于世。

瓦尔迪兹对楚妈妈家庭维系伦理选择的构建让人们发现作为混血民族的奇卡诺人的家庭是经历千辛万苦建立起来的家庭，他们在风雨飘摇中前行，就算在家庭内部也会不可避免地产生许许多多的矛盾。

四　奇卡诺族裔大家庭的矛盾及其化解

在这个以母系为主体的楚妈妈构建的组合家庭里，祖孙之间、夫妻之

---

① Luis Valdez, *Mummified Deer and Other Plays*, Houston, TX: Arte Publico Press, 2005, p. 39.

② Ibid. , p. 7.

间、兄弟姐妹之间充满了各种各样的矛盾，但这些矛盾最终都因家庭成员的努力而得到化解。

首先，由于受到民权运动的影响，关于家庭伦理的概念，楚妈妈与外孙女阿米达产生了冲突。前者认为她的子孙后代都应围绕在她身边，而后者则向往外面的世界。阿米达以她亲生外婆的名字命名，因为后者在她母亲出生时难产而死。阿米达四岁时母亲去世，是楚妈妈把她抚养成人。她长大后离家上了大学，读了研究生并获得了博士学位。她在外面的世界闯荡，参加奇卡诺农民的抵抗运动，成为了雅皮士并融入到了白人社会。她是一位独立、自由并具有反抗精神的新女性。传统意义上的家对她来说已不屑一顾，就是路过家门也不入。阿米达的家庭伦理观与楚妈妈的家庭伦理观产生了不可调和的矛盾。因为阿米达的母亲阿佳斯缇娜离家出走丧失了生命，所以她离家时遭到了外婆楚妈妈的强烈反对，老人甚至以断绝关系相威胁。而作为一个极端的反种族主义者，阿米达认为外婆楚妈妈在家里偏爱白色巧克力的行为表明她是反对和歧视棕色人种的人，一个"反对自己的种族主义者"①。在楚妈妈住院前的两年多时间里阿米达也不曾回去看望她。因为楚妈妈病危住院，阿米达的姨妈给她发出外婆病危的通知她才匆匆忙忙地赶回家探望外婆。

回家后到医院探望外婆的阿米达发现楚妈妈维系的这个大家庭里好像有些"不能谈的事情"②。家庭成员过去的经历是楚妈妈和她的子女心中的秘密。而作为一个具有白人民主思想的第三代奇卡诺女性，阿米达固执地想要挖掘他们的秘密，非常希望了解父亲和母亲的过去，更想了解家中的骷髅是什么。她不断地追问她母亲自杀的原因、为什么她父亲要离家出走以及她外婆为什么要把房子的产权登记在她的名下。良好的家庭美德是奇卡诺人所遵循的原则。为了保持家庭的名声，所有的家人都对阿米达提出的问题缄口不言。她的外婆楚妈妈被检查出怀有六十年之久的石化胎后，通过她舅舅普洛夫56岁的年龄的推算，受过高等教育的阿米达发现了这个家庭的惊天秘密：楚妈妈所有的孩子，包括她的母亲，不可能是楚妈妈的亲生骨肉。阿米达对外婆楚妈妈的态度发生了巨大的变化，认为与

---

① Luis Valdez, *Mummified Deer and Other Plays*, Houston, TX: Arte Publico Press, 2005, p. 16.

② Ibid., p. 17.

他们毫无血缘关系却把他们抚养成人的楚妈妈是值得她尊敬的外婆。阿米达的怀疑与发现勾起了普洛夫对自己和两个妹妹身世的回忆。楚妈妈的孩子都是她领养或后来成为她丈夫的人送给她的孩子。当他们发现自己不是楚妈妈的后代时，他们突然意识到了自己族裔根的问题。阿米达认为，他们被"连根斩断"了[1]，而连接起他们民族根的是楚妈妈和她的努力与抗争。一个家族血脉的源头与延续是一个民族历史与兴盛的缩影。瓦尔迪兹把这个家庭描述成一个断了血脉根源与关系的组合家庭，反映了白人社会对族裔家庭的毁灭性迫害。这也充分表明在多元文化背景下，奇卡诺族裔文化有保留的必要性与迫切性。

另外，楚妈妈这个家庭里最大的秘密与矛盾是关于阿米达母亲阿佳斯缇娜的死因。根据阿米达姨妈的叙述，阿佳斯缇娜与她的哥哥普洛夫私混生下了阿米达。即使他们兄妹没有血缘关系，这也是一件很丢人的事。阿佳斯缇娜羞于见人而自杀身亡。而根据外面的传言，阿佳斯缇娜是一位艺术家，她放荡不羁，认为楚妈妈把孩子们都留在家里是在逃避什么东西或者保住什么秘密。为了能够更好地生活，阿佳斯缇娜与一个来自墨西哥的40多岁的马戏团小丑科斯姆·布拉沃（Cosme Bravo）厮混在一起，酗酒，抽大麻，她还相信了布拉沃的谎言：楚妈妈因为自己的孩子死了，便在革命战争时期偷窃别人的孩子据为己有。楚妈妈不允许她和马戏团小丑这种人结婚，布拉沃便四处散播谣言说他自己是在嫖娼，阿佳斯缇娜只是一个妓女，最后她无法忍受毁谤而自杀身亡。面对阿佳斯缇娜死亡原因的不同版本，楚妈妈为了家庭的名声选择了沉默。她非常清楚她大女儿的事情，阿佳斯缇娜只是为了生计与家人的名声才和布拉沃走到了一起。所以楚妈妈一直对散布谣言的布拉沃充满不满与仇恨。事实上，她第一眼看见布拉沃，就认出他曾是战争中杀害他孩子的凶手，并强奸了她。作为阿米达名义上的父亲和楚妈妈名义上的女婿，马戏团小丑布拉沃也一直与岳母楚妈妈作对。他认为离开墨西哥来到美国的人都是戴上了假面具的人，丧失了自己的土著族裔身份，雅基人不再是雅基人，只是墨西哥人而已。在墨西哥革命中失去三个孩子的楚妈妈只是一个哭泣娘而已。布拉沃认为，像土著人传说中的哭泣娘一样，楚妈妈为了不让政府军的士兵强奸自己的女

---

[1]　Luis Valdez, *Mummified Deer and Other Plays*, Houston, TX：Arte Publico Press, 2005, p. 32.

儿，亲手杀死了她们，然后在整个革命期间四处游荡，寻找自己失去的孩子。楚妈妈与布拉沃之间的矛盾是女性与男性霸权价值观之间的矛盾，不可调和。作为强奸了楚妈妈的强奸犯再与楚妈妈的女儿结婚是违背了家庭长幼有别的伦理原则。瓦尔迪兹运用布拉沃将楚妈妈比喻成哭泣娘的故事来表明奇卡诺族裔男人致命的弱点：具有叛徒特性。布拉沃这个男权主义价值观的代表利用古老的哭泣娘的故事来污蔑楚妈妈并威胁她，因为他没有能够得到他想要的女人阿佳斯缇娜。他是一个不折不扣的杀人犯，还振振有词地欺侮本民族的女性同胞。最后他得到的报应是因糖尿病死亡。

楚妈妈家的儿女之间也总是有这样或那样的矛盾。从表面上看，楚妈妈的小女儿欧拉莉亚嫁给了有钱的白人，生了有漂亮蓝眼睛的小孩，生活看起来幸福。事实上，她是家族中最不幸的女人之一。丈夫背叛了她，她还不敢在人前说，还要装着若无其事的样子，替丈夫保全面子。另外，当普洛夫告知阿米达欧拉莉亚的父亲是个虐待他们一家的流氓的真相时，欧拉莉亚的虚荣心使她反诬普洛夫有关她父亲唐的流氓行径信息是凭空捏造。她始终认为她的父亲是"富翁，有钱有财产，他根本不用干那些龌龊的事，他给了楚妈妈一生最好的生活"①。欧拉莉亚自认为是楚妈妈的最爱，那些有关她父亲的谎言是她姐姐阿佳斯缇娜用来对付她的。欧拉莉亚四处散布丑闻，说普洛夫和阿米达的母亲阿佳斯缇娜有不正当的男女关系，以致她最后自杀身亡。作为一个无所事事的家庭妇女，欧拉莉亚心胸狭窄、刻薄、贪婪自私，一心想着如何得到楚妈妈的房产。楚妈妈曾经为了维持这个组合家庭的安宁，她一直没有对孩子们说出他们的身世，而是严守秘密，尽量不伤害孩子们的感情，但自私的欧拉莉亚泄露了秘密，挑起了家庭矛盾。在得知楚妈妈生命垂危时，欧拉莉亚忏悔式地把自己家里所发生的不幸向母亲进行了坦白。她的丈夫与家中的女佣私奔到了蒂华纳市（Tijuana），和她在那里定居了。她的女儿蒂丽，楚妈妈的外孙女也未婚先孕，男友被征入伍到了越南战场。家里发生的一切使她感觉无地自容。她无法管住丈夫和女儿，只能终日以泪洗面。好面子的她感觉"无脸

---

① Luis Valdez, *Mummified Deer and Other Play*, Houston, TX: Arte Publico Press, 2005, p. 45.

再见邻居"① 了。欧拉莉亚的忏悔也引起了普洛夫的坦诚告白，承认阿米达就是自己女儿的事实。阿米达也承认了自己的错误，在大学里她未婚先孕，但她不愿像她的母亲那样把自己不愿意要的孩子生下来，也担心楚妈妈发现她的丑事，她大胆地瞒着家人到墨西哥去堕了胎，以至于两年都不敢回家看望外婆和名义上的舅舅。

通过家庭成员各自在病重的楚妈妈床前的忏悔，这个互相猜忌与互不信任的家庭终于冰释前嫌。瓦尔迪兹在化解家庭矛盾上采用了土著先祖温和的问题解决办法，这是奇卡诺族裔家庭问题解决的伦理选择。

五　石化鹿：坚守奇卡诺家庭和民族文化的象征

在家庭成员的相互忏悔中，楚妈妈的子女们恍然大悟，找到了自己血缘的根，也找到了真正的家，发现了他们之间的亲密关系，更发现了本民族的血泪史。这种血泪史把这个组合家庭里的成员紧紧地团结在了一起并共同坚守这个不寻常的家。

阿米达作为优秀的人类学学者，专门研究她先祖的历史。经过几年的调查，她终于发现了她敬爱的外婆的曲折人生路和她的先祖从墨西哥来到美国所经历的残酷迫害。在外婆的弥留之际她公开了他们的一切秘密，具有土著雅基人传统的奇卡诺人遭遇了灭种的血腥屠杀与迁徙，但仍然顽强地活着，而且她的外婆在被发现怀有死胎后还继续活了 30 年。可以说，这是 20 世纪 60 年代奇卡诺民权运动的成果。楚妈妈腹中的死胎能继续保留 30 年，这象征着奇卡诺民族古老文化传统得以保留。是楚妈妈家良好的伦理道德保存了这古老的文化。

作为深受白人文化和女性主义思想影响的高级知识分子和楚妈妈家族的代表，在发现外婆病情加重时，看到护士无法应对病情恶化而医生又去法院办理自己的离婚诉讼后，阿米达不再抱怨家人，而是大声谴责道："你们怎么能相信一个种族主义机构会竭尽全力治疗像楚妈妈这样的病人呢？这种体制会在乎她是死是活吗？谁会在乎她曾经是谁，现在是谁，将来又是谁啊？"②。是否需要打掉石化死胎，阿米达认为，这需要楚妈妈自

---

① Luis Valdez, *Mummified Deer and Other Plays*, Houston, TX: Arte Publico Press, 2005, p. 18.

② Ibid. , p. 55.

己决断，任何人都没有权利替她做主。因为这个胎儿是楚妈妈和第一个丈夫怀的孩子。作为戏剧里的一个隐喻，它是楚妈妈过去幸福生活的一部分，也是其历经苦难的见证，更是雅基人悠久文化的象征。它也预示着奇卡诺人的顽强生命力与未来。坚持保住石化胎，也就是坚守奇卡诺族裔的文化和自己完整的家。从阿米达的言行可以看出，现代奇卡诺人不再是自相埋怨、自相指责与自相残杀的人，他们团结一致，共同对付主流社会的种族主义和社会不公。

石化胎的保留暗喻寿终正寝的楚妈妈对家庭和民族的坚守。剧情的结尾是鹿舞者卡耶梅最后的狂舞，它高昂起头，以胜利者的姿态死去。这是剧情最后的隐喻。即使死了，他们也是胜利者。土著雅基人死了，他们也还是胜利者，因为死去的雅基人以另一种新的民族形式——奇卡诺民族存在。他们永远是胜利者。这是奇卡诺民族不屈的道德精神。

通过追寻家庭成员的过去与本民族的艰难历史，楚妈妈一家原本没有血缘关系的子女化解了互相之间的矛盾，一起展望美好的未来。没有良好的家庭伦理道德，整个社会的美德基础就不存在。正是由于有了楚妈妈这样的伟大女性的坚守，才有了今天的奇卡诺族裔的发展。一个由混种民族组合的家庭经历过血雨腥风后仍然完美地结合在一起，这体现了奇卡诺族裔家庭伦理选择的完美与奇卡诺民族的家庭伦理美德。

家庭道德是社会道德的组成部分，没有良好的家庭伦理道德，整个社会的美德基础就不存在。美好的社会道德由众多良好的家庭伦理组成，所以优秀的家庭伦理对社会和平与正义的发展起着不可估量的作用。无论是卡斯蒂洛的书信体小说《米瓦拉信笺》还是瓦尔迪兹的戏剧《石化鹿》，他们都体现了奇卡诺族裔男男女女为了家庭的建设和美好的生活做出了不懈的努力。作为混种民族，他们必须接受自己多元家庭的特征，互相谅解，互相支持。只有这样，作为族裔人，他们才能长久地保住自己民族的根与灿烂悠久的文化。

第五章

奇卡诺族裔自我价值的实现

在家庭伦理构筑中，奇卡诺人经历了不懈的奋斗，在奋斗中他们实现了个人的自我价值。在伦理学中，自我价值包含三个方面：人的自信、自爱和自尊。它是在个人生活和社会活动中，自我对社会做出贡献，而后社会和他人对作为人的存在的一种肯定关系，它包括人的尊严和保证人的尊严的物质精神条件。自我价值的实现必然要以对社会的贡献为基础，以答谢社会为目的，当一个人的自我价值感很强的时候，他往往表现出自我完善的欲望和积极向善的本性①。奇卡诺人传承了民族文化价值，依赖个人的奋斗给逆境中的奇卡诺人树立了人生道路上的榜样，也为奇卡诺族裔的安定生活和他们所居住的社区的发展做出了突出的贡献。在奉献中他们成为了道德榜样和力量，实现了个人功利主义的伦理。哲学上的个人功利主义"谓之至善"②，"至善"来自于人们"生活所生之快感"③。而快感的获得源于人们依据自己的本质特征行事并且实现了他们的潜能时所做的善事④。小说《像剥洋葱般剥掉我的爱》通过对一个残疾奇卡诺女性成长为舞蹈家和歌唱家的经历反映了城市贫民窟中女性的励志过程，在不断地克服自身残疾的前提下，在种族歧视的大环境中，卡门靠个人的努力与勤奋赢得了爱情与事业的双丰收。阿尔玛·卢斯·维拉纽瓦的自传体诗歌"加州罂粟花"真实地描绘诗人如何从一个小偷成长为一个奇卡诺女诗人。她的人生和创作不仅是奇卡诺族裔女性实现美国梦的范例，更是全世界女性

---

① "自我价值"，百度百科，http://baike.baidu.com/view/544115.htm。

② ［德］弗里德里希·泡而生：《伦理学原理》，蔡元培译，北京理工大学出版社2013年版，第52页。

③ Ibid.

④ William S. Sahakian & Mabel Lewis Sahakian, *Ideas of the Great Philosophers*, New York: Barnes & Nobel, 1993, pp. 35 – 37.

人生路上的标杆，她的经历告诉人们：只有靠自己的努力与奋斗，我们女性才能成功。自我价值的实现是人类最高尚的目标。和维拉纽瓦一样，路易斯·罗德里格兹的自传体小说《拾遗》通过描述作家本人经历荣辱的个人奋斗，反映了奇卡诺人如何为奇卡诺青少年的身心健康成长、社区居民的文化建设和美国国家空间里的法制建设做出了自己的贡献，奉献了自己的才智，以此实现了他们的人生自我价值。

第一节　族裔残疾女性自强典范:《像剥洋葱般剥掉我的爱》

人的自我价值包含人的自信、自爱和自尊。自我价值的实现包括个人物质上的成功和人的自我价值在社会中得到他人的承认与尊重。卡斯蒂洛的小说《像剥洋葱般剥掉我的爱》用意识流方法创作，反映了奇卡诺女性人生自我价值伦理。

一　小说《像剥洋葱般剥掉我的爱》梗概

卡斯蒂洛的另一经典小说《像剥洋葱般剥掉我的爱》创造了卡门·拉科嘉—"跛腿"·桑托斯（Carmen La Coja—"the Cripple" Santos），这样一位自强自立的残疾女性人物。幼年时期，因小儿麻痹症她左腿残疾，也因为家里贫穷她被母亲送到免费的残疾人学校学习。在那里她得到了一个弗拉明戈舞蹈老师的培养，后来老师把她介绍给了芝加哥贫民区著名的弗拉明戈舞蹈剧团的团长阿嘎斯汀（Agustin）。他把卡门培养成了著名的弗拉明戈舞蹈家。从青葱岁月到半老徐娘的 17 年里，她一直与阿嘎斯汀维系着情人关系。阿嘎斯汀在西班牙老家有妻室儿女，在芝加哥情人众多，尽管他生性跋扈，冷酷无情，但卡门也发现自己从情人拒绝承认她为残疾人的无情行为中获得了力量。她认为一个好情人会发现爱人身上的一些优点，尽管她自己没曾发现它们的存在，而且你不愿意看到你自身的缺陷的时候，一个好情人也不会看到。与卡门同居 17 年后，他另觅新欢。卡门随后与阿嘎斯汀的教子曼诺洛（Manolo）坠入爱河，曼诺洛英俊潇洒、激情四射，比卡门年轻十几岁。他们幸福而又不胜烦恼地一起生活了一年，甚至与阿嘎斯汀形成了三角恋，然而这两个吉普赛男人因为她不是同族人而都不愿娶她为妻。突然间，两个情人都消失得无踪影。这时，噩运接踵而至，卡门的麻痹症复发，无法再继续跳舞，她便到芝加哥机场的餐馆谋到一份做比萨的职业。但因路途遥远，腿脚不便放弃了工作并回到母亲家里与之相依为命，寻找慰藉。没有了工作，为了生计，她和母亲到制衣厂打黑工，但遭到驱赶，后来又在家里揽了些钉扣子和衣服装饰物的活。一个偶然的机会，她的朋友邀请她去参加合唱，发现她的声音非常甜美，便邀请她灌制 CD，再次一举成功，名利双收。卡斯蒂洛书写城市贫民窟里奇卡诺女性梦想的小说《像剥洋葱一样剥掉我的爱》一经发表，便获得巨大的成功。Rosario Ferré 认为该小说是"对贫民生活的颂扬，伴随着弗拉明戈舞的节奏，它颂扬自由与人们在困境中的生存能力，它是让人耳目一新的、烈性的芝加哥幽默与墨西哥裔美国人精神的完美结合"；《里士满时讯》称之为"一个非凡的、令人振奋的故事"[1]。

这是一部充满作家智慧的作品，其中不乏幽默与生活与爱情之哲理。这也是一部探索奇卡诺女性探索自我身份，性别差异与家庭责任的巨著。毫无疑问，卡门是一个奇卡诺残疾女性自我价值成功实现的典范。

二　孝顺的女儿

女儿的角色也是卡斯蒂洛小说中重要的奇卡诺女性人物身份定位。卡门靠自己从小的勤奋，不断地磨炼，成为了优秀的舞者，也凭借她天生的嗓音成为了优秀的歌唱家。在寻找真正爱情的道路上，男人们像剥洋葱一样，将她的热情、忠诚、努力、真心付出、尊严、希望与梦想剥得精光，只剩下了无奈与绝地重生的斗志。

在家庭责任方面，卡斯蒂洛成功地塑造了一个孝顺的女儿形象——卡门。因为出生在芝加哥墨西哥裔集居的贫民窟，得了小儿麻痹症的卡门没有得到很好的救治，最终变成了跛脚。为了将来能够有个一技之长来减轻父母的负担，卡门利用她身体残疾正适合跳弗拉明戈舞蹈的优势，勤奋苦练，最终成为了优秀的舞者，并获得了丰厚收益。她挣来的钱都会交给母亲处理，或给家里购买生活必需品。当她终于能租得起房子的时候，很快就把父母接过来一起住。

在卡门的家庭里，里里外外她都是一个能手。在家里虽然是最小的孩子，理应受宠，但她的哥哥们却是一群游手好闲的家伙。作为女儿，卡门

---

① Ana Castillo, *Peel My Love Like An Onion*, New York: Anchor Books, 1999, p. i.

承担了家里大部分的家务活。当她跳舞所得还不能完全维持家里生计的时候，她"还到电影院里去卖饮料和小吃"①来贴补家用。在她年纪大了不适合再跳舞挣钱的困难时期，是她帮助母亲卖比萨饼、到工厂揽活等维持生计。母亲年老体衰，"在凌晨三点妈妈的喊叫惊醒了我"②，她心脏病发作需要马上住院，是卡门把母亲送到医院进行急救，细心照料母亲渡过了生死关。

虽然后来卡门已经不能站立，但在母亲和朋友鼓励下，卡门开始从事歌唱事业，并成功地打入好莱坞，成为了签约歌手，在全美国巡回演出。她的成功给母亲带来了极大的荣光。

三　生生不息的自强者

马斯洛曾把人类的需求分为五个层次：生理需求、安全需求、爱与归宿感需求、受人尊重和自我价值实现需求③。卡门的奋斗使自己达到了人生需求的最高境界，是生命中的强者。

一个身患重疾的儿童能否生存下来常常都成为问题。瘸腿姑娘卡门从小因为小儿麻痹症一条腿长一条腿短，成为残疾儿童后，受尽了同龄人的白眼和家人的歧视。她上的学校是芝加哥墨西哥裔贫民区里最差的学校。一个偶然的机会，她的学校来了一位做志愿者的弗拉明戈舞舞蹈教师，她被选上学跳弗拉明戈舞。她两条长短不一的腿正适合跳这种舞。这是她获得成功的一次机会。在美国这个充满机会的资本主义社会，人们的成功机会都会伴随着自己的努力出现。在舞蹈老师的严格要求和培养下，卡门爱上了弗拉明戈舞，并成为了职业舞蹈家。

高中毕业后，她到社区舞蹈团去跳舞，挣钱养活了自己。在舞蹈团她认识了她的舞伴，一个兼任舞蹈团团长的弗拉明戈舞教师。他们两个一起配合演出，赢得了他们社区民众的阵阵掌声。她还到舞蹈培训班去教其他小孩跳舞来维持生计。与此同时，她陷入了爱河，恋上了舞伴——这个舞蹈团的团长，一个在西班牙有家有室的已婚男人。虽然她的瘸腿使她的行

---

① Ana Castillo, *Peel My Love Like An Onion*, New York：Anchor Books, 1999, p. 155.

② Ibid. , p. 92.

③ Abraham H. Maslow, *Motivation and Personality*, Beijing：China Social Sciences Publishing House, 1999, p. 45.

动不太方便，但她仍然很主动地帮助情人料理一切家务，把他们的家打扫得井井有条，沉浸在幸福的爱情生活之中。这种突兀的爱情极具偶然性，是舞蹈团长情感空虚时施舍给她的一杯羹。她的爱像是一个梦，注定是昙花一现。她明明知道这是没有结果的爱，她也认认真真地经营它。她把突如其来的爱情描绘成"光、温暖、突然和彩虹"，"爱情的发生像夏天的阵雨，毫无征兆"①。当她沉浸在滋润的爱情幸福中的时候，情人突然失踪了，原来他回到了他的祖国西班牙，去和他国内的妻儿团聚了。就在她整日以泪洗面的时候，一个年轻的弗拉明戈舞者看上了她，她的第二次爱情又不期而至。她与比她年轻十几岁的年轻舞者疯狂地做爱，以发泄对前任情人的不辞而别的怨恨。这个年轻的舞者是她前任情人的教子，这使她陷入了不伦之恋。可她为了宣泄自己的情感，不顾不管地继续着她认为很甜蜜的爱情。他们一起旅行，一起创作，即使没有了维持生计的活路也在所不惜。正当她计划着未来的时候，第二个情人也消失了。这一次失败的爱情把她扔进了情感的冰窖，她的爱情的尊严被再一次像剥洋葱一样被剥掉。

她在最失意的时候回到了母亲的家，与母亲相依为命。作为舞者，她已人老珠黄，机会似乎离她远去。但她并没有失去对美好生活的向往，她把自己描绘成"出污泥而不染、迎接阳光和新生活的荷花"，"一朵永远盛开的荷花"②。

在失意的日子里，为了生计，她不停地打着各种零工。她和母亲一起到环境脏乱的制衣厂打工，靠钉扣子来一分一分地挣钱，还把活计拿到家里来加班加点地做。因为非法工厂受到政府的管制，她们不得不逃离那里，再到蛋糕店打工。每天十几小时的站立，对一个腿有残疾的人来说是残酷的考验，日复一日的重复劳动仿佛让她看不到生活改善的希望。像人们剥洋葱一样，此时的她不仅被现实的残酷剥掉了爱，剥掉了做人的尊严，更剥掉了生活的勇气。

然而，机会赐给了善于抓住它的勤奋者。机缘巧合之下，她参加了社区的唱诗班，她天生的好嗓子让她脱颖而出，成了深受大家喜爱的民间歌手。她成功进入好莱坞，发行了自己的音乐唱片，获得了可观的收入，拥

---

① Ana Castillo, *Peel My Love Like An Onion*, New York: Anchor Books, 1999, p. 2.

② Ibid., p. 197.

有了自己的房子。最后，她又再度赢得了自己的爱情。

她的成功是生命面对厄运屹立不倒的赞歌。

四　成功的舞蹈家和歌唱家卡门：弱者的榜样

卡斯蒂洛笔下的跛腿残疾人卡门·桑托斯从一个普通而又贫困的芝加哥奇卡诺族裔社区走出来，经过多年的舞蹈训练和舞蹈表演，成为了自食其力的舞蹈家和歌唱家。在她成功的路上，她经历了常人无法想象的病腿伤痛、失业、失恋、无助、堕胎、失友等人生磨难，仍然信心十足地继续她的生活。对他人的宽容是她优秀的品格，如当她成为著名歌唱家后，她的第一个情人又出现了，他们电话聊天时，她把阿嘎斯汀描述成"老朋友，他知道我的缺点所在"[①]。

卡门通过自己不断地努力成了生活中的强者。她是一个坚强的女性，认为"无论做什么，如果你首先是女人，那你就得什么都不怕"[②]。女人往往在生活中遭遇更多的困难或歧视，但无论何时都要自信、自爱和自尊。她无所畏惧的性格造就了她的成功。从一个贫民窟里成长起来的残疾女孩到誉满全美的歌星，卡门经历了普通人难以想象的艰难困苦。在困苦中艰难跋涉而成功的经历给后人，甚至同龄人，树立了光辉的榜样。

在小说《像剥洋葱般剥掉我的爱》里，卡门剥去的是痛苦，用眼泪洗去悲伤，剩下的是自己，经历生死考验的自己，一个坚强的自己，靠个人奋斗而重新在事业上站立起来的自己。卡门的成功，也是奇卡诺女性的成功，更是奇卡诺女人融入白人主流社会的象征。卡斯蒂洛所创造的女儿形象是孝顺女儿的极致。一个自身安全都难以保障的残疾女孩，当母亲需要的时候，立刻就会出现在她身边。从文学伦理学的角度来看，卡门自身的成功与对母亲和家人的关爱，就是奇卡诺残疾女性成功的榜样。她是一位美丽、自由、成功、令人钦佩、受人尊重、个人自我价值最终得到了实现的伟大女性。

---

① Ana Castillo, *Peel My Love Like An Onion*, New York: Anchor Books, 1999, p. 184.

② Ibid., p. 186.

第二节　混种女性成功的典范："加州　罂粟花"维拉纽瓦

阿尔玛·拉兹·维拉纽瓦是 20 世纪末以来最著名的美国奇卡诺族裔女性自传体作家。她的自传体作品以抒情和充满动感的方式描述了她杂糅的民族身份和她所经历的经济上的贫困，揭露了父权制价值观下奇卡娜人作为族裔与女人所遭受的双重压迫。奇卡娜人是仁慈的女性，更是大自然的热爱者和保护者，以及世界和平爱好者与推动者。诗人彻底颠覆了传统的奇卡娜形象，塑造了独立、自尊、自爱、自强、反父权价值观、反霸权主义和富有正能量的奇卡娜形象。她宛如自己诗歌中盛开的加州罂粟花，绽放奇卡娜人实现自我价值的伦理之花。

一　维拉纽瓦生平

在中国学者对美国族裔奇卡娜（Chicana 的音译，即奇卡诺女性）文学的研究中，人们常常只看到安娜·卡斯蒂洛（1953—　）和桑德拉·西斯内罗斯（1953—　）。而 20 世纪末以来，阿尔玛·拉兹·维拉纽瓦（Alma Luz Villanueva，1944—　）和前两位作家一起被誉为奇卡娜文学发展史上最杰出的三大女诗人和作家，她也是网友评出的八大奇卡娜诗人之一。

凭借自己的勤奋，维拉纽瓦在社区大学完成了本科课程学习，后来又获得了硕士学位。现在她在许多大学讲授小说与诗歌课程，是美国国家级人文社科资助会评审团成员。她的《诗集》（*Poems*，1977）获得"奇卡诺/拉丁文学奖"一等奖。她的小说《紫外天空》（*The Ultraviolet Sky*，1988）于 1989 年获得"美国图书奖"。该小说被收录到由鲍尔梅斯特等编辑的、内容从 13 世纪到现代的《女性的 500 本巨著：读者指南》一书中，也被美国大学文学专业作为教材使用。诗集《星球》（*Planet*，1993）于 1993 年获得"拉丁文学奖"。她的其他诗集还有《血根草》（*Bloodroot*，1977），《母亲，我可以吗？》（*Mother, May I?* 1978），《婊子》（*La Chingada*，1985），《寿命》（*Life Span*，1985），《欲望》（*Desire*，1998），《温柔的混沌》（*Soft Chaos*，2012），《谢谢》（*Gracias*，2013）；其他小说《女人花》（*Naked Ladies*，1994，国际笔会文学奖），《哭泣的女人：小哭娘及其他》（*Weeping Women：La Llorona and Other Stories*，1994），《卢娜的加利福尼亚罂粟花》（*Luna's California Poppies*，2002），《金蝎之歌》（*Song of the Golden Scorpion*，2013）。她的处女作《诗集》极富文学美学思想，改变了奇卡诺诗歌的文风和主题。在其影响之下，奇卡诺人的诗歌开始由激进的民族身份确认转向对大自然的关注与朴实的女性身体，并从奇卡诺族裔本身来揭露白人主宰的政府政治机构的丑行[①]。她的诗歌在美国的大、中、小学广为传诵，也成为其他国家研究者研究美国文学时的研究对象[②]。奥尔多内兹（Ordonez）认为维拉纽瓦的诗歌动感强，充满活力，表面上很个性化，但实际上描述的是女人们的共同经历，诗歌中的自称"我"表现的实际上是"我们"[③]。在美国国内的奇卡娜文学研究界，研究者们于2012年在加利福尼亚州立大学举办了维拉纽瓦、西斯内罗斯和卡斯蒂洛三位奇卡娜作家的文学创作专题研讨会。维拉纽瓦把由贫困、种族主义和性别歧视产生的伤痛转为说话与行动的力量，用创作强化并支撑了女性的个人身份与女性的社会身份，从描述奇卡诺女性所面临的恶劣的社会生态开始，她的创作逐步发展成为具有普世伦理意义的创作，她的成功实现了奇卡诺族裔女性的自我价值，值得全世界女性膜拜。

二　杂糅民族身份的代表

维拉纽瓦出生于加利福尼亚州隆坡克（Lompoc）小镇，在旧金山市一个由雅基族人、西班牙人和德国美国裔人混合组成的家庭里由她的外婆和母亲抚养成人并随了外婆的姓氏。她的外婆是雅基族人，从墨西哥移民到美国，笃信基督教，会用西班牙语吟诵诗歌，不懂美国白人文化，是一个典型的家庭主妇。在外婆的影响下，天资聪颖的维拉纽瓦从小就显露出诗歌创作的才华。她中学十年级时因怀孕辍学，为人妻母，受尽家庭暴力虐待，最终离异。她曾拖儿带女，住贫民窟，靠接受救济度日。所以祖母与孙女的亲密关系和父母关爱的缺失主题不断地出现在她所有的创作中，

---

① Stephanie Fetta, "Introduction," *The Chicano/Latino Literary Prize：An Anthology of Prize-Winning Fiction, Poetry, and Drama*. Houston, TX：Arte Pùblico Press, 2008, pp. xi – xii

② Alma Luz Villanueva, "Re：Fwd：almaluzia@ yahoo. com has shared something with you," E-mail to the author, 21 Sept. 2013.

③ Marta E. Sanchez, *Contemporary Chicana Poetry：A Critical Approach to an Emerging Literature*, Berkeley：University of California Press, 1992, p. 30.

她生活的许多细节也进入到了她创作的文本中。她的诗歌很多都写给她的家人：她的女儿、儿子和外婆，并再现生活中的那些重要的情形与事件。

基于自己混血儿身份的特征，维拉纽瓦曾在《梅斯蒂莎》（*Mestiza*）①一诗中激愤地描述自己混种人的身份：

> 我是梅斯蒂莎人，一个混血人：
> 雅基人、西班牙人、德国人、英国人——
> 我的民族来自地球的
> 四方——
>
> 人们曾叫我西班牙佬、偷渡客、
> 墨西哥鬼、肮脏的印第安人、淫妇、龟孙子、
> 泼妇、女同性恋者、甚至英国佬。（第1—7行）

这是诗人对自己人种身份的描述，从这里读者可以看出奇卡娜人复杂的民族身份。由于历史的原因，一个奇卡娜人的祖先不可能由单一的某个民族组成。也因为复杂的种族身份，在白人主流社会里，他们的社会身份也就变得更加复杂，常常被人贬低、歧视甚至辱骂。

在另一首自传体诗《加利福尼亚的罂粟花》（*California Poppy*）②里，诗人回忆了她在学校受到白人女教师歧视的情景：

> 三番市教区班里的
> 许多五年级孩子们，
> 都是棕色、黑色、有部分白色，
> 大部分是穷人，有些有真正的
>
> 家，有些有钱—那
> 白人女教师曾说：
> "加州罂粟花是州

---

① Alma Luz Villanueva, *Desire*, Tempe：Bilingual Press, 1998, p. 66.
② Ibid. , pp. 153 – 156.

花，你们永远不可以摘

它，你们永远不可以摘
它，你们永远不可以摘
它，这是法律"。（第 1—11 行）

　　这三个诗节的描述表明，诗人从小在复杂和贫穷的环境中生活学习。本该公正对待自己学生的老师都会以这种恶狠狠的态度向学生灌输所谓的法律知识。一年一度漫山遍野的火红加州罂粟花是加州的州花，也是春天和生命力的象征，生生不息。加州的法律确实规定不许随意采摘。但女教师说话的态度给诗人幼小的心灵以沉重的打击，她的自尊心受到了极大的伤害，产生了逆反心理，以至于放学后，当诗人放学走过那片花草地时，想起了老师有一次对女孩子们说"你/十六岁时你将会生小孩，/像你这样的女孩"（第 23—25 行）。诗人知道老师是在说自己，不禁羞愧难当，愤怒不已。羞愧与愤怒促使她采摘了第一朵花塞进口袋直到它干死，然后又"猛摘 2、3、4、5 朵花，把它们全吃了"①，心里还恨恨地想着老师的话。
　　该诗歌第二部分陈述诗人从小到大所遭遇的一切不幸。年幼时，"在加州我穷困潦倒，饥肠辘辘/在加州。我曾偷盗过食物"（第 3—4 行），她"曾偷过婴儿服装当/在加州我十五岁怀孕时。/我曾因说西班牙语受到惩罚"（第 6—8 行）。待她长大成人后她的"所有的孩子——［她］15，17/21，36 岁时生的——都出生在神圣的加州"（第 15—16 行），她"曾离异/在加州［她］曾被毒打/在加州［她］曾被强暴"（第 21—24 行）。
　　还有更多的人遭遇这种种族歧视与不幸。维拉纽瓦在《致杰西·维拉纽瓦我的爱》（*To Jesus Villanueva, With Love*）② 中，通过回忆外婆，抒情地描述了第一代奇卡娜人的不幸遭遇。她们从墨西哥来到美国，过关时经历了严格的海关检查，在白人社会生活遭受了各种歧视与不公正的待遇。因为不懂英语，在医院、银行和社会保障机构等公共场所处处碰壁。

---

　　① Alma Luz Villanueva, *Desire*, Tempe: Bilingual Press, 1998, p.153.
　　② Alma Luz Villanueva, *Poems: Third Chicano Literary Prize*, Department of Spanish and Portuguese, Irvine: University of California, 1977, p.9.

在《先祖》（*Ancestor*）①这首诗中，诗人再一次描述了外婆和外孙女饥饿不堪、让人动容的情景："你和我/饥肠辘辘/在城市中心"（第1—3行）。在城市的中心这种繁华的地方理应是不该有人穷困潦倒到食不果腹的，可她们在忍饥挨饿。在无可奈何的情形下，还是小孩的"我"拿起空瓶子跑到商店去偷牛奶和那"该死的火腿"（第13行）。年幼的"我"不是那种贪婪的人，只非常小心地取了爷孙俩能够饱餐一顿的食物，后来还到修道院去乞讨，外婆遭到了修女们的奚落。且"我"和外婆的遭遇还不是个例，作者接着写道："我童年的街道/到处都是像我一样的人（第22—23行）"。

在《做梦》（*Dreaming*）这首诗中，作者讲述了童年生活的苦难阶段：首先，她成为了邪恶性侵行为的受害者。然后，她母亲将她送给了别人抛弃了她。最后，她的外婆被人送到了养老院，老死在那里。诗歌继续描述了成长中的小孩的饮食性疾病，她所居住的环境里威胁无处不在。她未婚先孕，她的婚姻中存在暴力，她被孩子的父亲抛弃。

虽然饱经沧桑，但成年了的维拉纽瓦没有放弃生活的希望。她为了自己，也为了孩子，在神圣先祖的庇佑下努力奋斗。正如火红的加州罂粟花，盛开，凋谢，再盛开，她宽广无疆的胸怀中蕴藏着来自先祖的强大精神力量。

三　奇卡娜人反父权价值观的典范

奇卡娜人曾经，甚至现在仍然是生活在严厉的父权制社会，既遭受家庭里男性成员的压迫，也遭受社会的压迫，大都无经济权，无社会身份与地位，更无法发出自己的声音。面对困境，奇卡娜人并没有消沉，她们"暂栖/在即将消失的世纪边沿，/面向新世纪，梦回旧时代"（《梅斯蒂莎》第21—23行），"正在流血，正在治愈。有时充满爱"（第28行）。维拉纽瓦第一个描述了奇卡娜人的声音与渴求。维拉纽瓦把她童年的苦难——父母的抛弃、遭受性暴力的经历和贫困作为题材用于文学创作，她不是借用男性文学创作的声音，而是用一种基于个人经历，特别是女人和奇卡娜人经历的声音来谈论这些问题。寻找这种自我表达能力是她的许多诗歌一贯的主题。

---

① Alma Luz Villanueva, *Desire*, Tempe：Bilingual Press, 1998, pp. 8 – 9.

在《欲望》① 这首诗中，她描写了一个 80 岁高龄的老姬。她留着雪白而又漂亮的长发，身体健壮。诗歌中的"我"给她盖上被子，被子外面的图案是由夜晚的星空构成，上面有造物主创造的"银河系"，还有"星星、太阳和行星"（第 8—9 行）。而被子的里面是她的生命。"我"用造物主把它捂住，因为"我"知道那个被子下面的"她"就是"我"自己。"我"自己在梦中需要发出自己的声音。诗歌最后终于喊出："说话，我的欲望，说话，我的死亡"。这首题为"欲望"的诗歌表明，诗人和她所代表的奇卡娜人在长期的"失声"之后，她们需要发出自己的声音，她们需要说话，说出自己的心声。

在诗歌中，她描述自己作为诗人与女人，总是进行重生与创作。在《母亲，我可以吗?》这本诗集中，女人通过轮回的变化变得完整，充满希望，实际的个人经历变成了一种个人化的神话。标题为《生孩子》（Birthing）的诗放在描述她的孩子们出生之后，意指还没有发生的自我精神的重生。诗歌描写了她的失声："我的嘴巴紧锁/而孤独在增长/我无法名状。"② 这种无法名状的自我失落感只在发现她外婆的无字墓碑以后才被驱散。在她最后终于落下的眼泪里，在这种悲痛中，自我创造开始出现。她能够离开一直否认她的丈夫，聆听自己弱小的声音。她的嘴微微张开/一个字蹦了出来。这个字/是"我"③。诗歌《里面》（Inside）给了这个新生的身份感一个声音：它告诉她"我在这儿。生孩子是/不容易的事"。在诗歌的第三部分，诗人发现了她在世界里的位置和她在"她的神话"里完整的女性力量的开始。

在《我是一个女人》④ 这首诗中，维拉纽瓦把女人比作"一颗即将破土而出的种子"、"即将舒展的蕨根"、"不断觅食的小鸟"（第 1—3 行）、"即将升起的太阳、即将陨落的星星"（第 5—6 行）；同时，她也揭露了父权制下的女性的悲惨生活：女人"是一个给孩子喂奶的女人/我是一个看着自己孩子挨饿的女人"（第 10—11 行），"看着自己的女儿被人强奸的女人"（第 28 行），是"持购物单的女人"（第 19 行）和"不能哭泣

---

① Alma Luz Villanueva, *Desire*, Tempe：Bilingual Press, 1998, p. 6.

② Ibid. , p. 109.

③ Alma Luz Villanueva, *Mother, May I?* Tempe：Bilingual Press, 1978, p. 112.

④ Alma Luz Villanueva, *Soft Chaos*, Tempe, Arizona：Bilingual Press, 2012, p. 5.

的男人"（第 21 行）。但她们仍然像"银河系：不停地转动，不停地转动"（第 32—33 行），仍然"相信万有引力：不停地转动，不停地转动"（第 34—35 行）。虽然女人们的生活境地悲惨，但她们仍然顽强地日复一日地过日子。她以女人特有的细腻描绘女人的心态，女人不是奇卡诺文化中象征自由的草原雄鹰，而是不停地觅食的小鸟。奇卡娜人的生存状态完全背离了生态女性主义伦理的思想，颠覆传统的父权价值观、寻求自立与自强成了维拉纽瓦创作的动力和责任。在《欲望》诗集中的另外一首诗《天才》（*Genius*）中，维拉纽瓦表达了她生活中更大的欲望，那就是她想得到能够使她活下去的工作，做个"邮递员或电脑操作员"（第 33—34 行）。

　　拒绝妥协是反对父权统治与男性暴力的一种策略。在《"我不爱你。"他曾说》（*I'M Not in Love with You. He Said*）① 这首诗中，作者满怀幽怨地叙述了一个被男人抛弃的女人的自立生活。她干着男人干的活，看护小动物，曾为了保护孩子使他们不失去父爱极力想挽留他们的父亲，曾经帮助父亲征服癌症，帮母亲抵抗衰老，也曾经历了生离死别，但仍然满怀希望，"想要/与相爱的人共同创造世界"（第 40—41 行），即使失去希望，她仍然固执地坚持，"我必须/亲手/创造世界"（第 58—60 行）。尤其是对待孩子的教育，作为单身母亲，她对孩子的成长付出了艰辛的努力。因为自己没能得到母亲的教育，她不愿看到自己的孩子也像她一样，所以她会"一手抱着新生儿，一手握着笔"② 辛勤地工作，也会给孩子们讲故事、写故事。

　　另一种摧毁父权制的办法是加强女性能力与女性的完整。女性的低能通常被认为是由女人的自然周期和生理周期决定。但诗歌《说女人不干净》（*Calling Woman Unclean*）③ 中，维拉纽瓦认为月经周期象征周期里的女性能力的一部分。她认为男人只嗜好战争中的血腥暴力。在《致兄弟》这首诗中，她谈到了男性对这种能力的否定："我知道男人们总是/拒绝闻这些味道/来自烂布所以他们总是/自我安慰，认为宇宙在他们的手上

---

① Alma Luz Villanueva, *Desire*, Tempe：Bilingual Press, 1998, pp. 111 – 112.

② Ibid. , pp. 77 – 78.

③ Alma Luz Villanueva, *Blood Root*, Tempe：Bilingual Press, 1994, p. 31.

转"①。父权制对女人的身体和她们的性能力的蔑视剥夺了女性的创造力，那些相信自己能力并使用它的女性被妖魔化："叫我巫婆/叫我魔鬼/叫我女巫/叫我疯子/叫我女人"②。维拉纽瓦认为所有女人都拥有生育与重生的能力。这里，诗人给我们呈现了一个自强不息的女人形象，彰显了奇卡娜人自尊、自爱、自强的伦理。

在诗歌《加州罂粟花》的结尾，诗人描述了自己经过几十年艰难困苦磨炼的现实生活。当诗人再看到加利福尼亚时，从南到北，从最南端的智利到最北端的诺姆，她所看到的是美丽的大自然：飞鸟、怀着小鲸鱼的母鲸、梦幻般的蝴蝶、老鹰、熊、山狮、猎豹、野狼、人类等，加州罂粟花一片火红。这里我们可以看到，诗人已经由一个因为受歧视而心中充满恨意的小女孩成长为一个成熟浪漫的女诗人。她不愿做不停地觅食的小鸟，她愿做"能够飞翔的雄鹰"③[23]16—17，也希望她的后代像她一样飞翔。

维拉纽瓦从小不知父亲是谁，十五岁就辍学结婚生子，经历几次失败的婚姻，独自抚养大四个孩子，经过自己的不懈奋斗，成为文坛巾帼。她的独立、自尊、自爱、自强堪称奇卡诺女性，乃至全世界妇女反父权制压迫的成功典范。

四　大自然的关爱者

维拉纽瓦的诗歌包含对大自然的爱与关怀。在维拉纽瓦看来，女性和大地的相同之处在于女性有孕育生命的子宫，地球有孕育生命的陆地。与大自然融为一体是她一直渴望的。

生态女性主义关注的正是女人与自然的关系，女性与自然有着共同的特质：弱者，强大的生产力，和受雄性的剥削及迫害。故此，人类要想与自然和谐共处，只有靠女性的力量。女人的力量来自她们的自爱、博爱，特别是对弱小生命的关怀与爱护。女性的关爱能产生人与自然的和谐。

维拉纽瓦的自爱与首先表现在对自己身份、民族和民族文化的自豪感上。

---

①　Alma Luz Villanueva, *Blood Root*, Tempe：Bilingual Press, 1994, p. 15.

②　Ibid.

③　Alma Luz Villanueva. *Desire*, Tempe：Bilingual Press, 1998, pp. 16 – 17.

在《神秘》（*Mystery*）① 一诗中，诗人认为自己的多元民族身份充满了和宇宙一样的神秘感。她在诗歌中这样描述自己：

> 今天我的皮肤是雅基人、西班牙人、
> 英国人和德国人的肤色——
> 我的英式眼睛是淡褐色，我的视力
> 是雅基人的，我浓密的头发是西班牙式的，
>
> 我的零星的英语，
> 我的瘦弱的德语语法，
> 我的身体是人类的身体，
> 来自这颗行星，地球——（第1—8行）

这里"我"的体貌特征是一个多元种族的结合体，她所说的语言亦是如此。她得出的结论是多元化就是我们这个地球上人类的特征。她认为自己"是一个精灵"（第9行），一个"由神秘装饰的银河系"（第16—17行）里的女精灵。

在《大地穴之歌》（*Kiva Song*）② 中，诗人通过对作为族裔大会堂的大地穴的描述，颂扬了自己简洁而又古老的族裔文化，表达了她对印第安文化的崇拜之情。"大地穴是圆形的，/所以我转着圈走/抚摸着漆在旧墙上的新墙"（第25—28行）。透过新墙，诗人仿佛看到了她古老的"先灵在载歌载舞/在哭泣在欢笑"（第30—31行），感受到了"先祖们/你们的美丽"（第39—40行）。

维拉纽瓦以对女儿讲故事的方式表达了她对奇卡娜人的文化的自豪感。诗歌《力量》（*Power*）③ 中描述了她女儿之前的五代奇卡诺女人的历史。她们一代一代传下来都做医生和巫师，用草药和巫术治疗疾病，用这种方式继承了她们民族优秀的文化。这种文化已经有了"五千年的历史"（第12行）。拥有这种巫术的女人曾经是受到人们尊重的人。到了她女儿

---

① Alma Luz Villanueva, *Blood Root*, Tempe：Bilingual Press, 1994, pp. 16 – 17.

② Alma Luz Villanueva, *Soft Chaos*, Tempe, Arizona：Bilingual Press, 2012, pp. 36 – 38.

③ Alma Luz Villanueva, *Desire*, Tempe：Bilingual Press, 1998, pp. 16 – 17.

的奶奶那代，也就是 20 世纪的 50 年代，女人们继承传统的同时也开始接受白人的文化，到了母亲这代，她们在继承前人的医术和巫术的基础上，开始利用讲故事的方式为病人疗伤。尽管受到烧伤般的伤害，但诗歌中的母亲还是开始"飞翔：［像］鹰，猫头鹰，乌鸦，我的鹰"［和］"蜂鸟，麻雀，知更鸟，雪的猫头鹰，猫头鹰，大角猫头鹰，鹈鹕，金鹰"［一样］（第 29—33 行）。母亲鼓励女儿带上她的名字"巫婆，魔女，女巫"（第 34 行），聚集自己的力量，和前辈们一样高高地飞翔。这里可以看出，诗人对奇卡诺女性所承传下来的精髓文化充满极大的自豪感。

　　一个心中充满爱的人必会将她的爱传递给周遭的一切。在她的诗歌中，维拉纽瓦的欲望从简单的生存延伸到了对宇宙以及大自然动植物的热爱，尤其青睐大自然中能孕育生命且具有强大力量的海豚。她反复强调她想"看那些［皮肤］闪闪亮的海豚"［《太阳之中心》（Center of the Sun）]①。她希望能与海豚一起飞向宇宙的太阳。在诗歌《脉动》（Pulse）中，作者表达了自己对大自然的无限热爱。诗歌写道：

> 我愿种上向日葵，
> 太阳的大脸庞
>
> 白昼朝阳，
> 黑夜入梦
>
> 我为何钟爱向日葵，
> 我为何钟爱太阳
>
> 因为它们橙黄，
> 因为太阳
>
> 温暖。（第 1—9 行）

这里作者把向日葵形象地比喻成太阳的脸，用拟人的手法描述它 24

---

①　Alma Luz Villanueva, *Desire*, Tempe：Bilingual Press, 1998, p. 19.

小时所做的一切，白天向着太阳，夜晚做梦，就像诗人自己所做的事。她热爱太阳和向日葵，因为她感觉到它们相似的颜色，有着相同特征，它们给了她温暖。

在大自然里，被蜜蜂叮咬过的人们都知道，蜜蜂叮咬所产生的疼痛令人无法忍受。但在《宝石》（Jewels）① 一诗中，作者描述被几十只蜜蜂围住、叮咬的过程时，读者看不到惊慌与恐惧，相反地，人们看到了人与野生动物和谐相处的美妙画面："愤怒的蜜蜂开始落在/我的身上，好奇地（我必须冷静）/在我的肉里筑巢，它们倦了"（第9—12行）。通过仔细的观察，诗人发现这些小蜜蜂像是"完美的宝石"（第15行），它们使"我的身体/美丽"（第17—18行）。作者以女性的冷静对待自然界凶残小动物的方式让人们看到了女性善待自然的态度。

诗人看见她曾经住居过的大城市里的小动物"乌鸦、渡鸦、鹰在痛苦地死去"［《六匹白马》，（Six White Horses）第13—15行］②，诗人把死亡的责任归结到破坏大自然的人类身上。是人类破坏了大自然的生态，幼小的动物在象征雄性人类的庞然大物白马面前无法反抗。

在诗人看来，女性的温柔与博爱和对弱小动物的关爱是人类与大自然和谐的源泉。

五　世界和平主义者

细读维拉纽瓦的所有诗歌，读者会发现她最主要的主题除了民族身份书写、个人奋斗与对大自然的热爱外，还有一个更重要的伦理主题：反美国霸权主义。

维拉纽瓦的题为"亲爱的世界"的组诗的内容涉及跨越近四分之一世纪里所发生的国内外大事件，从美国国内的针对妇女儿童的暴力事件到非洲以及印度等其他国家的妇女儿童所受到的虐待与谋杀，从生态环境的破坏到动物的灭绝、全球天气的变暖，从克林顿政府发动的海外战争到布什政府的名为"斩首行动"的伊拉克战争，诗人无不表示她的愤怒与谴责。

维拉纽瓦相信地球上所有生命之间的内在关联性。由于占统治地位和

---

① Alma Luz Villanueva, *Desire*, Tempe：Bilingual Press, 1998, p. 68.

② Alma Luz Villanueva, *Blood Root*, Tempe：Bilingual Press, 1994, p. 2.

强烈的侵略性质的雄性在技术上、理性上和科学上的冲击，这个世界已经失衡。

通过使用万有引力的意象，诗歌"行星地球说"表达了作家对孕育万物的地球的热爱："我通过时间转动/黑暗：我用爱粘住/你和我"①。她同时指出，地球上的毁灭不仅仅发生在波斯尼亚和非洲这样的动荡地区，也发生在美国国内的城市中和"墨西哥中美洲巴西/朝鲜、泰国、以色列，在那些所有有争端的边境上"②。诗歌最后讽刺性地认为唯一可靠的边境只有陆地与海洋的连接线了。"万物之母/唯一真正的边境/她的子宫，大陆板块/唯此一个，永远这一个"③。写送给美国前总统克林顿的几首诗的第二首谈到了美国国内的问题。第一首描述了她对克林顿视察军队时眼含泪花的照片的反应，以及她对死亡、强奸、酷刑的报道的厌恶。诗歌写道："我自豪我的/总统要掉眼泪"（*Dear World & Winter Sun*）④。在诗歌的后半部，她要求总统设身处地地同情并想象一下自己是个由单身母亲靠福利养大的孩子，饥肠辘辘，被暴力与死亡所包围，从没有过足够的日常用品。她承认她和她的三个孩子经历了靠福利度日的时光，憎恨它，也需要它，但绝不允许自己依赖它："我，我太饿/不能做祭坛上的贡品小羊/我们的国家不少它；那些流血的/羊使我们的生活变为可能；/我们根本就不想给那些/还在跳动的心一丝阳光。想象一下。"⑤她似乎在这里召唤古代的神的形象。但维拉纽瓦自90年代以来的创作开始聚焦地球村里所发生的一切。她认为其他国家成了美国的牺牲品"流血的羊"。在这里以讥讽的口吻强烈谴责美国政府无视国内少数族裔的贫穷、蛮横无理地干预其他国家的内政。为了匡扶正义，世界各地所发生的战争与杀戮都成为了维拉纽瓦抨击的对象。

诗人在《幻想探索》（*Vision Quest*）⑥一诗中，以讥讽的手法描述了电视媒体上报道的布什发动的伊拉克战争中的"震慑行动"。这个"震慑行动"节目从巴格达直播给美国人的是"绝望的脸，/缺食，缺水，／儿

---

① Alma Luz Villanueva, *Planet*, Tempe：Bilingual Press, 1993, p. 13.

② Ibid. , p. 125.

③ Ibid. , p. 126.

④ Ibid. , p. 137.

⑤ Ibid. , p. 140.

⑥ Alma Luz Villanueva, *Blood Root*, Tempe：Bilingual Press, 1994, pp. 183 – 184.

童眼里的恐惧"（第9—11 行），美国"士兵的死亡，他们年轻士兵的死亡/儿童的尸体"（第13—14 行）。诗人把这种电视直播讽喻为"真正地自由节目"（第17 行），美国人坐在家里把伊拉克人解放，"管他们喜欢不喜欢"（第18 行）。诗人接着谴责布什政府不把钱花在贫穷的、饥肠辘辘的孩子们身上，却把几百亿美元的资金浪费在导弹上。诗人要求"布什先生/进行一次幻想探索/戒斋四天四夜"（第31—33 行），"感受/这个世界/的饥渴、干涸、恐惧和痛苦"（第34—36 行），她要"伟大的神灵，真主，女神和上帝/给他一个真正的震慑行动"（第38—39 行）。她把伊拉克战争谴责为毁灭人类的不正义战争。诗人批评布什，指责他为月球的皇帝。在诗歌《月球的皇帝》（*Emperor of the Moon*）① 里，她指出，布什政府克扣学生的免费早餐，降低教师的基本工资，待他用军饷消灭人类的时候，他将来只能到月球上去做皇帝，"做月球的皇帝"（第32 行）。对霸权的、非正义战争的谴责体现了诗人的正义道德伦理。只有反对霸权主义，反对战争，世界才会呈现出和平与和谐的景象。

作为美国奇卡诺族裔主要的女性诗人与作家，维拉纽瓦的自传体创作以抒情的笔调、动感的旋律描述其个人曲折而又辉煌的人生经历，并以其个人的奋斗为线索再现了奇卡娜人的苦难历史、奇卡娜人的成功、对大自然的热爱以及反父权和反霸权主义的精神，她的诗歌恰似生生不息、祥和美丽的加州罂粟花，完美地体现了族裔女性自我价值的实现。在世界局势动荡不堪的今天，维拉纽瓦的诗歌所体现的和谐伦理值得人们传颂。

第三节　奇卡诺族裔事业奉献者：《拾遗》

奇卡诺女性作家用她们的作品和个人传中的成功展现了奇卡诺女性的自我价值。奇卡诺男性作家也不例外。刘易斯·罗德里格兹是20 世纪末到21世纪最著名的奇卡诺族裔诗人、记者、小说家、儿童作家和批评家。成千上万的读者通过阅读他的自传体小说《总在奔跑：疯子的生活》认识了他。该小说大胆地描述了作者本人青少年时代充满暴力的街头流氓生活。通过反思自己的过去，告诫族裔年轻人如何处理贫困中遇到的困难，如何自我提升自己。而在他的另一回忆录《拾遗》（*It Calls You Back*，2011）中，作者回

---

① Alma Luz Villanueva, *Blood Root*, Tempe：Bilingual Press, 1994, pp. 199 – 200.

忆了他 18 岁以后的生活。通过个人的勤奋与努力，经历无数次的屡败屡战，他终于拥有了幸福的家庭生活和成功的事业，成为了伟大的作家与慈爱的父亲。他的成功极大地表现了奇卡诺族裔男性的个人价值观。

一 自传体小说《拾遗》

刘易斯·罗德里格兹的自传描述了他 18 岁到他成为世界知名作家这段时间的生活。故事以他因替人打抱不平被关进监狱再被无罪释放时警察告诉他"你还会再来的"开始。接着，作家叙述了他在洛杉矶的婚姻生活与职业生涯如社区工作、工厂工作、新闻写作教育、新闻工作等。在报道奇卡诺人受到警察不公正的对待时，他失去了作为新闻报道者的工作。在与第一任妻子离异后，他离开了洛杉矶，到芝加哥工作，在芝加哥再婚后，他的工作走上了正轨，后来他成为了专职作家，成名后他拥有了财富，他把儿子从洛杉矶接到了芝加哥和他一起生活。很快，他的儿子因为犯罪被送进监狱，并被判重刑。作为知名作家和社区义务工作者，看到儿子走上了他曾经走过的老路，他经历了难以言表的痛苦。但他始终没有放弃挽救自己的儿子，以及和他儿子一样误入歧途的青少年。他曾多年坚持到监狱和感化所教孩子们诗歌写作。最后，他的儿子回归到社会和家庭，承担起了他自己的责任。罗德里格兹对自己大半生的叙述表明：个人自我价值的实现来自自信、自爱和自尊。也只有把个人利益和集体利益、他人利益结合起来，人生才会立于不败之地。

二 成功的个人奋斗

和维拉纽瓦一样，罗德里格兹依靠自己的力量和努力成为了著名的作家、诗人和评论家。从 11 岁开始他就混迹于社区青年流氓组织与团伙，打架斗殴。但他有一个与众不同的特点：喜欢读书。因打架斗殴被送进监狱后，他读了很多书来积累知识，出狱后根据自己的兴趣到社区学院学习了诗歌写作和新闻编写。18 岁时，他结了婚，为了养家糊口，他到不同的工厂应聘，干苦力活。他还积极参与社区活动，帮助那些无家可归的街头青少年混混。

在生活中他是一个非常自信又有幽默感的人。一次，在他演讲时，听众让他滚回墨西哥老家去，可他却很高兴地说："我很愿意回老家，可有人愿意给我一张到德克萨斯州的票吗?"① 得克萨斯州在许多奇卡诺人眼里是古老的墨西哥国的所在地,是他们心中的阿兹特兰,是墨西哥人真正的老家。罗德里格兹用这一幽默让听众哄堂大笑,让挑衅者尴尬不已。

罗德里格兹是一个重友情的汉子。在他的朋友奇查荣(Chicharrón)从监狱出来无家可归的时候,虽然自己的家并不大,但他还是非常热情地接待了他,把自己的床铺让给了他,甚至容忍他带女人到他家里鬼混,虽然终于因怕自己的孩子受到不良影响而将朋友劝走,他还热心帮朋友奇查荣的女友找到了她的母亲。罗德里格兹还是一个尊敬母亲的孝子,非常感恩母亲为他们兄弟姐妹所做的一切。母亲曾经的辛劳在他的心里留下了深深的记忆。在回忆录中,他这样描述他的母亲:

> 我的母亲待在家里,照顾我们几个小孩。她去工作的时候,就在制衣业的汗衫厂做衣,还用那点可怜的工资租了一台旧缝纫机,做些可以带回到我们狭小的家来做的计件活儿。每天她都轰隆轰隆地踩缝纫机到深夜,闹得整个房子都不得安宁,她头发凌乱,眼睛都几乎睁不开,她把生活缝进了碎布片中。我把这台机器叫"魔鬼"。②

从这里读者可以看出,罗德里格兹对母亲辛勤的劳动记忆深刻。把缝纫机称作"魔鬼"表现出他对使他母亲辛勤劳作的机器的痛恨之情与对他母亲的深切同情与关心。当他长大后,在外面遇到任何困难与挫折,他都不会在他母亲面前提起,以免引起他母亲对他的担忧。他母亲进入老年后,他会经常与她联系,问候她。一个对母亲充满敬意的男人是一个富有爱心和仁慈心的人。

但他对父亲的劣行和母亲的缺点从未掩饰,从来都直言不讳。

> 我的父亲非常冷漠,我们还发现,他是一个性骚扰者。另一方面,我母亲,一个非常能干、精明的人,却是一个言行都非常暴力的人。她揍过她所有的孩子。我和我兄弟学会了对付她,最后迫使她放

---

① Luis J. Rodríguez, *It Calls You Back*, New York/London/Toronto/Sydney/New Delhi: Simon & Schuster, 2011, p. 69.

② Ibid., p. 9.

弃了揍我们的念头。我不知道她是否经常把我的妹妹们当下饭菜。但我老妈非常善于贬损、贬低和羞辱他人。我怀疑这也是我的两个姊妹都在 17 岁怀孕并先后离家出走的原因。①

从罗德里格兹对父母教育子女的方式描述可以看出，他从小就生活在这种受虐待的环境里。在对待抚养孩子的问题上，他始终抱有与父辈完全不同的观念，仁慈与关爱是他对待自己一双儿女的态度。在父辈眼里，孩子们是需要挨打才能教育好的。毒打孩子是奇卡诺父母的权利，毒打妻子是奇卡诺丈夫的家常便饭。这是奇卡诺人的传统。但他也生性乐观，把生活总是朝阳光的一面看。在离异后，他消沉了一段时间，后来又开始了与女性约会。在百无聊赖的生活中，他开始给自己打气，加油，在一台老式的打字机上开始了他的诗歌创作，开始了他的作家梦。

但为了生存，他也曾经到 Bethlehem 钢铁公司当三班倒的工人。受到工头歧视时，他首先是忍受，最后因被辞工而被逼到了极限，他愤然拿起了法律武器来维护自己的利益。这足以让人看出他智慧的一面。

作为一个奇卡诺族裔男人，他既有幸福的婚姻与家庭，也曾失去它们。在他的第一段婚姻里，他有过虽然贫穷但也幸福的时光。他有一双可爱的儿女，爱美能干的老婆，还有许多他帮助过的朋友，他们一起读书、学习，还为社区的事物奔波、努力。但终究因为贫穷和他在工厂三班倒的工作引起了妻子的不满而婚姻结束。在此后的很长一段时间里，他都因为婚姻问题和子女教育问题而伤神。在罗德里格兹婚姻的配偶选择原则上，人们可以看出，他虽然在性行为上比较随意，但在组成正式的家庭时，他总是钟情于美丽善良的知识女性，希望她能够对自己的生活与事业有所庇佑。他的第一任妻子卡米拉（Camila）年轻、漂亮、聪明，而且具有上进心。是他自己忙于工作而忽略了妻子的感受让家庭破裂。愧疚使他无法放下这段感情，即使家庭破裂后，他仍一次次幻想卡米拉能够回到他身边。他的第二任妻子德波拉虽然是黑人，但她是名牌大学毕业的才女，工作稳定。是他自己无法面对别人对黑人歧视的眼光而破坏了第二场婚姻。不久，他与一个生活富裕的女子尤兰达（Yolanda）的恋情也因两人悬殊的

① Luis J. Rodríguez, *It Calls You Back*, New York/London/Toronto/Sydney/New Delhi: Simon & Schuster, 2011, p. 199.

贫富差距而告终。他的第三任妻子特里尼（Trini）也是一位职业女性，报社编辑兼法庭翻译，她为奇卡诺人服务。因为他自己的努力，成为了新闻记者，无暇再顾及儿女的教育，大儿子拉米罗（Ramiro）走上了歧途，但最终在他和家人的努力下，建立了一个幸福的大家庭并给奇卡诺族裔的家庭幸福生活树立了榜样。也正是因为趋善的择偶标准，罗德里格兹得以在写作事业上飞黄腾达。

在他所从事的新闻报道中，他经历了许多危险与白人的歧视。因为对报社工作感兴趣，他于1980年到洛杉矶东区的一个小型出版集团工作，进行新闻报道。他的报道内容主要涉及奇卡诺社区的谋杀案件、街头帮派斗殴事件和偷渡客被杀的事件等。报道中他所关心的内容都与本民族的利益相关。他后来得到一个机会到加州大学伯克利分校参加新闻写作进修，获得正式的新闻从业结业证书后回到洛杉矶，正式开始了他的职业新闻记者生涯，负责犯罪与灾难板块，白人警察处理这些事物时，总是带有歧视性，他大量报道了奇卡诺人的真实生存情况与警察在处理纠纷时所表现的不公正性，为奇卡诺族裔所受的司法不公呼喊，在媒体上发出了奇卡诺人的声音。在他对自己民族的土著性进行描述时，他认为，"传统的土著人在他们的自然环境里吃些天然的谷物、蔬菜和水果时是最健康的人"[1]。而"那些抛弃了传统的人，包括在美国的人，吃的东西非常糟糕，都是些加工过的食品与动物产品，那些人很快就得了糖尿病、心脏病、癌症，成为了酒鬼。在整个80年代，洛杉矶的各个奇卡诺社区都充满了来自墨西哥的毒贩、武装团伙、失业的家庭、吸毒者、儿童虐待案和可怕的事故。许多家庭离开了先祖居住的地方来到美国住进了城市贫民窟和棚屋区，在充满对我们的健康、大脑和精神都有有害物质的环境里挣扎生存，我的家庭也是属于这样的家庭"[2]。罗德里格兹的报道让警察愤怒不已，以至于他在洛杉矶失去工作。但因为他的才华与勤奋，最终在芝加哥重新谋得了一份记者工作，在那里，他最后成为了职业作家，少年犯心理专家和社区领导者。

罗德里格兹个人的奋斗给自己的孩子和奇卡诺族裔树立了光辉的榜

---

① Luis J. Rodríguez, *It Calls You Back*, New York/London/Toronto/Sydney/New Delhi：Simon & Schuster, 2011, p. 116.

② Ibid.

样，因为像许多居住在贫民窟的年轻人一样，他很早就在街头流浪、打群架、酗酒、玩女人、偷东西。但他内心向善的愿望使他加入了街头艺术涂鸦的行列，积极参加改善社区的活动，自设家庭图书馆，帮助比他更有需要的人，使他们共同进步。在工厂工作的同时，他积极参加各种技能培训，还注册了社区学院的课程，学习诗歌和新闻写作，成为了新闻工作者，专门报道奇卡诺社区的刑事案件和中美洲国家的反政府武装冲突事件。在进行新闻报道的同时，他还进行写作，完成了经典长篇小说《总在奔跑：疯子的生活》，并发表了很多诗集。后来，他成为了专职作家和演讲家，到全美国的各个高校、中小学、社区、电视台进行有关青少年问题的专题咨询与讲座，并到法国、德国、日本等国家进行诗歌朗诵和诗歌写作交流。

罗德里格兹敢于直面现实生活，努力改变自己，最终成为了真正的男子汉，孩子心目中的好父亲，老婆心中的好丈夫，邻居眼中的好邻居，社区里的优秀志愿者，大众媒体前的优秀诗人、青少年问题专家和族裔社区问题专家。

三　正义的代表

在个人奋斗中，罗德里格兹与白人主流社会警察进行了不懈的斗争，维护了奇卡诺族裔的利益，彰显了人类的正义伦理精神。

回忆录《拾遗》开篇描写了罗德里格兹 18 岁离开监狱时的情景，监狱长用刻毒的讽刺向他告别："你还会回来的。"[1] 他坐牢的原因并非在街头打架斗殴或吸食大麻，而是出于正义感去营救一个遭到警察袭击而大呼救命的女子。当时他没有工作，整日里无所事事。有天，他吸食毒品并酗酒后走在公园的大道上，突然听见有人喊救命，他循声望去，看见几个警察在殴打一个戴着手铐俯身在地的妇女。借着酒后胆大，他飞奔过去与警察搏斗，试图营救那名女子。最后他自己因为袭警被关进监狱。但因罪责较轻，侥幸从监狱脱身。

一个真正的街头流氓地痞是不会有这种怜悯之心或正义感，不会舍己救人的。从这里读者可以看出罗德里格兹善良的本质——"厌恶警察、种

---

① Luis J. Rodríguez, *It Calls You Back*, New York/London/Toronto/Sydney/New Delhi：Simon & Schuster, 2011, p. 1.

族主义与不公正的待遇"①，从心底"渴望社会变革与经济改革，而不是犯罪或毒品交易"②，"愿意成为一个为新世界而战斗的战士"③。他做了记者后，真正地践行了自己的诺言。为了家庭，为了后代，为了社区，为了本民族的利益和其他国家受难者的利益，他不辞劳苦地穿梭在美国各大城市的贫民窟、沙漠边沿小镇，真实地报道了各种事件，揭露了社会的丑恶现象与警察的腐败。在芝加哥，当他儿子的朋友佩德罗（Pedro）因吸毒遭到警察缉拿时，警察利用此机会搜查了他的家，"他们没有发现枪支、毒品和佩德罗。另外，他们在几周内突袭了我家好几次，借口是为了社区的平安，而实际上是［他］干扰了他们不正义的行为"④。

罗德里格兹也敢于揭露亲人和自己的人性弱点。他的父亲在墨西哥的老家曾经是小学校长，但因为学校缺乏经费，就把学校的铁围栏偷去贩卖，因此被判入狱半年，在监狱里忍饥挨饿，艰难度日。后来，他又发现了父亲的劣迹：猥亵小女孩。在他的眼中，父亲是个十足的坏蛋，不负责任的男人，不求上进的男人，无能的男人，一个典型的墨西哥大男子主义者。罗德里格兹自己在某些方面也曾是一个不负责任的男人。在婚姻方面，在结婚之前，他是一个乱性的人，但真正遇上了心仪的第一任妻子卡米拉（Camila）后，他在洛杉矶钢铁厂非常勤奋地工作，挣钱养家糊口，享受与孩子和妻子在一起的美好时光，和孩子们一起"逛公园、逛商店、坐在家里看电视"⑤。而当妻子离开他后，他又回到了乱性的生活，随意与其他街头女孩鬼混，使人怀孕时，还不负责任地让人家堕胎了事。后来，为了自己的事业，他抛开了一双儿女，离开洛杉矶，到芝加哥工作。在芝加哥，一边与即将结婚的女友交往，一边与街头妓女鬼混。即使与第二任妻子结婚后，只要生活上不如意，他就会跑到妓院或酒吧去鬼混或酗酒。在他的大儿子步他的后尘进监狱后，失望与后悔让他有两年的时间整日流连于酒吧与妓院。

在他的书中，他也非常直白地描述了奇卡诺人恶劣的工作环境和不公

---

① Luis J. Rodríguez, *It Calls You Back*, New York/London/Toronto/Sydney/New Delhi: Simon & Schuster, 2011, p. 4.

② Ibid., p. 5.

③ Ibid., p. 6.

④ Ibid., p. 285.

⑤ Ibid., p. 70.

的待遇。

> 工厂的位置离我住的地方如此地近，以至于我在睡梦中都可以闻到它那边飘来的空气的味道。它产生的化学物质是有毒物和易燃物。许多机器操作工是墨西哥人，他们中很多人受到了化学物质的严重影响——有一个人的脸部皮肤慢慢地在脱落。这个工厂与很多没有身份的高级熟练工签合同，但付出的工资远比他们该得的低得多。而对于工厂里致命毒气相关安全警示的缺乏，他们无权说话。如有任何抱怨，他们会被立即开除。①

从他的描述，读者可以看出，罗德里格兹敢于真实地揭露本民族人民所遭受的压迫和剥削，以及白人工厂榨取工人血汗的卑鄙手段。他还通过自己的亲身经历来揭露白人经理的丑陋人格。当他们知道他在为那些非法移民争取正当权益时，经理找个借口将他开除，但他不屈不挠地上诉到法院，最后赢回了工作，也赢得了自尊。

在种族歧视问题上，他坚持种族平等原则，反对奇卡诺人对黑人的歧视，而且在言语上显得十分的小心谨慎。当他的远房亲属对黑人用不敬的语言时，他一次次提出警告，提醒他们他的妻子是黑人，不要用"黑鬼"一词。那些无知的亲属再次使用这词时，他愤怒地拉上妻子摔门而去。但他最终没能和善良、知书达理的黑人妻子德波拉（Deborah）把婚姻坚持到底。究其原因，因为和黑人在一起，走在街上，人们对他的眼光都不同，一旦警察发现黑人罪犯，他也成为了被怀疑对象，在街上被警察搜身。事后，他将怒火发泄在妻子身上，不断找茬苛责。从他的表现，读者也很容易发现奇卡诺男人性格软弱的一面。

作为新闻记者，他的职业价值在对弱者的帮助中得到了较大的体现。在报道一起抢劫事件时，他发现一对青少年男女朋友遭遇不幸，15岁的女孩被害，她的男友16岁的奥斯瓦尔多·阿奎诺脖子以下全部瘫痪，根据移民法，他将被遣送回墨西哥，而等待他的只有死亡。罗德里格兹通过对事件的跟踪报道、撰写有关他的家庭背景和治疗经历的故事、请求律师

---

① Luis J. Rodríguez, *It Calls You Back*, New York/London/Toronto/Sydney/New Delhi：Simon & Schuster, 2011, p. 103.

帮助等方式使阿奎诺最后留在了美国，得到了较好的治疗。

在圣贝纳迪诺工作时，因为揭露警察的腐败与杀害流浪者的真相，罗德里格兹遭到了报社主编和警察联手陷害，被逼离职，无家可归。当他回到洛杉矶寻找工作时，老板们起初看到他的简历，都纷纷想要录用他，但在核实了他的工作经历后最终都拒绝了他。究其原因，罗德里格兹发现，他的前任老板在他的推荐信里告诉别人："此人是唱反调者。"① 他原以为前任老板非常欣赏他的才华，也会念及他是自己提出辞职而在推荐信里表扬他的勤奋与努力。可现实让他发现了族裔人在白人占主导地位的白领阶层中生存的困境。

作为一个新闻工作者，罗德里格兹富有国际主义精神。在他做记者的时候，他冒着生命危险，长途跋涉到墨西哥的贫民窟、厄瓜多尔和尼加拉瓜的武装冲突区去报到战事，寻求冲突的真相，他好几次都差点牺牲自己的性命。

他曾经冒着生命危险应邀到尼加拉瓜报道那里的内战。在那里他与反对派官员谈话，访问关押犯人的监狱和难民营，也拜访了那里的土著人部落。在其他的美国主流报社的记者们躲在安全的大宾馆里喝酒、跳舞，等待尼加拉瓜政府官方的战事消息时，他在政府军与反政府军双方交火时冒着枪林弹雨亲临前线进行报道。在那里他发现反政府军射来的炮弹由美国制造。双方战争的残忍激起了他的正义感。在新闻报道的分析中他指出是美国政府干预了尼加拉瓜的政治，武装了政府的反对者，加剧了那里的武装暴力冲突。他大胆揭露美国政府插手他国内政的真相表现了一个有良知的新闻工作者的正义感。

在1983—1984年两年的时间里，他两度到访墨西哥，调查了那里土著人起义事件的真相。他与那里的"工农学联盟"组织秘密接上了头。这个组织的成员用棍棒与石头作武器捍卫着他们的权利。在当地，罗德里格兹见证了当地政府虚假的选举、民众所受的愚弄和妇女儿童所遭遇的虐杀。在一个广场上，他受到他人的跟踪和威胁。得知近8万印第安人被富人奴役，被迫在无水、无电、无房的恶劣环境中种植土豆时，他决定去了解真相。在一个漆黑的夜晚，他参加了土豆种植工秘密举行的反抗活动策

---

① Luis J. Rodríguez, *It Calls You Back*, New York/London/Toronto/Sydney/New Delhi: Simon & Schuster, 2011, p. 143.

划会。他给农民工拍照，听取他们的组织者对运动的看法，也听取了组织者个人的冒险经历。随后他公开报道了他所见所闻的一切。

尽管墨西哥贫穷，但在罗德里格兹的眼里，这是一片具有深厚文化底蕴的故土。那里历史悠久，语言丰富，民风淳朴，民歌优美，地方特色明显。他深深地爱上了先祖的土地。当墨西哥人告诉他是美国的入侵让他们墨西哥人无法正常生活的时候，他目瞪口呆地回到了洛杉矶，报道墨西哥人民由于美国的入侵所遭受的失业与贫困。同时，他也反思性地撰写文章报道美国国内的工人们失业的原因：白人为了使自己生活的环境更好，把有污染的大型企业全部转向了奇卡诺人的集居地和贫穷的第三世界。

由此看出，罗德里格兹总是以敏锐的目光注视着周边所发生的一切，对非道德的事件一针见血地指出与批评。他的创作中所关注的事件都是那些社会对奇卡诺人所施加的不公正、非正义的事件。他用新闻工作者的中立视角和正直的作家品格，不遗余力地用直白的手法将每一件事情的来龙去脉展现给读者。他的创作显示了一个奇卡诺文学家的价值所在。

作为一个具有正义感的作家和新闻工作者，他受到了英语国家和西班牙语国家人民的喜爱。

四　奇卡诺青少年的保护者

在业余时间里，罗德里格兹为监狱的青少年罪犯的教育付出了辛勤的劳动，也收获了成功。他深深地相信，诗歌可以治愈一个人的心灵疾病，净化一个人的灵魂。

在洛杉矶时，罗德里格兹拿到新闻报道工作资格证后，曾到加州南部沙漠边沿小镇圣贝纳迪诺（San Bernardino）进行新闻报道，专门负责犯罪与灾难栏目。来自警察局、监狱和消防局的消息几乎全部都是负面消息：自杀、谋杀、吸毒、抢劫。所有的受害者无一例外都是奇卡诺人，而且大部分都是奇卡诺青少年或者女性。罗德里格兹专门负责调查并报道这些不幸事件的缘由并发表专栏评论，力图保护奇卡诺青少年的合法权益。

在芝加哥他的第三次婚姻成功后，罗德里格兹开始了诗歌的喷发式创作，成为了职业作家。从此他开始了诗歌朗诵会、诗歌研讨会、并在社区组织各种诗歌社团的活动，让奇卡诺社区的青少年发现诗歌的美丽与魅力。在警察说他的大儿子拉米罗（Ramiro）和同学是因为参与街头流氓帮派杀人被送进监狱后，罗德里格兹尽一切能力帮助他们请律师，调查事件的真相，他儿子被判处 20 年的监禁后，他鼓励儿子接受正义法律的制裁，每个月都给儿子写信并探视他、劝慰他，让他重新做人。拉米罗因此在监狱获得了园艺专业和烹饪专业的两个学位①，最终因其表现优秀而被提前释放，回归到家庭和社会。为了用诗歌感化人，罗德里格兹到监狱去给犯人进行诗歌教学，与犯人谈心，他"坚持了 30 多年"②的感化少年犯的志愿者工作。因为他的努力，美国最高联邦法院于 2010 年取消了对青少年非死刑罪终身监禁的刑罚③。

罗德里格兹从年轻时起致力于本族青少年的教育，他的奋斗使得芝加哥和洛杉矶市奇卡诺社区的许多青年的人生走上了正轨，他也赢得了社区、警察、法官和孩子们父母的尊重。

五　奇卡诺社区文化的建设者

为了全体奇卡诺人的利益，罗德里格兹对本民族社区文化的建设付出了辛勤的劳动，促进了本民族文化的繁荣。

在洛杉矶生活的时候，为了奇卡诺人的利益和本民族社区孩子的教育，罗德里格兹不遗余力地奔走在各种集会、社区委员会的选举与活动之间，他到处演讲，想得到为本族孩子服务的机会，也曾积极加入社区教育组织委员会并担任委员一职。他认为社区学校应该坚持双语教学，而且要持之以恒，因为双语教育也会给白人带来好处。为了证明奇卡诺族裔不是第一个要求用双语教学的民族，罗德里格兹查阅了大量的史料来证明他的观点是有据可查的。与此同时，他还坚持学生素质教育。在青少年频遭袭击的洛杉矶市，他认为用校车接送学生不是解决所有问题的办法，但至少是很重要的一步。在他失业的那段时间里，他利用自己家里的有限空间给邻居的孩子们设立家庭图书馆，让孩子们接受阅读教育，因为他相信阅读能改变他们民族的命运。

在芝加哥，罗德里格兹在他所居住的奇卡诺社区建立了诗学会，让社区所有孩子和他们的父母都接触诗歌，并通过诗歌来促进社区成员之间的

---

① Luis J. Rodríguez, *It Calls You Back*, New York/London/Toronto/Sydney/New Delhi: Simon & Schuster, 2011, p. 311.

② Ibid., p. 195.

③ Ibid., p. 319.

团结与友好。他再次回到洛杉矶后，举办了作者朗诵会，把奇卡诺著名的诗人约瑟·蒙托亚、加里·索托、洛娜·蒂·塞万提斯等人聚集到一起，为社区的读者服务。他还将自己的房子装饰成书屋，让邻居都到自己的家里来阅读各种书籍，提高自己的文化水平。为了其他的年轻人有机会出版自己的著作，他帮助成立了一个小型出版社。最后，通过他和他家人的努力，他在洛杉矶成立了一个集书店、文化咖啡厅、演艺中心、艺术长廊、视觉工作中心、音乐、舞蹈、戏剧和写作为一体的综合媒体社区[①]，免费为奇卡诺人服务。

终其一生，罗德里格兹一直在为社区工作，他的自我价值因社区人的认可和其他国家文学界人士的赞赏而得到了实现。罗德里格兹和他的自传《拾遗》给奇卡诺人和奋斗中的失败者提供了成功的经验和人生路上前进的动力。

总之，在奇卡诺文学作品中和奇卡诺作家本人身上，读者可以领略奇卡诺人自我价值的实现，无论是虚构的奇卡诺人还是现实中的作家，他们都以自信、自爱与自尊的形象出现在读者面前。他们是奇卡诺族裔文化价值的传承者，奇卡诺族裔古老的文明也因他们而闻名于世。

---

① Luis J. Rodríguez, *It Calls You Back*, New York/London/Toronto/Sydney/New Delhi: Simon & Schuster, 2011, p. 314.

第六章

奇卡诺生态女性主义伦理

随着女权主义思潮和全球化的到来、女性自我奋斗的成功和自我价值的实现，奇卡娜（Chicana，即奇卡诺女性）文学从 20 世纪 90 年代以来进入了前所未有的繁荣时期。奇卡诺女性作家试图重新定义传统的墨西哥神话原型，因为在过去，传统的神话原型曾刻板地定义了奇卡诺性别，但奇卡诺女作家们认为她们真实的过去与男人们的过去不同，就像西斯内罗斯描写的一样，她们面临比歧视更多的东西：

他们说我是畜生。
吃了它。一直
我认为那就是女人。

他们说我是母狗。
或巫婆。我已承认
我就是且不回避。

他们说我是女汉子，地狱之轮……

暴民拿着石块与棍棒向我走来
打断我胳膊废掉我双腿弄死我。
我无所谓，当我张开嘴时，
他们摇摆不定。

钻石和珠宝
镶嵌在我舌尖

抑或是蟾蜍和毒蛇……

我是女流氓……

震怒教皇，使父亲们落泪。

我不受法律控制。

我是亡命之徒，被通缉的公犯。

我幸福的照片挂在墙上，开怀大笑。

我给男人制造恐惧……

我是无政府主义者。

我是一个目标明确，

……

无拘无束的，

松散的女人

荡妇。

宝贝，你当心。

我是母狗。畜生。女汉子。

当心！

呼！呼！呼！

我会打碎东西。①

　　这是奇卡诺女性主义诗人西斯内罗斯的诗歌《荡妇》（*Loose Woman*，1994），它生动地描绘了一个深受女性主义思想影响的奇卡诺女性的形象：畜生、母狗、巫婆、女汉子，遭到各种势力的迫害，但她仍然不屈不挠。像西斯内罗斯这样的奇卡诺女作家的主要观点是要救赎女人与男人之间的关系，特别是她们受虐待的关系，从而将女性从边缘化中拯救出来，并从性行为上解放自己。有评论家说，90 年代的文学是美国女性的文学，而奇卡诺族裔的文学是奇卡诺女性的文学。此评价虽然有些夸张，但奇卡

---

① Sandra Cisneros, "Loose Woman," *Loose Woman*, New York：Vintage Books, pp. 112 – 115.

诺文学中涌现出了一大批优秀的女作家和诗人，她们通过自身或他人的经历来描述她们灿烂的先祖文化、他们所经历的痛苦与欢乐、失败与成功、家庭与事业、对国内外公平与正义的呼唤、对世界和平的向往、对大自然的热爱与保护，以及女性个人自我提升与梦想实现的途径。她们的创作体裁多样，有小说、诗歌、短篇故事、评论、日记等。奇卡诺女性作家的作品向世人展示了奇卡诺民族悠久的历史与文化、不屈不挠的民族精神和在美国"大熔炉"中走出本土、迎向未来的乐观主义思想。奇卡诺女性文学是美国文学不可或缺的重要组成部分。

在理论上，享誉国际的奇卡诺女性文化理论家、作家、诗人与社会活动家格洛丽亚·安萨尔杜瓦（1942—2004）首次定义了奇卡诺女性文化，她正式公开地使用"女混血儿"（Mestiza）一词描述奇卡诺族裔女性和奇卡诺男性以及其他族裔女性的不同。这一具有性别标示的西班牙词语是对奇卡诺族裔男权社会与美国主流社会提出的挑战。在她的《边土：新梅斯蒂扎》一书中，她提倡奇卡诺女性应该建立一种边境生存的新混血儿意识，即跨越疆界不受任何权力体系约束的杂糅意识。她以个人的经历讲述了生活在美国和墨西哥边境上的奇卡娜人的困惑和生活状态，探讨了那里的人们的心理、语言和文化意识，提出了要以一种新的梅斯蒂扎意识，即新的女性混血儿意识，来替代白人所推崇的纯种意识。她所关心的不仅是生物学意义上的混血，混血儿意识被置于更广阔的意义下，她把现实与抽象平等看待，认为现实与抽象相互作用，使个体可以看得到自己的转变。她的宗教观点也与众不同。她不是天主教徒，但在她的作品中使用了大量的天主教的象征。她将瓜达卢佩圣母形象分拆成多个组成部分，以对抗种族主义和帝国主义的二元对立。是这种二元对立使得奇卡娜人在美国文化和墨西哥文化的夹缝中陷入困境。她改写了传统意义上的"三位一体"，将瓜达卢佩圣母、印第安文化中的"被强奸的女人"（la Chingada）马林奇（Malinche）女神和"哭泣的女人"（la Llorona）玛丽亚（Maria）女神这三位女神合为三位一体。

在这三个女神中，童贞圣女瓜达卢佩是正面形象，是奇卡诺民族的保护者。马林奇是一位墨西哥印第安女子，16 世纪西班牙征服墨西哥后，印第安部落将马林奇等女子进贡给殖民者的统帅赫尔南多·科尔特斯（Hernando Cortés）。由于拥有语言天赋，马林奇成为了科尔特斯的翻译、秘书与情人，并生下儿子马丁（Martin），因此马林奇成为了隐蔽的羞辱和背叛的形象。哭泣女神玛丽亚是一位漂亮的女子，传说中她为了能够和自己心爱的情人在一起，溺死了自己的孩子们，遭到爱人拒绝后，玛丽亚自尽。在她进入天堂的门口时，上帝告诉她只有找到自己的孩子才可以进天堂，于是她开始四处游荡，在夜晚沿着河边一边哭泣，一边寻找自己的孩子。玛丽亚的寻找代表着奇卡诺的寻找自由民族精神。这三个形象糅杂在一起，象征着奇卡诺人文化内部的分裂，即公开的自豪感与私下的自我憎恨，以及对逝去的文化和未来的探索。马林奇这个被强奸的女人形象在古老的印第安阿兹特克文化和后来的西班牙殖民主义文化中都受到压制。安萨尔杜瓦把这个形象视为阿兹特克神话中的地母神（Coatlicue）。地母神是掌管生死之神，也是众神之母，她身穿蛇裙，颈挂骷髅项链。基督教文化中蛇的形象与性紧密相连的，是恐惧的对象，是要压抑的性冲动，是魔鬼，是需要被消灭的对象。安萨尔杜瓦对地母神形象的提升是对传统父权社会的公然挑战。她把人们认为最邪恶、最可恨的蛇作为灵魂的象征，表明她不是在刻意地反抗不同的宗教，而是在融合它们。她推崇种族、文化多样性的团结，并认为只有在承认差异、承认不同的基础上，才可能有真正的尊重，才可能有真正的团结①。安萨尔杜瓦还一直提倡一种灵性行动主义（spiritual activism），它是着眼于社会改变的灵性，倡导关联性世界观，并运用这种整体性世界观改变自己和自己的世界②。她的女性族裔文化伦理思想对与她同时代和后继的奇卡娜人产生了深远的影响。

在实践上，西斯内罗斯与她的《喊女溪》和卡斯蒂洛与她的诗歌《我的父亲是托尔特克人》、《我所求无可能》和小说《卫士们》以她们女性特有的细腻笔触、犀利的语言、深邃的思想发出了奇卡诺女性的最强声，体现了生态女性主义伦理的最高境界：关怀伦理。

第一节　奇卡诺女性权益的呼喊：《喊女溪》

在白人霸权主义和族裔男权价值观的双重压迫下，奇卡娜人的家庭地位、经济地位和社会地位长期被边缘化。在受到白人女性女权运动的影响

---

①　Gloria Anzaldúa，"Haciendo caras, una entrada，" *The Gloria Anzaldúa Reader*，ed.，AnaLouise Keating，Durham/London：Duke University Press，2009，p. 125.

②　金莉：《当代美国女权文学批评家研究》，北京大学出版社2014年版，第67页。

后，奇卡娜作家用诗歌和小说表达了她们的心声和对压迫势力的反抗。西斯内罗斯的短篇故事《喊女溪》表达了奇卡娜人发出自己声音的强烈欲望。

一　西斯内罗斯和《喊女溪》故事

桑德拉·西斯内罗斯（1954—　）是奇卡诺族裔最著名的女作家之一。她以她的小说《芒果街上的小屋》（1984）和故事集《喊女溪》为世人熟知。她生长在墨西哥裔美国人家庭，是她父母众多子女中唯一的女儿。在家里的孤单常常成为她写作的来源之一。她的父母经常带着子女穿梭在美国和墨西哥之间，她经历了两个不同意识形态的文化。这种不同文化间的经历使她体验到了贫穷，意识到了自己身份与主流社会的差异和奇卡诺文化与白人文化的差异，从而给她的创作提供了很好的题材。西斯内罗斯以深刻的社会批判和有力的散文风格取得了远远超越墨西哥裔美国人和拉美裔社区的认可。她的几部小说都被译成了许多国家的文字。在美国的大中小学课堂里，她的小说都成为了必读课本。

故事《喊女溪》描述的是女主人公克里奥菲拉斯（Cleófilas）从墨西哥嫁到美国边境小镇所经历的故事。她没有母亲，娘家有六个不争气的兄弟和年迈的父亲。她幻想着有一天嫁到美国，能够过上电视剧里描述的自由美好的生活。但真的嫁到美国后，在租住的旧房子里她每天过着无聊的家庭主妇生活，丈夫也没有挣大钱的本领，还经常拿她出气。她一次次遭到丈夫毒打，从来都不敢吭声。后来她怀孕了，再次遭到毒打。到医院检查胎儿时，医生发现她受到了家暴，可是不会用英语表达自己的委屈。后来，她得到了医院具有女性主义思想的医生的帮助，第三次遭到毒打后，她跑到了她家附近的喊女溪前，发出了自己的呐喊声。最终在白人女性的帮助下逃离了丈夫的魔掌。故事一经发表，《华盛顿邮报》的《图书世界》就对其做出了很高的评价，认为西斯内罗斯深谙人心脆弱可碎，但也可以像小鸟一样腾空而起，自由地翱翔在天空。

二　苦难深渊中的女人

西斯内罗斯在《喊女溪》里描写的女人形象是美国和墨西哥边境小镇上处于苦难深渊中的奇卡诺族裔女人形象。

故事的女主人公克里奥菲拉斯是一个被人哄骗从墨西哥嫁入美国一个

边境小镇的小女子。她虽然没有受过多少教育，但心灵手巧，也天生富于幻想，憧憬着未来。结婚之前，克里奥菲拉斯每天除了陪伴那些阿姨们和教母们走东家串西家玩玩扑克外，她也无所事事。有时她会去电影院看那些已经烂熟于心的电影；有时会跑到镇中心去定瓶奶昔；有时会到闺蜜家中看看电视连续剧，模仿电视里的女人们化化妆。但长大成人后，她所期待的是激情，这种激情是最纯洁的水晶似的精华，是小说、诗歌和电视里描述的人们一生的伟大的爱。而且，女人对男人的爱就像电视剧里描述的那样，是无条件的爱。在克里奥菲拉斯和她的朋友所看到的电视剧《你或无人》里，美丽的露西亚·门德兹不得不忍受心灵的各种累：与丈夫分居和丈夫的背叛。无论发生什么，她都得爱她的丈夫，因为对她来说，这是最重要的。很明显，这是父权制价值观里女性地位的刻板模式，媒体在渲染不平等爱情的美丽来给女性灌输传统上男尊女卑、逆来顺受的男权思想，而作家在用反映白人社会父权价值观的家庭伦理剧给年轻女性带来的影响来讥讽它。

年轻而又不谙世事的克里奥菲拉斯错误地认为露西亚的生活就是女性最美好的生活，她也想模仿露西亚的模样，去商店买染发剂，染她那样的头发。她还天真地想，无论如何，女性应该像露西亚那样生活，因为为爱而痛苦是值的，而这种痛苦最终是甜美的。克里奥菲拉斯非常渴望这种甜美的生活。当有人把她介绍给美国边境小镇青年胡安·佩德罗时，她幻想他们会驱车到拉雷多（Laredo）这样的大城市去买婚礼服，回到他们在塞金（Seguin）镇的新家后，他们会把它重新刷一遍，买些新家具，将来他们还可能会加更多的房间，他们会有成群的孩子①。她出嫁当天，父亲把她送出家门，一再叮咛她："我是你的父亲，我不会抛弃你"②。但父亲的话她当成了耳旁风。她被自己的幻想冲昏了头脑。

然而现实对她来说太残酷。当她到达美国后，她发现现实中丈夫的生活完全出乎她的意料之外。他们既没有自己的房子，也养不起很多的孩子。她被扔进了寂寞、贫穷与受虐待的深渊。

新婚伊始，她虚伪的丈夫给她制造了一个假想的幸福新家。克里奥菲拉斯每天陪伴丈夫到工厂去玩耍，静静地听他们聊天和讲她听不懂的笑

---

① Sandra Cisneros, *Woman Hollering Creek and Other Stories*, New York：Vintage, 2005, p. 45.

② Ibid. , p. 43.

话，她觉得无比幸福。但很快，她无能的丈夫胡安·佩德罗就撕下了他的假善面具，露出了大男子主义的真面目。她丈夫根本就不是什么大人物，实际上只是个冰库里的搬运工。婚后不久就夜不归宿，扔下她一个人孤独地聆听公路传来的汽车轰鸣声，只有遥远的狗叫声和近处树叶的沙沙声伴她入眠。

　　在工作和生活中克里奥菲拉斯处处碰壁。因为没有受过好的教育，英语水平低下，讲的基本上是夹杂着西班牙语的英语，在洗衣店里工作，常常因为语言不通受人白眼，有时放多了洗衣粉，或坐在洗衣机上，她总是遭到呵斥。后来她有了儿子，她也不懂得在美国小孩在公共场合要求带尿不湿。更让她痛苦的是因为语言不通，她无法和邻居进行交流，而且她家隔壁左右的邻居是两个很怪异的女人：一个叫索莱达（Soledad），另一个叫德洛丽丝（Dolores）。索莱达总说自己是个寡妇，但她是怎么变成一个寡妇的是一个谜。她的丈夫可能已经去世，可能私奔了，也可能出去买烟再也没有回来，因为一般她自己不提及这些，大家也就无从知晓了；德洛丽丝是个老妇人，非常友好、可爱，但她的房子里的祭坛上传出来的香火味太浓，她每天都24小时焚香祭奠死于战争的两个儿子和因悲伤过度离世的丈夫，她每天把时间分成两块：焚香与打理花园，她的花园里种植的是非常漂亮的向日葵，每个周末她都会把最美的花朵剪三朵摆放到亲人的坟墓面前以示纪念①。无人可以交流的克里奥菲拉斯陷入了无尽的孤独与寂寞。从这里读者可以看出，这种边远的城市是一个无政府管制的自由社会，男人在女人的眼里或者说在作者的眼里并不重要，可有可无。也可以说，奇卡诺男人对家庭、老婆和孩子从来都缺乏责任心，他们可以随时消失。在奇卡诺女性作家的作品所描写的奇卡诺女人的生活里，男性总是处于神秘或者被边缘化的地位。但这并不意味着女人就是奇卡诺人家庭的主宰，只能说她们承受了更多的体力上的苦难与精神上的痛苦，家务活计与抚养孩子的责任全部都落到了她们的身上。她们不能像男人们那样潇洒与自由，想爱就爱，想弃家就消失。作家这么深刻细致地描述女人的生活，以此来揭露奇卡诺女性糟糕的生存状态与她们所处的劣势地位和所受到的来自社会、家庭和传统文化的压迫。

---

① Sandra Cisneros, *Woman Hollering Creek and Other Stories*, New York: Vintage, 2005, pp. 46 – 47.

孤独与寂寞还不是最让克里奥菲拉斯痛苦的东西，因为她可以偶尔去邻居家串门看看电视和她喜欢的小说。最让她痛苦的是贫穷的生活中，她所处的社会对待女人被虐待的冷漠态度和她丈夫对她的虐待。在这个小镇，男人对女人的强暴骇人听闻。她丈夫的同事因为妻子拿了扫把攻击丈夫便遭到了丈夫的枪杀，他还不受法律制裁，因为这是自卫行为①。她丈夫和他的同事经常谈论的话题就是虐待女人：报纸上刊登的消息大都是州际公路边发现了女尸；一个女人被从高速行驶的车上推下；这个女人的尸体；那个女人已经昏迷不醒；这个又被打得青红紫绿；施暴的人是她的前夫、丈夫、情人、父亲、兄弟、叔叔、工友等。报纸上每天刊登的也就是这些东西。男人们下了班不回家，聚在一起，想要相互倾诉，但总是话到嘴边又止住。有时候大家谈话到深夜，最后以眼泪结束谈话；在有些时候，他们以拳头说话。从这里看出，奇卡诺男人没有社会地位，有技术的人也不是很多，所以他们大多只能干些体力活，靠打零工过日子。没有稳定的收入，内心的失落感与痛苦的情绪只能回家发泄到妻子的身上。作家在这里也描述了奇卡诺男人本身低微的社会地位与生活的艰辛。这些卑微的男人唯一能够找到自己高大形象的地方就是家庭，就是用暴力去征服可以与自己平起平坐的老婆。

在这种环境里工作的佩德罗回到家里心理也变得阴暗。在贫穷的生活中，她丈夫不再是她幻想的好男人。他总爱放屁、打嗝、打鼾、狂笑，也喜欢拥抱她；每天早上他总在水池边刮胡子；每晚她都得给他晾干鞋子；他还喜欢在公共场合剪指甲，放声大笑，像其他男人一样诅咒别人；无论他回来得早还是晚，他还要求一进家门就要像在他母亲家里一样，有单独的一盘饭菜放到他面前；他对音乐、电视剧、浪漫的故事或玫瑰或月亮毫无兴趣，回家拉上窗帘，倒头就睡②。她不得不扪心自问为什么会喜欢这个男人。在家里，是她给孩子换尿布、拖地、做门帘、漂白衣物。她不理解丈夫为什么在家里踹冰箱，还吼叫着痛恨这个垃圾小房子，扬言要到一个没有小孩吵闹和不会被她怀疑讯问的地方去，还说如果她有脑子就会意识到他每天天没亮就得起床去挣钱养家糊口，她不能让他安静，是个可恶

① Sandra Cisneros, *Woman Hollering Creek and Other Stories*, New York：Vintage, 2005, p. 51.

② Ibid. , p. 49.

的女人①。因肥皂水打滑克里奥菲拉斯曾不小心打碎了一个杯子，丈夫的瞪眼让她不寒而栗。她丈夫无故扔掉了她最珍爱的一本书，从房间的一边扔到了另一边，正打在她脸上，深深地刻了一道印痕。她能原谅丈夫的粗暴，但她不能原谅他毁了这本书。这是一本关于美好爱情的故事，她来到美国后唯一的精神食粮。孤独寂寞、勤劳持家的克里奥菲拉斯成了佩德罗家暴的受害者。

第一次被丈夫毒打克里奥菲拉斯没有哭泣，也没有尝试保护自己。尽管她嘴上经常说如果任何一个男人要打她的时候她会还击，但当她真正挨打的时刻到来，第一次，第二次，第三次，直到她嘴唇被打裂，流了一地的血，她都没有回手反击，她也没有哭泣，更没有像她想象的，要像电视剧里的女主人公那样离家出走②。这个女人忍受了残酷的家庭暴力，这是奇卡诺女人最现实的生存状态之一。而在贫穷的墨西哥，在她自己的娘家，大人们从来没有相互殴打过，更没有打过孩子。在她自己的家里，她也绝不会允许这样的事情发生。当她成为妻子，她的男友成为丈夫，组成一个家庭后，她第一次承受这样的家暴，她感到无法言语，无法动弹，全身麻木。她只是摸了摸发热并流血的嘴角，瞪眼看着手上的鲜血，她似乎不理解这一切。她不想说什么，也无话可说，只能轻抚她男人那卷曲的头发、忏悔和羞耻的眼泪，这第一次是这样，以后每次都是这样。

在日复一日的受虐中，她想起了自己的老家，想回家看看，但她又是个十分爱面子的人，以她的穷酸相回去，她担心老家的人会笑话她。她老家的小镇是个谣言四起的小镇，脏乱不堪，令人失望③。她来到了美国的小镇。这也是个谣言不断的小镇，它与她的家乡看上去也没有什么区别。这个小镇有电视修理店、药店、手工品店、干洗店、推拿店、酒店，等等，每个店的前面都是空阔的停车场，但这里根本就没有她感兴趣的东西，也没有她能步行得到的商店④，一切都得依赖她丈夫开车接送，否则她就只能待在家里。她无处可去，无处诉说自己的苦闷，她能去的地方就只有她家后面的小溪了。

---

① Sandra Cisneros, *Woman Hollering Creek and Other Stories*, New York：Vintage, 2005, p. 49.

② Ibid. , p. 47.

③ Ibid. , p. 50.

④ Ibid.

　　女主人公克里奥菲拉斯为了自己向往的美好生活婚后来到美国，不懂英语，无法与人交流，无法发出自己喜怒哀乐的声音，在受到丈夫的毒打、辱骂时，她无法反抗，连哭泣都不敢，相反，她还得安慰丈夫。她的生活单调，无人可以交心，不像在自己的国家，她可以陪伴长辈，也可以和闺蜜出去玩耍，自由自在地过日子。离开父亲与兄长们，来到陌生的国度，她像一叶小舟漂浮在大海上，找不到避风的港湾。家庭琐事把她压得喘不过气来。因为她只在家里干活，没有得到显性报酬，所以表面看起来是她的丈夫养活了她。她很自然地感觉没有经济基础，所以她的家庭地位也很低下，只能屈辱地生活在丈夫的鄙夷中。奇卡诺族裔女性在长期的白人霸权主义和本民族传统父权价值观的压迫下失去了自己的声音。奇卡娜诗人维拉纽瓦曾在她的《欲望》（*Desire*，1991）一诗中写道：

　　　　我梦见一位老妪行将就木，
　　　　80 多岁了，她的头发

　　　　很长，漂亮，银白；她身体
　　　　强壮。我用陶罐和杯子

　　　　递给她茶；我递给她
　　　　食物；她拒绝了……

　　　　在我生日这天，这是我梦中的礼物。
　　　　说话，我生的愿望。说话，我至死都要。①

　　诗歌中这个用陶罐喝水的 80 多岁的老人就是奇卡诺女人，她一生的梦想就是"说话"。维拉纽瓦诗歌"欲望"里这个老妪的形象就是奇卡诺族裔女性生活的真实写照，她们一生都无法发出自己的声音。西斯内罗斯在《喊女溪》里运用时空错位的手法描述的墨西哥女子克里奥菲拉斯有着和老妪同样的经历。她是墨西哥和美国边境上一个典型的受压迫的女性形象。

---

　　①　Alma Luz Villanueva, *Desire*, Tempe, Arizona: Bilingual Press, 1998, p. 6.

作为墨西哥裔女孩，克里奥菲拉斯聪慧、能干、爱美、浪漫，喜欢追求美好的生活，是贤妻、良母、孝顺的女儿、忍让兄弟的好姐妹、好邻居、好朋友。然而，到了美国，和美国男人结了婚，因为她没有工作，没有经济收入，在家中就没有话语权与地位，还常常成为丈夫在外面受了气回家发泄的出气筒，或者说是男人的解压器，被打得鼻青脸肿或浑身青红紫绿是家常便饭。在社会上，她更无法发出自己的声音。像克里奥菲拉斯这样的奇卡诺女性是在物质和精神上都处在痛苦深渊的女人，但她们强烈地渴望能够像喊女溪那样发出自己的声音。

三　为族裔女性权益呼喊

"喊女溪"是克里奥菲拉斯和佩德罗新家后面的一条小溪，名为"尖叫"（La Grotona），没有人知道这个传说中的女人的喊叫是出于愤怒还是出自痛苦。土著人只知道他们跨过小河去圣·安东尼奥城时它是一条小溪，回来再经过那里时人们就叫它喊女溪了。住在这里的人们没有哪个怀疑它名字的来历，城市的人更不关心此事，因为这与他们的生活无关。

人们不禁要问：为什么那条小溪会命名为喊女溪？它意味着什么？为什么人们过了这小溪进了城，返回时小溪变成了喊女溪？是城市的民主思想影响了人们对待大自然的看法，还是包括作家在内的人们想利用这大自然的威力来为女人呐喊，抑或为女人找到一个释放痛苦的地方，或者女人只有到了象征大自然的小溪才能得到心灵上的解放？女人们经历什么磨难，非要在这里喊叫？她们又喊叫什么呢？

"喊女溪"是大自然的象征，也是力量的象征，纯洁的大自然给予了女人神奇的力量，大自然发出的声音提醒了女人，她们也可以发出自己的声音，显示自己的力量。女人只有和大自然融为一体，才能显示自己的力量。生态女性主义者认为，奇卡诺女人和自然一样，都在无声中孕育了生命。

这条小溪在枯水季节是条泥巴沟。春天雨水多的时候它才水流大，整天整夜发出自己的响声。雨水是灾难的象征，灾难来临时，小溪发出了响声。女人就像这条小溪，承受了太多的苦难的时候她也会发出自己的呼喊。

故事中的女主人公克里奥菲拉斯来到美国小镇后就发现了这条小溪，一直想知道它为什么叫"喊女溪"，她似乎听出了是女人的声音。第一次经过这条小河时，克里奥菲拉斯并不知道这喊女溪的叫喊是出自女人的愤怒还是痛苦。当她丈夫指给她看时，她只是莞尔一笑。慢慢地，她想知道它的来历，便到洗衣店去向洗衣女工特里妮打听喊女溪的来历，但这个无知无识的女人用西班牙式英语极不耐烦地回答她道："你为什么要知道啊？"① 她无法向特里妮这样的粗鲁女人解释为什么这条小溪吸引了她，她也认为与这种无知的女人谈话毫无意义。当她在家里感觉苦闷时，她想起了自己从小听了土著人的哭泣娘传说。哭泣娘把自己的孩子扔到河里淹死了。她认为这条河是以哭泣娘命名的。

　　但克里奥菲拉斯从白人女性主义者那里知道了"喊女溪"的来历。在医院检查婴儿胎位时，她被菲利丝医生发现曾经受到了虐待，菲利丝邀请自己女性朋友来帮助她逃离丈夫的掌控。当医生开车送她经过小溪时，医生在小溪的桥上对着小溪大吼了一声，并告诉克里奥菲拉斯她开的车是自己的，她有自己的工作、房子，她没有结婚，是个自由的女人。这一切让克里奥菲拉斯羡慕不已，也明白了"喊女溪"的含义。从职业妇女的独立自由，她似乎看到了她要努力的方向。于是，当她再次感到寂寞时，她带着孩子来到喊女溪旁的草地上，把小孩放在毯子上，她自己一个人来到树下的黑暗之中，静静地坐了一天，最后对着喊女溪轻声地发出了自己的声音。

　　为什么奇卡诺女人会遭到男人的虐待？笔者认为，除了传统思想与经济原因外，更重要的是奇卡诺女性没有意识到自身应有的权利，缺乏自我保护意识，想当然地认为自己低人一等。克里奥菲拉斯第一次遭丈夫扇耳光时，只是感到惊讶，哑口无言；第二次、第三次依然无语，还反过来安慰丈夫。她以容忍和原谅助长了丈夫嚣张的气焰。在社会上，她也没有去主动寻求人们的帮助。从心底里她也没有想到要寻找帮助，只知道要保全丈夫的面子，要让他在外面体面地生活。最终，菲利丝（Felice）医生帮助了克里奥菲拉斯。当前者驱车送后者路过这条小溪时，前者告诉后者她每次经过这里时她都会大声喊叫，她是个独立自主的女人，拥有自己的车子与工作，她要喊出自己的心声。在菲利丝的影响下，克里奥菲拉斯也学会了在小溪边大声呼喊，从她的喉咙里发出的声音，发出她自己的声音。

　　生态女性主义伦理思想认为，为了妇女的彻底解放，女人不仅要经济

---

① Sandra Cisneros, *Woman Hollering Creek and Other Stories*, New York：Vintage，2005，p. 46.

独立，还必须推翻无处不在的父权制。女性应参加工作，参加追求知识的精神活动，拒绝被他者化，拒绝通过占统治地位的群体的目光来认同自己。在作家西斯内罗斯的意识里，奇卡诺族裔女人只有走出家庭生活的圈子，与具有女性主义自由民主思想的人接触，借助对本民族女神力量的信仰，她们才能从沉默中走出来，像哭泣娘那样，发出自己的呐喊声，发出自己的怨气，喊出她们所受的一切不公与苦闷，否则，她们只能生活在黑暗中。作家以细腻的手法描写了奇卡诺族裔女人所经历的苦难，并以此来揭露父权社会带给族裔女性的不公以引起主流社会的注意。《喊女溪》表达了长期被压抑的族裔女性的声音，是女性主义文学作家西斯内罗斯为女性权益的呼喊。

第二节　奇卡娜人的抗争：《我的父亲是托尔特克人》与《我所求无可能》

如果说"喊女溪"发出了奇卡诺女性的声音，那么安娜·卡斯蒂洛最著名的两部自由体诗集《我的父亲是托尔特克人》（*My Father Was a Toltec*，1995）和《我所求无可能》（*I Ask the Impossible*，2001）表达的是奇卡诺女性不屈不挠的抗争，也是美国奇卡娜人和其他族裔的移民血泪史、移民在美国城市的现实生活写照和作家本人对现实的看法。其创作时间跨度30余载。诗歌描述了奇卡娜人的族裔性，反映了奇卡娜人的觉醒、对父权价值观和白人主流社会压迫的反抗以及争取经济独立与思想自由的奋斗历程，体现了诗人所提出的奇卡娜主义思想。另外，诗歌对全世界贫困和受压迫妇女的问题的探讨表明诗人的诗歌创作具有女性主义文学伦理的普世性思想。作为奇卡诺族裔女性诗人的杰作，卡斯蒂洛的两部诗集代表了美国族裔女性为权益抗争的心声。

罗斯（Rose）通过纵向研究发现，卡斯蒂洛诗歌的主题涉及的社会弊病与奇卡娜人通过工作为成功实现美国梦而努力奋斗的心理历程①。艾斯巴扎（Esparza）通过对比分析发现卡斯蒂洛的作品倾向于反针对女性的

① Jane E. Rose, "Negotiating Work in the Novels of Ana Castillo: Social Disease and the American Dream," *CLA Journal*, Vol. 54, No. 4, April 2011.

暴力①。卡斯蒂洛的创作中所反映的族裔女性问题是典型的族裔性伦理问题，更是作家自己定义的"奇卡娜主义"——奇卡娜人的专属问题。"奇卡娜主义"基本思想是奇卡娜人写奇卡娜人的故事，反映奇卡娜人作为族裔和女人在父权制价值观下在社会和家庭所受的双重压迫和剥削，鼓励奇卡娜人和其他族裔女人走出家庭、争取经济独立与精神独立，反抗压迫与剥削，获得与男人和白人平等的权利和自由，但充满针砭与批评的族裔文学充分体现了作家对本民族的热爱。

一　卡斯蒂洛诗歌创作动机

卡斯蒂洛的诗歌创作从她 9 岁在奶奶葬礼上的自创诗歌开始，已历经五十余载。用她自己描述她创作冲动的话说，她的诗歌创作源自"蕴藏在先祖的遗传基因"②。诗人认为是她那作为民间药师的奶奶引导她走向诗歌写作，她的诗歌《我父亲是托尔特克人》的首辑献给了她奶奶。她认为她的创作深受拉丁裔女性的影响，她的母亲和奶奶们遗下的女性特征，是她的创作自觉或不自觉联系到的东西。

在 20 世纪 70 年代早期，席卷美国中西部的奇卡诺运动煽动了居住在奇卡诺集居区里的青年男女，他们史无前例地卷入到这个运动中。他们形成的各种联盟组织与举行的会议引起了人们对奇卡诺集居区贫民问题的关注。因为传统的白人文化对卑微族裔的负面态度和大学里的种族主义和性别主义的影响，诗人没能选择她自己喜欢的油画专业，但她的写作潜能被社会运动所激发。从 1974 年开始，她自由地开始了诗歌创作生涯。因为她的诗歌要表达的是一个奇卡娜集体，所以小字母"i"被用在了早期的诗歌和小说里③。但当时的奇卡诺运动关注的问题是奇卡诺种族、民族与社会地位问题，所以无论奇卡诺男女，都很少涉及奇卡娜人的问题，讨论妇女的权益问题在那个时候是白人妇女的权利。卡斯蒂洛在这种不利的状况下开始探索女性性征和女性性感问题，以期他人也歌颂女性的自爱。她的诗歌在地理上涵盖了美国本土大城市如芝加哥、纽约、旧金山、洛杉矶

---

① Araceli Esparza, "Toward a Feminist Theory of Justice for the Disappeared: Ana Castillo's Creative Writing and the Case of Sister Dianna Ortiz," *Feminist Formations*, Vol. 25, No. 3, August 2013.

② Ana Castillo, *My Father Was a Toltec*, New York: Anchor Books, 1995, p. xxiv.

③ Ibid.

等的拉丁裔人集居区和拉丁美洲。族裔的贫穷、落后、文化与身份的困惑、族裔女性问题以及全世界妇女的共同问题都成了诗人诗歌的主题。

　　到了20世纪末，卡斯蒂洛的诗歌创作视野更加开阔。她以她们这代人经历的见证人身份进行写作，把创作的主题聚焦在了国际女性问题上，写作体裁也从诗歌演变成了小说。她的创作代表了奇卡诺族裔女性为女性权益抗争的声音。

二　奇卡娜人的传统

　　在族裔伦理中，受父权制传统价值观与白人霸权主义思想的影响，奇卡娜人的传统地位就是家庭主妇和从事低等级服务行业工作的工人，她们无知，默默无闻，在长辈与男性面前逆来顺受。她们没有经济地位和社会地位，要依赖男人度日，不能从事高层职业。但作为极具代表性的女诗人，卡斯蒂洛的诗歌以其本人先祖的性格为例来阐释了奇卡娜人忍辱负重、坚强不屈、勤劳、积极向上的民族性格。

　　无论在社会上还是在家里，奇卡娜人对待不公都能忍让，默默地接受现实，但她们也绝不是那种永远都是心甘情愿地被人欺压的懦弱之辈。

　　在《狗与墨西哥人不得入内》（*No Dogs or Mexicans Allowed*）① 一诗中，诗人讲述了她小时候回故土探亲时中途午餐就餐遭拒的经历。她和她妈妈看着别人吃饭而她们的订餐无人理睬，最后其他人吃完了上车了，为了赶车，妈妈默默地牵着女儿，空着肚子上了车。奇卡娜人在白人餐馆老板眼中如同不得入内的宠物狗一般低下。这种经历给年幼的诗人留下了不可磨灭的印记，以至于后来她在写作中对这种不公的现象进行无情的揭露。

　　《托尔特克人》② 这首诗描写了人们对她父亲这个托尔特克人的印象，"每个人都知道他很坏"（第2行），他曾经干了不少坏事，"踹了来自桥堡镇的爱尔兰小伙子的屁股/到芝加哥南部棒打某人"（第3—5行），其他人也追杀他，把他的夹克衫后背"劈成了两半"（第9行），看到这件破衣服后，"第二天早上，妈咪/就把它扔了"（第10—11行）。从这首简单的诗歌，读者可以看出，奇卡娜人并不是传统文化中所描述的那种逆来

---

①　Ana Castillo, *I Ask the Impossible*, New York：Anchor Books, 2001, p. 5.

②　Ana Castillo, *My Father Was a Toltec*, New York：Anchor Books, 1995, p. 3.

顺受的女性，她们也有自己的强硬性格，因为原本节俭持家的母亲没有将破衣衫缝补，却毫不犹豫地弃之。

托尔特克人是墨西哥土著人中的一个部落。为了生存，他们从墨西哥越过边境进入美国大城市的贫民窟生活。诗歌中的托尔特克代表人物父亲生来调皮、勇敢、坚毅、绝不屈服。父亲的性格传给了女儿"我"，在面对同学称呼她为"肮脏的墨西哥人，非常非常脏的墨西哥人"（《肮脏的墨西哥人》，第1行）① 的歧视与侮辱时，女儿果断地进行反击，"要踢歪那些坏蛋的屁股"（第2行），在街上和那些侮辱她的人打架并取胜。她和衣着整洁的父亲又不尽相同，不修边幅，对政治、宗教、艺术与历史高谈阔论，能吓跑男人。女儿不仅胆大，而且在贫穷中生活态度乐观。在《红色手推车》（Red Wagons）里，诗人这样写道：

> 孩子们上床睡觉
> 穿着笨笨的棉衣
> 笨笨的袜子；清晨
> 已穿戴好衣帽
> 准备上学。（第19—23行）②

虽然因为贫穷晚上睡觉都要靠穿棉衣取暖，但诗人还能风趣地认为第二天省了穿衣上学的麻烦。

奇卡诺女性作为母亲更具有奇卡诺人优秀的族裔性。她们勤劳、贤惠、体贴、节俭、内敛。在《周六》（Saturdays）③ 一诗中，诗人描述了母亲终日劳作的身影，每个周六，母亲都会朝五晚五地在外面洗衣房工作，回到家里还会把父亲洗澡需要替换的衣服——准备好，甚至用熨斗熨平，还配好领带。在家里照顾丈夫就像母亲照顾年幼的儿子。贫穷的奇卡娜人买不起奢侈品，但也很爱美。诗歌《麂皮大衣》（The Suede Coat）④ 描述了父亲带回了麂皮大衣，母女很高兴地试穿的场景。她们把衣服试了

---

① Ana Castillo, *My Father Was a Toltec*, New York：Anchor Books, 1995, p. 8.

② Ibid. , p. 5.

③ Ibid. , p. 6.

④ Ibid. , p. 7.

又试，明明知道父亲是从垃圾堆里捡来的，"家里的女人们/总是很礼貌/或羞于启齿"（第13—15行）去追究麂皮大衣的来源。

《女人不反抗》（Women Don't Riot）① 描述了奇卡诺女人，乃至全世界妇女的隐忍性。她们所从事的职业都是与厨房、洗衣房、保育房和宾馆有关的洗洗扫扫的脏累活计，无论肤色黑白、无论什么种族、无论贫富，所有的母亲都不会在街头乱串。女大学生们也会因看到社会不公而举牌游行，但都是以和平的方式进行，而且第二天会照样去工作。女人没有很高的要求，她们所要的是更多的孩子和电视。女人们年幼时曾被强奸、毒打和袭击，她们尝试着保护自己，但从没有拿起武器来反抗。女人们也不会去占领城市和媒体或发表一致的声明来维护她们进入21世纪应有的权利。她们更不会组成部队，手挽手跨越陆地去战斗，尽管她们有同样的灾难。相反地，女人们默默地承受着这一切，她们忍受她们本不应该忍受的攻击、官方的拒绝和疾病，以及男人们对她们的强暴。她们所受的传统教育让她们忍让，她们的命运就像高跟鞋底下的蚂蚁，悄无声息地死去。这是对父权价值观压迫下受害妇女的生活的真实写照。女人是最有隐忍劲的人。诗人以悲愤的心情描述了全世界妇女共同面临的家庭与社会的困境，表达了自己无法压抑的愤怒。

总之，卡斯蒂洛笔下奇卡娜人勤劳、节俭持家、忍让，她们在父权制下成为了和克里奥菲拉斯一样的无声的受害者。

三　奇卡诺人的觉醒

虽然奇卡娜人长期以来生活在贫困中，有些女人甚至靠偷偷地出卖自己的身体维持生活②，但她们在思想意识形态上并没有沉沦。随着主流社会女性主义思想的传播，她们也开始意识到自己的生活需要得到提高，母亲们会督促自己的家庭成员努力奋斗。

诗歌《穿软领长大衣卷起一只袖子的父亲》③ 通过对参加奶奶葬礼的父亲家族成员的形象刻画，反映了奇卡诺族裔的贫困状态和奇卡诺女性贫困中的觉醒。有一天白人校长突然来到"我"的班上告诉"我"一个自

---

① Ana Castillo, *I Ask the Impossible*, New York：Anchor Books, 2001, pp. 58 – 60.

② Ana Castillo, *My Father Was a Toltec*, New York：Anchor Books, 1995, p. 25.

③ Ibid., pp. 11 – 16.

称是"我"父亲的人在她的办公室准备接"我"回家参加葬礼。后来，所有的亲戚都在叔叔家齐聚：有些女儿牙齿腐烂掉了；众多的小孩子们的发质不一，姓氏也五花八门；丹尼尔（Daniel）一生一事无成；"我"的教母终身未嫁；叔叔养了 12 个孩子，妻子在生第 13 个孩子时去世（第 11—22 行）。从这里的描述，读者可以看出，这个家族是一个典型的奇卡诺族裔家族，由多个族裔组合。他们生活在极度的贫困中。在这个家庭里男人懒惰，女人都尽力改变家庭的生活。其中一个男人，满脸痤疮，嘴里叼着烟，也不管他人是否同意，说着英语，整天游手好闲，嫖赌逍遥，惹是生非，而他的老婆却在流水线上拼命工作。"妈妈"为了"我"在学校里不受歧视，把"我"的名字改了姓，我被叫"安娜·玛丽亚"，而不叫安娜·卡斯蒂洛。妈妈希望"我"有出息，教训"我"道：

> 你长得像你爹，
> 不愿意工作，
> 做白日梦，
> 幻想某天飞黄腾达，
> 做艺术家，把时间浪费在
> 旅行上，
> 穿自己买不起的高档衣服，
> 对孩子和家庭不闻不问！（第 5—12 行）

从母亲的话里，不难看出，母亲对女儿的教育非常严厉，希望她不要浪费时光，努力成为一个真正的艺术家。而且，母亲本人自己也早出晚归地勤奋工作，也敢于抛弃没有出息却还出轨的丈夫。女儿长大后，学会了流利的英语，也开始与同伴们谈政治、宗教、自己见过的鬼怪、城市问题，等等。男孩子们不喜欢女孩谈这些，但女孩子们非常喜欢这个女儿讲的那些历史上成千上万的奴隶被杀的故事。这个女儿继承了她托尔特克族裔父亲的性格：具有其民族大胆的、直率的性格，对时事敢于针砭。

大胆的奇卡娜人敢于做出超乎寻常的大事。诗歌《野蛮女人》（La Wild Woman）① 里的女人因为读了一本让她感触良多的书而抛弃她的第三

---

① Ana Castillo, *I Ask the Impossible*, New York：Anchor Books, 2001, pp. 67 – 68.

个丈夫和四个孩子，深更半夜离家出走，在街上逮着一个流浪汉，和他一起去参加邻里的婚礼狂欢宴，在宴会上献媚新娘，最后新娘带着香槟和蛋糕，赤足和她一起策马狂奔到野外去享受美丽的夜景。在卡斯蒂洛的笔下，这种因为不愿意受家庭或丈夫约束的女人通常以离家出走、独立生活或者寻找同性恋人来开始新的生活，他们通常以绘画艺术和书本阅读为交流工具，找到她们所需要的爱和关怀。

母亲对女儿的严厉管教和野蛮女人的出走体现了奇卡娜人的觉醒，她们开始了对父权制的反抗行动。

四　奇卡诺人对父权制的颠覆

奇卡娜人长期经受着男权价值观和白人社会的双重压迫。卡斯蒂洛对严厉的父权价值观的反对首先表现在对婚姻的强烈抗议上。在《跨过怀俄明州遐思》（*Wyoming Crossing Thoughts*）[1] 一诗中写道：

> 我将永远不会
> 在我的一生中
> 嫁给
> 一个墨西哥男人（第1—4行）

从这简洁的四行诗里，读者可以看出诗中的女人"我"对墨西哥男人的强烈不满的情绪。而且这个"我"还继续宣称，"我能这样说/也毫不在乎"（第17—18行），并且"我永远不会把/一个墨西哥情人/揽入怀中"（第19—21行），更"不会给他服务/端上一盘豆子"（第25—26行）。这是受尽了父权价值观歧视的女人们从心底发出的呐喊，"带孩子、煮饭、隔着桌子伺候他［丈夫］吃饭"（第5—8行）（《哑巴的婚姻》）[2]，这些为男人服务的低下活不是她们生来就得干的。

觉醒了的女人会去读书、写作、画画，努力提高自己，去"接受爱/也会去爱他人，不再迷茫/不再彷徨"（第23—25行）（《无论我走到哪

---

① Ana Castillo, *My Father Was a Toltec*, New York：Anchor Books, 1995, pp. 46 – 47.

② Ibid. , pp. 48 – 49.

里》）①。而且会要求丈夫"爱我至永远/爱我至别无他求/爱我像和尚一样一心一意"（第1—3行）（《我所求无可能》）②。对待社会问题，她们也会进行犀利的批评，以此来反抗来自白人主流社会的压迫，传达自身利益的诉求。在《在我的国度里》（*In My Country*）③，诗人以强烈的讥讽来揭露主流社会的弊病、对妇女和族裔的压迫。诗中的"我"认为"我"看到的国家不是"我"的国家，"我"的国家里没有"男人/玩弄领导/女人玩弄男人"（第2—4行），女人们能自由自在地进出食品店买牛奶，男人们睡觉不用拿着枪来对付入侵者，儿童不受到虐待，人们不用吃救济，可以看得起病，人们不用假装自己是白人，不需要忍受严寒（第8—40行）。这是诗人理想中的国度，而现实中的却是一个问题成堆的国家，而且这个世界也不是"我"要的世界。理想的世界是"美洲是一只美丽的咬鹃/非洲和它的居民无人打扰/阿拉伯妇女露出脸庞"（第56—59），人们不以人种来区分，可以呼吸干净的空气。卡斯蒂洛在诗歌《在我的国度里》对现实社会问题的揭露显示出族裔女性作家对传统的男权社会价值观和主流社会对族裔女性压迫的强烈反抗。同时以对理想国度和世界的想象表达诗人对实现男女真正平等的希冀。

　　觉醒了的奇卡娜人对严厉的父权制与霸权主义进行了不懈的斗争，颠覆了传统的父权制价值观，争得了女性的话语权。

五　卡斯蒂洛诗歌的普世性

　　卡斯蒂洛的诗歌除了对奇卡娜人反抗父权制的描述，还歌颂了自己民族的团结和为了自己民族的利益牺牲自己生命的奇卡娜人。而且，她的诗歌所涉及的问题不仅仅限于奇卡娜问题，也同样辐射到其他族裔和全世界的女性。诗人反对暴力与战争，对世界各地，尤其是拉美洲各国针对妇女的暴力进行了严厉谴责。

　　诗歌《我的飞鱼》（*Mi Valodor*）④通过对奇卡诺族裔传统的五人组体育项目的描述，热情地颂扬了奇卡诺族裔团结共进的合作精神。如果没有

---

① Ana Castillo, *My Father Was a Toltec*, New York：Anchor Books, 1995, pp. 65 – 66.

② Ana Castillo, *I Ask the Impossible*, New York：Anchor Books, 2001, p. 1.

③ Ana Castillo, *My Father Was a Toltec*, New York：Anchor Books, 1995, pp. 88 – 91.

④ Ana Castillo, *I Ask the Impossible*. New York：Anchor Books, 2001, p. 8.

合作，他们一事无成，正如诗歌所描述的，"如果没有我/他只是狂野的风"（第11—12行）。而另一首诗《安娜·梅·阿加西》（Anna Mae Aquash）① 回忆了1976年印第安民权运动活动家阿加西死亡的悲惨结局。阿加西被从后面爆头，双手被FBI砍去进行尸检，暴尸荒野雪地，雪地里有两行从她胳膊处开始延伸的血迹。她的死亡原因最终成了谜。诗人在诗歌中称阿加西为"被冻僵的无手天使"（第2行），并且直接指出是警察的枪击使她丧命。该诗歌控诉了白人警察对少数族裔女性残酷无情的镇压。

《最终就是这个结果》（Nothing But This at the End）② 这首诗通过一个女人胳膊流出的乌黑鲜血来诉说族裔女性因营养不良所产生的疾病。诗人认为这"不是一个人在流血"，而是"黑色和棕色的肉和/血，到处都是"（第11—13行）。少数族裔的女性很多因为饮食原因罹患糖尿病死亡。诗人对族裔女性中普遍性疾病的描述反映了她对所有族裔女性现实生活状况的担忧。

卡斯蒂洛诗歌中所探讨的问题不仅包括美国国内的女性的问题，还涉及世界各地，特别是拉丁美洲、非洲和阿拉伯女性权益问题。在《亲爱的教皇：来自美洲的公开信》（Dear Pope：Open Letter from the Americas）③ 这首诗中，诗人以拉丁美洲的女性的口吻给罗马教皇写信，诉说她们在家庭和社会所遭受的迫害与困惑：她们为了养活家人，她们去妓院，她们遭到强奸，她们被谋杀。她们从几百年前的白人征服开始就变成了男人所拥有的财产。而女人们只想做"贤妻和上帝赐予她们的孩子们的良母/尽职尽责，心地纯洁"（第43—44行）。可这些是她们永远可望而不可即的东西。

而在诗歌《我不在时战争开始了》（While I Was Gone a War Began）④ 里，诗人表达了自己对非洲自然灾害和人为战争的愤怒和无奈："在洪水和暴雨/干旱和绝望之后/到处都是疾病与饥荒"（第15—16、18行），作家们还是"哑然失声"（第19行）。为了微薄的利益，非洲裔人在欧洲自

---

① Ana Castillo, *I Ask the Impossible.* New York：Anchor Books, 2001, pp. 12 – 13.

② Ibid. , p. 14.

③ Ibid. , pp. 53 – 54.

④ Ibid. , pp. 103 – 104.

相残杀，诗人怒问在 21 世纪到底"谁是坏蛋？谁是种族主义者？"（第 44 行）。

面对战争，作者在《这是谁的和平？》（*Whose Peace Is It?*）[1] 这首诗里抨击美国发动的伊拉克战争的目的，认为是为了维护少数商人的利益而战，"和平对你［经历战争的人］/是一个坟墓/被活埋"（第 18—20 行），和平对倒下的人来说只是"乌云/在空中"（第 24—25 行）。

总的来说，卡斯蒂洛的创作不仅对自己民族和主流社会的问题进行了探讨，也对世界各国身处贫困中的受压迫的妇女给予了深切的同情，对她们遭受的压迫的原因进行了分析，指出了美国的父权制和霸权主义是女性受害的根本原因。

安娜·卡斯蒂洛诗歌里的人物形象基本上是女性形象，尤其是以奇卡诺族裔女性和拉丁美洲女性的形象为主。诗歌所反映的问题都是与奇卡娜人、美国国内其他族裔女性、拉丁美洲女性、非洲女性和亚洲的阿拉伯女性有关的问题。诗歌探讨了奇卡诺族裔女性的心理特征，反映了奇卡娜人热爱自己民族和认同自己多元民族身份、追求自由与公平、颠覆父权制价值观的奋斗历程，充满了奇卡娜主义思想，具有浓厚的奇卡娜特征。诗人对世界各地妇女所受的压迫和贫穷生活表现出的同情与愤慨体现了其普世性思想和女性主义文学伦理价值观。卡斯蒂洛诗歌创作的"奇卡娜主义"思想丰富了美国族裔女性文学的内涵，也完善了生态女性主义伦理思想。

第三节　完美的关怀伦理：《守护者》

安娜·卡斯蒂洛是"最具有代表性、最大胆、最具有实验性的奇卡诺族裔女性文学家"[2]，她的小说《卫士们》（*The Guardians*，2008）一经出版即被《洛杉矶时报》评为"令人欢快的读物，充满笑料、悬念与兜风，令人心碎"[3]。《芝加哥论坛》也盛赞该小说虽然"充满黑暗却鼓舞人心，像仙人掌，开出了鲜花，也长满了荆棘"[4]。《西雅图邮报》认为该小说给

---

[1]　Ana Castillo, *I Ask the Impossible*. New York：Anchor Books, 2001, pp. 49 – 50.

[2]　Ilan Stavans, *The Hispanic Condition：The Power of a Great People*, New York：Harper Collins Publishers, 2001, p. 87.

[3]　Ana Castillo, *The Guardians*, New York：Random House, Inc. , 2008, p. i.

[4]　Ibid.

读者"提供了边疆生活强有力的一瞥"①。该小说体现的是典型的生态女性主义关怀伦理。

在女性主义关怀伦理学中,吉利根(Gilligan)强调女性对自身的利益的关怀、他人利益的关怀以及自身和他人的最佳利益,也强调男性所关心的正义与责任,而且,女性主义伦理学家首先关注的是妇女的整体状况的提高,他们也关注儿童、老人、体弱者、残疾人和处于劣势地位的少数民族等其他弱势群体②。下面将从关怀伦理的视角探讨作家作品所反映的美墨边境最荒凉地带的奇卡诺族裔人物形象的发展、对他人的关怀以及与他人关系的处理。

一　小说《卫士们》故事梗概

《卫士们》属于奇卡诺小说中典型的边疆叙事。故事讲述的是居住在墨美边境的主人公丽贾娜和她的侄儿寻找她失踪的弟弟拉法(Rafa)时得到同事和朋友帮助的感人故事。小说中的四个主要人物是丽贾娜(Regina)、她的侄儿加博(Gabo)、同事米格尔(Miguel)和米格尔的外公弥尔顿(Milton)。故事的叙事方法采用了人物第一人称讲述,小说的章节以人物的名字作为标题,人物轮番出场,根据人物的各自经历的回忆与对新的事件的描述,使得故事情节发展迂回前进。用英语夹杂着西班牙词汇以富于幽默的口语形式,他们分别描述各自的个人经历与冒着生命危险在边境镇上共同寻找拉法下落的过程强化了故事的真实性与可信性,也充分表现了人物的个性特征以及人物与他人的外在关联,从而体现出普通的奇卡诺人在面对边疆严酷与危险的现实时表现出人间真善美无处不在。在文学伦理学批评理论中,聂珍钊认为,伦理的核心内容是人与人、人与社会以及人与自然之间形成的被接受和认可的伦理秩序,以及在这种秩序的基础上形成的道德观念和维护这种秩序的各种规范③。且批评的目的是"寻找

---

① Ana Castillo, *The Guardians*, New York: Random House, Inc., 2008, p. i.

② Tong Rosemarie & Nancy Williams, "Feminist Ethics", *The Stanford Encyclopedia of Philosophy* (Fall 2014 Edition), Edward N. Zalta (ed.), forthcoming URL = 〈http://plato.stanford.edu/archives/fall2014/entries/feminism-ethics/〉.

③ 聂珍钊:《文学伦理学批评:基本理论与术语》,载聂珍钊《文学理论批评及其他——聂珍钊自选集》,华中师范大学出版社 2012 年版,第 2—15 页。

文学作品描写的生活事实的真相"①。卡斯蒂洛的小说《卫士们》反映了这种伦理秩序与道德规范。

二　丽贾娜的母性关怀

小说《卫士们》以一场预示着悲剧的彻夜未停的大雨开头。"昨晚整晚都在下着大雨，它使得大地都在颤抖……一切都是湿漉漉、灰蒙蒙的……像往常一样，我心急如焚。浓雾的后面是富兰克林群山。群山的后面是我的弟弟。等待。在山的这一边，我们也在等待……"② 这里的"我"就是故事的主要叙述者——丽贾娜，她焦急地等待的就是引发整个故事的、失踪了的弟弟拉法（Rafa）。她对亲人和朋友的关怀体现了女性主义关怀伦理的母性关怀。

亚里士多德认为，美德指在"正确的时间，以正确的方式和正确的理由，对正确的人，以恰当的程度做正确的事"③。丽贾娜独善其身，具备了奇卡诺女性的美德。丽贾娜，"天上女皇"之意。寡居三十年的中学教师助理丽贾娜曾经是一位漂亮、善良的墨西哥农家姑娘。她曾经在爷爷的农场里拥有家庭教师，还有后来成为她丈夫的朱尼尔为伴，童年生活无忧无虑。但不幸降临到了她头上：她父亲和哥哥在农场被牛顶死，她出身贫寒的妈妈、弟弟和她被爷爷赶出了家门。为了生计，她和母亲一起来到美国边境，靠摘棉花、辣椒，扯大蒜以及到食品加工厂打工挣钱。在美国与墨西哥的边境她看到了很多问题：居民之间的冲突、人体器官贩卖、谋杀、毒品走私、廉价劳动力竞争、棕色女人的贫穷与无知、人们的权益争夺等。但作为一个具有良好素质的女性，她首先以婚姻的形式使自己的利益得到了保障。她和即将奔赴越南战场的男友朱尼尔领取了结婚证。还没来得及举行婚礼，她的新郎在领证后的第二天即离开美国，后来战死在越南，她因此获得了美国永久居住权和烈军属抚恤金。至此，她走出了具有关心他人能力的第一步。

五十年来她是一个坚守贞操的处女和亲人眼中的圣女，因为她只是法

① 聂珍钊：《文学伦理学批评：基本理论与术语》，载聂珍钊《文学理论批评及其他——聂珍钊自选集》，华中师范大学出版社 2012 年版，第 2—15 页。

② Ana Castillo, *The Guardians*, New York: Random House, Inc. , 2008, p. 1.

③ William S. Sahakian & Mabel Lewis Sahakian, *Ideas of the Great Philosophers*, New York: Barnes & Nobel, 1993, p. 37.

律上成为了人妻。丽贾娜的母亲在世时一直提醒她要提防已婚男人，这些人无时无刻不与别的女人调情。她时刻牢记母亲的话，三十年里没有再与其他男人来往。为了青梅竹马的纯真爱情，也为了生活，她一个人坚守孤独的日子。牧师做了她二十年的倾听者，他们之间都没有产生感情。只有在弟弟出事后请求米格尔帮助，感受到米格尔的热情时，她才春心再萌，仿佛燃起了新的爱的火焰，但他们相处时也就是在一起弹吉他唱歌而已。

拿到抚恤金后，丽贾娜开始准备足够的条件来关心照顾自己的亲人。她买了一个破旧的房子，读了社区大学并获得文凭，成为了中学教师助理。她的母亲也随她一起获得了美国的居住权。她勤俭节约，自强不息。在工作之余，她经常干些别的活计来维持她和母亲的生活，她给人送菜，帮人订购货物，帮人遛狗，看护老人，替人看家。她也做过安利产品直销，卖过苹果、面包，也做过比萨饼，更挨家挨户做过推销。她经常去"买些一元店里的东西"①，也培养她侄儿学会了节俭。在她的侄儿眼中，丽贾娜"动作优雅像位英国女王"②，是一位"蔬菜种植能手"③，她种菜的肥料来自食物的残渣、咖啡渣、蛋壳与牛马粪。在美国有房子、工资和车子，她更是加博妈妈眼中幸福生活的榜样。

丽贾娜对家人的关爱更多是体现在她对弟弟拉法的担心和侄儿加博的照顾上。弟弟拉法仍然居住在墨西哥，经常偷渡进入美国打工。在一次不成功的偷渡中，他的妻子、加博的妈妈在边境被害，被取走了器官。加博如今已长成少年，她希望拉法留在美国和她一起生活，可拉法是个狂热的共产主义者、毛泽东的追随者，他立志为墨西哥的解放事业奋斗，但为了生计，他又在美国和墨西哥之间偷渡，来回穿梭。丽贾娜希望自己的家族里也有人能够受到良好的教育，她决定把从墨西哥到美国探亲的侄儿加博留在她身边，接受美式教育。

对待弟弟，她心中充满了万般疼爱。每次弟弟来访，她做好了吃的总会让他一个人先吃好吃饱，而她自己总是假装不饿，尽管她已因为营养不良患上了晕眩症。在拉法失踪后的几个月里，她不断地寻找、打听弟弟的消息。在弟弟失踪的两周后，她突然接到了一个从埃尔帕索（El Paso）

---

① Ana Castillo, *The Guardians*, New York: Random House, Inc., 2008, p. 8.

② Ibid., p. 17.

③ Ibid., p. 18.

打来的神秘电话，她敏感地觉察到弟弟可能出事了，便找到同事——一个教历史的老师米格尔商量对策，但结果让她非常失望。她从未放弃寻找弟弟的下落，她去了华雷斯乡下，到棉花地里去寻找，也去了墨西哥人事务办公室打听消息。她还去找巫师卜卦，看看弟弟是否还在人世。当得知她侄儿冒险去寻找拉法的消息后，她驱车全速追赶他，最后和警察一起，将犯罪团伙一网打尽。得知弟弟曾经被强迫生产兴奋剂和脱氧麻黄碱、被剥光衣服、一周以前已经被毒贩子残酷虐待，乱枪打死的真相后，她随即瘫倒在地。对亲人弟弟的关怀，她已经做到了极致。

在寻找弟弟的同时，丽贾娜也一直全身心地照顾侄儿。对待她的侄儿，她的关怀更是无微不至，甚至侄儿小时候的尿不湿都是她更换。她本人财力不足，但想方设法让侄儿高兴，在他两岁时，她从邻居家弄来一条小狗给他做生日礼物。加博来到她身边后，她把大房间让给了侄儿住，而自己住小房间。她帮他缝补衣衫、做饭，从不让他担心家里的经济问题。为了让侄儿将来能够有上大学的学费，她开始想法子利用自己做煎饼的手艺挣钱，在家里把饼煎好后拿到学校去卖给同事，小赚了一笔。因父亲失踪，加博备受打击，他得了夜游症，在他哭泣时，她请来巫医为他治病。当加博的夜游症日益严重时，她采用各种草药对他进行治疗。她侄儿把她比作"圣女寡妇"①，而丽贾娜则把自己看成是加博的卫士。当同事建议她收养加博时，她认为这是个好主意。加博曾经独自去寻找父亲的下落，被警察逮捕，他被弥尔顿从警察局领走并从弥尔顿家离开后四天没有回家时，她立即找到了诱惑加博当牧师的胡安·博斯科牧师，打探加博的下落并找到他。丽贾娜看到加博的数学成绩不好，打算给他请家庭教师提高他的成绩。后来加博也被杀害，但丽贾娜一直保持着向善的心态，冷静对待失去唯一至亲的灾难。在解救被绑架的米格尔前妻的行动中，加博被嫌犯"小泪珠"用玻璃碎片刺中肾脏而不幸遇难。在面对杀死自己至亲加博的仇人时，她能宽容地对待罪犯无辜的幼儿，"小泪珠"的私生女被好心的丽贾娜收养并带到监狱探视她的母亲。由此可见，丽贾娜是一位心地非常善良的女性。虽然失去了自己的至亲，她还能包容、善待罪犯的后代。

在日常的生活中，比丽贾娜更穷的人经常可以得到她的帮助。她同情

---

① Ana Castillo, *The Guardians*, New York：Random House, Inc., 2008, p. 21.

穷人，经常把自己饲养的鸡下的鲜蛋"无偿地送给他们"①。她和她弟弟一样，不相信教堂，认为"成千上百万的虔诚的墨西哥人生活在贫困中，教堂却是如此的富裕。宗教是群众的鸦片"②。在米格尔眼中，丽贾娜非常具有奉献精神。她"使其他许多事情顺利进行，而不是为她自己声誉去做事"③。

在政治上她对教育问题充满担忧。丽贾娜关心时事政治，看到了有关小布什发动战争的新闻也看了当地少年打群架与吸毒的报道。她由此发出感慨：布什总统说的在教育方面"一个孩子都不能落下"是一句空话。事实上，在奇卡诺学生所在的学校里，学生们不只是被落下，他们简直就是被抛弃了④。她还认为，在美国边境上，一个墨西哥人要正式成为一个有身份的人异常艰难，他们有太多的文件要签。尤其是那些偷渡客，他们历尽千辛万苦，遭遇抢劫、蛇咬、日晒、溺水，甚至在车里窒息而死。贝塔集团的经纪人理应帮助偷渡的人，但其因内部组织充满腐败与黑暗，他们只贩卖毒品与人口。

在工作上，丽贾娜勤奋工作，其他的老师经常得到她的辅佐。每个学期开学的几周里，她都加班加点，从不计报酬，帮助其他老师完成任务，也为其他老师"批改作业"⑤，与同事们建立了良好的人际关系。因为她的工作是不需要动多少脑筋的辅助性工作，随时都可以被其他人替代，但她一直坚持了下来，因为她勤奋、努力、为人热情，得到了同事们的一致好评。

丽贾娜的一生，充满乐观主义的精神，把欢乐带给他人。虽然住的是屋顶漏水的房子，用的是破旧的家具，天气变暖时，飞蛾不断袭扰她家。蚊子、苍蝇、老鼠、蝎子、蜥蜴、蚯蚓是她家里的常客，甚至有蝎子钻进了她的耳朵里。当沙尘暴袭击他们时，她还假装看到了日食，金黄色的尘土埋没了他们，可她抖掉身上的尘土后，仍然和侄儿欢快地种植蔬菜。但她自己从来不去抱怨，安居若泰。虽然贫穷，她也没有舍弃爱美之心。和米格尔一起到教堂打听加博的消息时，她把自己修饰了一番：留着过肩直

---

① Ana Castillo, *The Guardians*, New York：Random House, Inc., 2008, p. 7.

② Ibid., p. 21.

③ Ibid., p. 109.

④ Ibid., p. 58.

⑤ Ibid., p. 160.

发，披着用旧窗帘布做的披肩。她走路的姿势就像是"一个女王从她的城堡下来视察子民，看他们做得怎么样"①。

丽贾娜平时有空时会和米格尔一起去拜访他年迈的外公并陪他聊天，在她卖饼挣钱的时候，她不忘给帮助过她的同事米格尔免费提供煎饼，与邻居做买卖时，她都是半送半卖。在她生日的时候，米格尔、弥尔顿和加博三个男人以骑马的方式庆贺。这使她非常感动，觉得她心目中的神就是这三个男人。丽贾娜与身边的人都建立起了良好的关系，互相得利。

丽贾娜的自强自立、对待家人和他人的善行，体现了母性的仁慈，也体现了作家理想的女性主义关怀伦理思想。

三　加博天使般的拯救行动

小说中的另一个人物，丽贾娜的侄儿加博（加百利 Gabriel 的昵称，上帝传送好消息给人类的使者）是一个小天使一样的角色，他每天夜晚使用书信向上帝独白自己心中的喜怒哀乐。他从小目睹了奇卡诺流动农民工无法言状的苦难生活，流动农民工有许多是偷渡客，他们历经艰辛，穿越沙漠，缺水时靠喝自己的尿液维持生命。加博一家就有这样的经历。他妈妈那边的兄弟都是流动农民工，他们住的是无电照明的工棚，农场主为了防止工人逃跑，不让男人们晚上睡觉，让他们站在浅水湖中过夜，最后他的舅舅患上了肺炎，身裹一条借来的脏毯子悲惨离世。那条肮脏的毯子最后留给了加博。他以优异的成绩和对上帝虔诚的态度来提高自己的能力，用勤奋和体贴照顾姑妈和他认为需要照顾的人，用心处理好与姑妈、同学和朋友的关系，是卡斯蒂洛小说《卫士们》里另一体现关怀伦理的人物。

加博酷爱学习，除了读《圣经》，也读其他各种书籍。因为聪明，8岁时就从小学一年级跳级到了四年级。加博的父亲是个坚定的共产主义者，总是随身带着《共产党宣言》，立志为墨西哥人的幸福而斗争。当他的姐姐丽贾娜劝他留在美国时，他断然拒绝，说"我不会在这里成为一个隐形的墨西哥人，靠在餐馆里拾人家的残羹冷炙为生，我家乡的人需要我，我也需要他们"②。加博六岁起就开始读这本书。在他父亲的帮助下，后来他还学习了毛泽东的著作，他的父亲拥有的马克思、恩格斯、列宁和

① Ana Castillo, *The Guardians*, New York：Random House, Inc., 2008, p. 64.

② Ibid., p. 103.

毛泽东的著作，他都读过。在他的姑妈的指导下，他还学会了拉丁语。

　　加博在姑妈眼中是一位非常懂事、节俭、勤奋、自律、向上、有爱心的少年。他的信仰坚定，前途光明。他有天发现他姑妈和一个男人同车而行，便猜测到他父亲可能出事了。他由此陷入了无限的悲伤，但他从不在姑妈面前表现。在他的课余时间里，他到杂货店里打工：摆货、扫地、抹窗户，样样在行，深得老板信任。他把每一个铜板都存起来。尽管非常想买一条像样的毯子，但从未向姑妈开口，而是自己努力挣钱。他善于观察周边的一切事物，是一个敏感的孩子。从他对上帝的叙述，读者不难发现他是一个对大自然充满热爱的孩子。飞鸟寻觅食物，田野的各种野花，沙丘上的树木，邻居的狗叫，他都会认真观察。在学校，他结交了新朋友——杰西·阿雷拉诺，接着，他认识了许多同龄人，他们大都酗酒、吸毒、整天开舞会、听重音乐、参加帮会、强奸幼女、未婚先孕，他们无恶不作，而他却独善其身，是一个虔诚的基督徒。

　　拉迪克（Ruddick）认为，具备细致、谦逊和乐观品格的母亲可以使家庭对付一切困难①。在姑妈丽贾娜母亲般的庇佑下，加博在他的父亲失踪后变得越来越坚强，认为自己"现在差不多是个大人了"，"眼泪是无用的"②，不能解决任何问题。他学会了冷静。他非常想念他的父亲，也看到了他姑妈眼里的忧伤。生日的前晚，同学杰西告诉他通过埃尔托罗（El Toro）和他的巴洛米诺马组织成员在埃尔帕索镇可以帮他找到父亲拉法。深夜独处时，加博对上帝的理解更深了。他认为上帝无所不在、无所不能，上帝就是自然万物，人也是上帝的一部分③，所以求上帝帮忙找父亲也就要靠他自己。为了寻找父亲，加博以自己的新鞋作为回报送给了杰西。这是一双全新的鞋子，是姑妈送给他的生日礼物，她花了很长的时间给他做的鞋子，所以加博感到十分内疚，觉得羞愧难当。生日过后在去寻找父亲的路上，他一直担心父亲生死未卜的命运，向同伴们诉说了他对死亡的理解："你世俗地自我死亡，但如果你的选择所向是善，那么你将与上帝永远结合在一起"④。那个巴洛米诺马组织崇拜的就是死亡神，在加

---

　　① S. Ruddick, *Maternal Thinking: Toward a Politics of Peace*, New York: Ballantine Books. 1989.

　　② Ana Castillo, *The Guardians*, New York: Random House, Inc. , 2008, p. 39.

　　③ Ibid. , p. 81.

　　④ Ibid. , p. 83.

博和他们出发前，其组织成员之一"小泪珠"曾经点燃蜡烛敬拜了死亡神。他们迅速来到了人贩子的房子外观察地形与进出人员动向，看看是否有他们认识的人。加博躲在一个垃圾箱里观察，他发现周边一片狼藉，到处都是垃圾、蚊子和乱飞的苍蝇，臭烘烘一片。"小泪珠"进了房子，找到了一些有用的信息。当他们再集合时，警察来了，把他们带到了警察局。在警局，加博撒谎说他与爷爷住在埃尔帕索，父母双亡，叔叔认为美国教育质量高，把他带到了卡布切镇上中学。事后加博觉得自己救父亲的行动像兔子被引诱掉进了笼子里一样掉进了他人的圈套，他虔诚地乞求上帝原谅。但他勇闯巴洛米诺马邪恶组织的幼稚行为与纯真宛如小天使。

加博还曾天真地扮演了牧师的角色去弘扬正义，拯救他人的心灵。在当地牧师抛弃教堂后，加博首先感觉失去了牧师的指点非常迷惘，无所适从，但最后他鼓起勇气，在教堂自己为前来做礼拜的穷人诵经。他的善行得到了米格尔和姑妈的赞许。面对大雨给小镇带来的灾难和无家可归的人们，对电视上总统安抚子民所说的为了和平而进行伊拉克战争的谎言，加博认为自己有责任戳穿它。于是，他从教堂里找来已被蛀虫咬破的袍子到学校趁同学们午餐的机会进行布道演讲，他认为"当国家开始以和平的名义宣战时，没有哪个时代比我们所生活的时代更黑暗"[1]。但他的那些浓妆艳抹、穿耳穿舌穿鼻的同学对他的布道却嗤之以鼻，弃他而去。他的行为与他同学的行为之间形成一条明显的伦理分界线：对宗教的虔诚与虚伪。

对上帝无比崇敬的少年加博内心充满了爱心，他尽自己的微薄之力去帮助那些有需要的人。在小说中他的爱心表现在他对待一只死鹰和比他更穷的人的态度上。他像对待死去的亲人一样对待死鹰，为它祷告，举行葬礼，建造墓穴。在弥尔顿带他去太平间辨认是否有他父亲的尸体的路上，尽管他自己很穷，他却把脚上的鞋子送给了穷人的孩子。在辨认尸体时，看见一个年龄和他相仿的男孩在为遇难的母亲哭泣时，他也大哭不已。

加博用他对宗教的虔诚完善了自己的人格，在姑妈家是位非常体贴、懂事和关照长辈的孝子，在学校他和同学老师关系融洽，在社会他还得到米格尔外公的宠爱。他拯救父亲的行动和他对贫民的同情证明了他人性的善良与心中的正义。

---

① Ana Castillo, *The Guardians*, New York: Random House, Inc., 2008, p.165.

　　然而，不幸的是，加博这样充满虔诚爱心的小天使没有得到他应得到的关爱，被邪恶的社会暴力湮灭。卡斯蒂洛对加博之死的描述揭露了美国边境严重的暴力问题，引起了读者对边境恐怖主义的关注。

四　米格尔的正义感与责任心

　　小说中第三位出场的是出生于 1968 年奇卡诺运动高潮时的米格尔。他是一位离异后独居的中学历史老师。他知识渊博，为人热情大方，热心为社区、为周围的同事和朋友服务，尊敬长辈，关爱孩子和学生。在上大学时，他是一个大才子，崇拜那些"宁愿站着死，不愿跪着生"①的民族英雄。当很多人不愿意用奇卡诺这一词来称呼自己时，米格尔却非常乐意。他关心时事政治，曾经把父亲留给他的钱用来帮助戈尔和克里进行总统选举，也曾向慈善机构捐款，给孩子们存了学费，给前妻一些钱治疗癌症。

　　以女性主义关怀伦理的原则来看，米格尔这个人物形象是承担起家庭责任和社会责任的典型代表。

　　米格尔以丰富的知识和坚持正义的激情为自己的善良行动打下了坚实的基础。他在中学时就是一个品学兼优的学生，他大学专攻历史，完成了大学学业并成为中学历史老师。作为历史老师，米格尔对美国少数族裔的历史有自己的见地。他认为 20 世纪 60 年代的美国民权运动从黑人到棕色人种到印第安人运动，从各种节目到诗歌与大众艺术，"全国到处都在摇滚"，"是一个嬉皮士与雅皮士的年代，而共产主义是美国当时的头号敌人"②。他是一个富有正义感的人。他认为如果他生活在 60 年代的美国，他极有可能因为批判美国社会的白人化而成为美国的头号敌人。他对美国政府从 1946 年起至今在乔治亚州培训拉丁美洲士兵和警察非常不满，认为美国为拉丁美洲各国"培训了折磨专家、谋杀专家、政治压迫专家"③。他的父亲参加了培训项目，负责语言培训，所以他一直对父亲耿耿于怀。当他发现政府针对边境再次增设移民检查站时，他组织当地居民进行抗议。他认为这是种族歧视。"边境就像德国的柏林墙大分界线，边境巡逻

---

① Ana Castillo, *The Guardians*, New York: Random House, Inc., 2008, p. 41.

② Ibid., p. 31.

③ Ibid., p. 32.

不仅有价值百万的体育馆灯光的障碍物，他们还有移动感应器、直升机巡逻和护目镜。他们的装备比战场上的士兵们的装备还先进"①。通过把加拿大和美国的边境与墨西哥和美国的边境进行比较，米格尔发现美国北面的边境的人们享有充分的自由，而美墨边境乌烟瘴气、杀气腾腾。米格尔认为美国的这种行为充分体现了种族主义思想特征。米格尔富有同情心。夏天的雨季来临，他所在的小镇和学校污水横溢，街道上脏乱，人们无法生活。看到丽贾娜住的地方很差，因为做教师的助手，工资低廉，米格尔便鼓励她上夜校，拿个文凭以改善自己的生活。加博的夜游症加重时，他立刻赶到丽贾娜家帮助她照看加博。随着时间的逝去，他揣测加博的父亲很有可能已经遭到毒枭们的暗算，便到警察局报案，要求警察到毒枭们的家里进行搜查。但警察说没有逮捕证是不能随意行动的。米格尔认为事实上警察是不敢行动，怕遭到比警察更强大的毒枭们的报复。他曾经在餐馆亲眼见到几个枪手到餐馆把已经退休了的前警察局长一家残杀。混乱的社会秩序，让米格尔用了墨西哥总统的名言"可怜的墨西哥，离上帝如此遥远，离美国如此的近"来感叹现实，可怜墨西哥与世界最大的毒品市场和武器供应商为邻。

在小说中，作为年轻力壮的知识分子，米格尔比其他人承担了更多的责任。首先在对待家人问题上，即使离异后，他以宽宏大量的胸怀视前妻为政治上的同路人，他把最漂亮的别墅给了前妻和孩子，自己净身出屋。虽然房子没有了他的份，但他仍然支付房费；虽然孩子已经判给了前妻，但他仍然照看孩子，干重家务活，修理房子等任务经常落到他的身上。米格尔还是一个非常体贴老人的晚辈。到外公家拜访时，一边和外公大声聊天，一边帮他清洗餐具。他也是一个关爱朋友和学生的好心人。加博的生日到了，原本只有两个人参加的生日庆祝会在米格尔的安排下变成了大型野炊。野炊地就安排在米格尔寒碜的独居房外的泥草地上。野炊把能够帮助丽贾娜和加博寻找亲人的人都聚在一起。

对同事加好朋友丽贾娜和她的侄儿加博，米格尔承担了巨大的责任。加博每次出点小事，他都会第一个到达丽贾娜的家里打探消息，以示关心。在丽贾娜眼里，米格尔"像杨树一样高大、健康，充满活力与激情，

---

① Ana Castillo, *The Guardians*, New York：Random House, Inc., 2008, p. 124.

前途光明，也有点像算命先生"①，他是"一个绅士"和"大天使"②。她有事时想到的第一个人就是他。丽贾娜电话告知他，她在弟弟失踪后接到了神秘电话时，米格尔立刻通过电话查询找到了打电话的人，并亲自到了打电话的女人的家里。虽无功而返，但他并不气馁。他邀请她一起下馆子，去他外公在奇瓦瓦的家玩儿。在后来的一个周末，他和丽贾娜再次来到了人贩子的家，打听拉法的消息。他们的第二次造访让人贩子们变得非常警惕，也让丽贾娜确认了她弟弟就在那里。在后来丽贾娜继续对弟弟下落的寻找中，米格尔始终陪伴左右，直到成功。

在前妻失踪后，米格尔收到了绑架者一张勒索一千美元并不许报警的纸条。米格尔感觉情况非常不妙，因为边境的妇女经常失踪或受到虐待，而镇长不打击犯罪却跳出来指责妇女晚上出去是找死，穿得花枝招展太有挑逗性，她们活该受到惩罚③。警察最后发现米格尔前妻的车被遗弃在一个垃圾桶旁。米格尔担心她已遭遇不测，自责没有做个好丈夫。为了营救前妻，他邀请牧师胡安·博斯科和加博到他外公家商量营救办法。他们邀请加博的朋友杰西到操场打球，打探消息。牧师用两百元和一块手表赢得了杰西的帮助。他们成功地进入到毒枭的家，发现了两个被捆绑的女人，其中一个就是米格尔的前妻。另一个则是坏小孩"小泪珠"。埃尔托罗也在那屋中，已经失去了意识。最终毒枭被送上了法庭公审。

米格尔还是一个坚定的环境保护主义者。他坚决反对让已停工的重污染工厂重新开工。他认为美国冶炼精炼公司的废气不仅影响了他曾祖父的健康，更影响了他儿子的健康，他儿子因为得了哮喘病已经大半年待在家里没去上学了。为了使观点更有说服力，他和丽贾娜准备就环境污染问题进行种植试验，来从蔬菜里测试环境是否受到影响。

总之，米格尔这个人物形象充分表现了女性主义关怀伦理中的责任特质。在女性主义关怀伦理观点中，无论男女，最重要的伦理观之一就是人们能够承担家庭与社会的责任，充满正义感。米格尔就是这种伦理的代表。

---

① Ana Castillo, *The Guardians*, New York：Random House, Inc., 2008, p. 30.

② Ibid., p. 26.

③ Ibid., p. 185.

五　弥尔顿的仁慈

人类良好的关系不是在同样消息灵通和同样有权有势的人之间，而是在不平等的人和互相依赖的人之间①。小说《卫士们》中年老体弱的外公弥尔顿和他年轻气盛的外孙米格尔、风韵犹存的丽贾娜、年幼纯真的加博是相互依赖之人，他们建立起了非常和谐友善的关系。在寻找加博父亲的过程中，尽管他自己因眼疾需要他人照顾，但他仍然充分表现出了奇卡诺老人难能可贵的正义感和对他人的慈爱情怀。

弥尔顿是埃尔楚克镇历史的见证人。从 1881 年通铁路开始，在他生活的小镇，煤矿、铜矿等加工厂如雨后春笋般出现。当地许多人死于双肺碳化。在他们附近的布里斯堡是美国最大的军队培训基地。从 20 世纪 60 年代至今，埃尔楚克镇一直是个混乱、充满杀机的地方，尤其是"9·11"事件后人们更没有了安全感。在这种环境里，因为自己的强悍和勇敢弥尔顿征服了强盗们才得以生存下来。他一眼就可以认出任何坏人，后来杀死加博的"小泪珠"在他眼中就是一个"惹是生非的小女孩"②。

1994 年弥尔顿失去了相伴 50 年的老伴。因不习惯美国这边的生活回到了墨西哥边境小镇奇瓦瓦的棚户区生活。他虽然年老体衰、半瞎半聋，但他仍然精神矍铄，衣着整洁，声音洪亮，待客热情。弥尔顿小时候经常打架，他成人后身材魁梧，强壮无比。美国和墨西哥边境 1924 年起开始设置边境巡逻，奇卡诺人在自己的土地上成了逃亡奴隶，警察会半夜去敲门把人叫出来审问。外公曾经被征入伍到德国作战。但因为他在兵营宣称美国人对待奇卡诺人时就像是纳粹分子，受到长官训斥，他与长官扭打起来，最后被开除回国。因为不体面的名声他无法找到工作，他只能在农田干些农活维持生计。后来弥尔顿自己开了酒吧，售卖政府禁止出售的烈酒。别人卖的是毒品，没人找麻烦。而他卖的是酒，却得时刻小心。为了孩子们能有像样的鞋子穿和吃饱饭，弥尔顿愿意做任何事情。他也最同情自己最宠爱的小女儿——米格尔的母亲，但他从不把自己的信仰强加给孩

① Tong Rosemarie & Nancy Williams, "Feminist Ethics," *The Stanford Encyclopedia of Philosophy* (Fall 2014 Edition), Edward N. Zalta (ed.), forthcoming URL = 〈http://plato.stanford.edu/archives/fall2014/entries/feminism-ethics/〉.

② Ana Castillo, *The Guardians*, New York: Random House, Inc., 2008, p.130.

子们。他是一个负责任、开明的父亲。

在外公眼里，白人是以蔑视的态度对待奇卡诺人。他们被白人称为
"哑铃"、"黑鬼"、"肮脏的墨西哥人"，白人工头让他们淋雨，不允许他
们讲西班牙语，认为他们身上有虱子①。米尔顿对白人政府的作为也持嗤
之以鼻的态度。当新墨西哥州政府突然宣布紧急状态时，弥尔顿认为州政
府是想从联邦政府获得更多的资助而已。

弥尔顿靠自己的体力和正义思想聚集了相对其他奇卡诺穷人来说更多
的财富，他一生都在对亲人和朋友施舍他的仁慈。在米格尔年幼的时候，
因为他父亲在部队服役常年不在家，外公取代了米格尔父亲的位置去中学
为米格尔踢球助威。他对前外孙媳妇和曾外孙子女都无限挂念，时不时要
嘘寒问暖。看见丽贾娜陪他单身的外孙到访，连忙夸奖她为"女神"、
"女王"②。当他接到警察局有关加博的电话时，一点也不惊奇，他回忆起
在野炊上见到过的匪帮头目埃尔托罗，他曾经为了抢劫铁路物资杀死了
FBI 的人，他还专门收罗青少年，唆使他们犯罪。看到加博与这种人在一
起，弥尔顿深感不安。所以当警察凌晨 4 点给他打电话时，他立刻动身去
迎接加博。在返回的路上，弥尔顿不停地向加博数落埃尔托罗的不是，认
为他是黑社会组织头目，贪得无厌。善良的外公弥尔顿到家后让加博洗了
个澡，给他煎了两个鸡蛋，告诉他人不能只靠面包度日，然后还煮了些咖
啡。听到丽贾娜弟弟失踪的消息后，他备好干粮、带着自己的狗、拿着她
弟弟的照片到街上去寻找，还到那些成群结队下班的农民工中去询问，甚
至跑到镇警察局去打探情况。有一天，电视里轮番播放了十个被害人尸体
的照片，他亲自带着加博到太平间去辨认了尸体后，还让米格尔带着丽贾
娜去再次确认。当他们从丽贾娜所在的小镇开车回家发现路上有人拦车进
行检查时，为了外孙的安全，弥尔顿立刻让外孙子坐到后面的车位上，自
己握着方向盘去和警察周旋，以防不测。当他在电视上看见外孙子做广告
寻找前妻的时候，他鼓励外孙子自己去寻找。发现外孙子不修边幅时，他
要求他立刻洗个澡来提精神。

因为开咖啡馆认识了一些官员，心地善良的弥尔顿便经常通过他们帮
助那些在边境上来回跑的人，也给那些人贷款以渡艰难时日。为了让加博

---

① Ana Castillo, *The Guardians*, New York: Random House, Inc., 2008, p. 71.

② Ibid., p. 79.

顺利通过边境关卡去辨认尸体，他花了一百美元雇请熟悉的警察帮忙让加博通关。

弥尔顿虽然历尽了艰辛却仍然保持乐观的人生态度。对待边境的邪恶与暴力，他毫不迟疑，予以打击；对待亲友和弱势人群，他尽心尽力。他的努力体现了一个奇卡诺长者的仁慈之怀。

该小说《卫士们》的结局虽然凄惨，善良的人们进行的正义事业招致的结果是无情的毁灭，但从故事相关的主要人物身上，读者仍然感觉到人间自有真情在，人间真爱来自平常百姓。作家所描述的是无法发出自己声音的社会底层人物，他们在极度的物质贫困中仍然保持乐观主义的人生态度，充分体现了奇卡诺民族"超常的神圣性"①。卡斯蒂洛对小人物大爱的书写，歌颂了人间美好的真情，针砭了邪恶的社会现象，她的女性主义关怀伦理精神形成了强大的正义道德力量。

传统的亚里士多德美德伦理认为女性天生比男人劣等，在人类的繁荣中女性发挥着微不足道的作用②。但生态女性主义者认为女人的劣势地位是由父权制与霸权主义所导致，女性若要得到解放，她们必须颠覆父权价值观与霸权主义思想。女性主义关怀伦理认为，正是母性关怀的实践、关系和责任使得公共关系变得融洽，人类共同繁荣起来。西斯内罗斯的小说《喊女溪》和卡斯蒂洛的诗歌为受压迫的奇卡诺女性的自由呐喊，对奇卡诺女性的生存状态的叙述揭露了女性受压迫的根源。她们对奇卡诺父权价值观和白人种族压迫的批判告诉人们，女人的解放与幸福生活只能靠自己的努力。小说《卫士们》里的主人公是充满邪恶的边疆地区的贫民，她尽己所能帮助任何有需要的亲人、朋友、邻居与同事，她和她周遭的人们更像卫士一样守护着彼此，使得所在的社区人们感到了人间的温暖。这是奇卡诺作家和她们的作品所体现的生态女性主义伦理的最高境界。

---

① Ana Castillo, *The Guardians*, New York: Random House, Inc., 2008, p. 2.
② ［英］金伯莉·哈钦斯:《全球伦理》，杨彩霞译，中国青年出版社2013年版，第68页。

第七章

奇卡诺文学的世界主义伦理

　　20 世纪初的墨西哥哲学家和教育家荷西·瓦斯孔塞卢斯（José Vas-concelos）在他 1925 年出版的《宇宙种族》中指出，奇卡诺人即为"宇宙人种"，它"结合了印第安人和欧洲人的长处，混种人将是人种的未来"①，"如果引导得当，它将成为一种世界力量"②。在《世界里的家庭》(*At Home in the World*) 一书里，布伦南（Brennan）认为世界主义是美利坚民族国家和世界之间的伦理立场。他认为"世界主义是一种说话和看东西的方式，具有不确定性和灵活性。它的伦理假设来自描述，它的内涵策略来自伦理假设"③。这个描述包含去中心化的世界主义的本质。美利坚民族不是一个能够胸有成竹地把自己的文化向外扩张的中心，而在它自己的范围或世界里都没有什么固定的地位和对象，它假想中的世界性对象使自己暂时地和公开地向外延伸至其他世界的地位和对象并接受来自其他地位和对象的可能的挑战和变化。这种世界主义观认为不同的民族、国家和文化形式存在于拥有与美国不同"节奏"的世界里，但是这种差异不能作为理由来强化一个受人妒忌的集体和民族的地位④。它是把一个民族的地位——特别是美利坚民族的地位——看成是许多文化和种族的形式，一个大型机器里的一小分子，而不是宇宙或世界的中心分子。也就是说，美国国家这个空间的概念对内是多元化的，对外不是全世界的主宰。

---

　　① José Vasconcelos, "The Cosmic Race", retrieved 12 - 04 - 2014. http：//inside. sfuhs. org/dept/history/mexicoreader/Chapter7/vasconcelos. pdf.

　　② Ilan Stavans, *The Hispanic Condition*：*The Power of a People*, New York：Harper Collins, p. 188.

　　③ Timothy Brennan, *At Home in the World*：*Cosmopolitanism Now*. Cambridge：Harvard University Press, p. 37.

　　④ Ibid. , pp. 308 -312.

按照世界主义的原则，正义的要求源自对人类所有人的同等关心或公平义务，正义标准所适用的组织或机构则是我们实现正义的工具。正义的要求是普遍的，不受国界限制的。正义所需考虑的主要是人们之间的公平性。因此，主权国家是实现全球正义的一个障碍，但全球正义可以在一个联邦制度内实现。其条件是，各国国内正义之实现不应产生对更大范围的世界的不公（即对他国人民的不公）①。

关于世界主义的伦理思想，奇卡诺作家的作品所反映的正是国内的多元文化主义思想，揭露美国政府和机构在国外的霸权主义思想。

随着全球化时代的到来，曾经囿于本民族生存与发展的奇卡诺文学突破族裔空间伦理的局限，走向了更为广阔的主流社会与世界。他们的创作从本民族的问题延伸到了全世界人类共同面临的问题：环境污染、毒品走私、战争等，他们书写的是人类为了美好未来而进行的共同奋斗。阿纳亚的哲理性小说《兰迪·洛佩兹还乡》通过奇卡诺青年兰迪·洛佩兹从白人主流社会回到故乡寻找爱情和修建桥梁的经历，反映了奇卡诺民族在全球化背景下的巨大变化与民族文化的大融合；德米特里亚·马丁内兹的小说《母语》更是进一步展现了奇卡诺人为了第三世界受苦大众的幸福而身体力行，去揭露战争真相，拯救战乱中的人们；维拉纽瓦的"亲爱的世界"系列诗歌表达了诗人对美国政府发动的海外战争的愤慨与强烈谴责，追求世界的和平与和谐的愿景。总之，为了人类的美好，奇卡诺作家们用经典的文学作品诠释了他们的世界主义伦理思想以及对世界公平正义的追求。

第一节 多元民族的和谐：《兰迪·洛佩兹还乡》

在 21 世纪，奇卡诺族裔文学表达了他们希望各民族之间相互理解、互赢、互利、和平、和谐共存的愿望。阿纳亚创作于 2011 年的小说《兰迪·洛佩兹还乡》（*Randy Lopez Goes Home*）就表达了这样的思想。小说《兰迪·洛佩兹还乡》讲述了主人公洛佩兹从白人主流社会返乡建桥的经历。在白人世界里生活了多年后，兰迪·洛佩兹骑着村口一位老人送给他

---

① Thomas Nagel, "The Problem of Global Justice," *Philosophy and Public Affairs*, Vol. 33, No. 2, March 2005.

的一匹凹背马回到了他阔别多年的家乡。一路上,他遇到了一位准备让自己葬身熊口的老人、酒吧外无聊地用烟土逗蜘蛛的两个年轻人、对宗教并不那么尊重的牧师、胖美女莉莉斯(Lilith)、他曾经的棒球教练的女儿优妮卡(Unica)、他的教父母一家、里布里安娜(Libriana)、邮递员、安吉丽卡(Angelica)、美宝莲(Mabelline)、法官和政客等各色人物,参加了奇卡诺人悼念亡灵的伟大节日——狂欢节,他回家乡的目的是寻找住在河对岸的最爱——智慧女孩索菲亚,但他发现村里那条夺去无数生命的"夺命河"河水湍急,没有过河的桥,在墨西哥人的帮助下,他用一棵古树的树干成功地建起了这座桥。桥建成后,他发现村子这边很多人跨过独木桥回到了索菲亚居住的地方,同时他也发现很多的墨西哥人为了后代的发展,跨过桥到了这边的村庄,然后他们朝美国北方的大城市走去。在整个回乡和建桥的过程中,兰迪·洛佩兹经历了生死轮回的多次转换。该故事以第三者讲述的方法,通过主人公的所见所想,描述了美国南方一个小村阿古阿·本迪塔村500多年来的历史变迁,反映了奇卡诺族裔人对自己民族与民族文化的自尊和文化不同的民族之间的平等,体现了世界主义伦理思想。这是一部人生哲理性非常强的"寓言故事"①。这个寓言故事通过"桥"的意象来体现多元民族的和谐,桥在整部小说中被赋予了多重意义。

一　意象与空间意象

意象是广泛应用于诗歌和小说中的象征写作手法。从字面意义上来说,意象是表面上相似的思维代表和视觉代表②。以美国诗人埃兹拉·庞德为首的诗人于1912年发起了意象主义文学运动,他们主张诗歌中用精确的视觉意象来清晰地表达思想。他们反对抽象的思维与浪漫主义的乐观派思想。意象派理论家提出了三个观点:(1)意象主义鼓励作家直接用意象来描述心中的情感,其重点是理性与情感的结合;(2)意象主义主张作家用进步的意象表达自己的观点,摒弃那些陈旧的规定,以此来解放自己的创作思维;(3)意象应该有不同的层次,其最高层次是它能够在

---

① Rudolfo Anaya, *Randy Lopez Goes Home*, Norman: University of Oklahoma, 2011, p. 156.

② C. Baldick, *Oxford Concise Dictionary of Literary Terms*, Shanghai: Shanghai Foreign Language Education Press, 2000, p. 93.

字面修辞、定义和隐喻之间形成某种关系，而且意象家的语言是精确的语言，意象家使用不带修饰性的精确词汇来使创作变得栩栩如生①。

关于空间伦理的意象研究始于 1984 年左然（Zoran）发表《走向叙事空间理论》一文。他在文中强调小说空间意象的背景是建构在读者积极的阅读活动②之上。他把空间意象看成是一个整体，然后把它分成三个层次：地理空间、变时性空间和文本空间③。他指的"空间"就是小说中构建的世界空间的各个方面。根据他的观点地理空间是直接描绘某种地图来给小说中的世界一个清晰的、静态的整体图像。它是由一系列纵向的、相反的空间概念如方向的上和下、村庄与城市、河流与桥梁、梦幻与现实、天国的世界与人间等组成。变时性空间是指事件、行为和运动发生的空间结构。它由共时性和历时性关系组成。共时性关系是指活动和其他形成空间结构的东西的相对联系，而历时性关系指的是由作家意志、人物活动和情节因素控制的方向、轴心和各种力量的关系。文本空间是由文字文本里的事实影响的空间。它的形成受三个因素影响：语言的选择、信息转换的顺序以及作家和读者各种不同的视角。左然认为，"在地理空间层次上，作家构建的世界已经不依赖于文本中语言的安排，但依赖于情节。变时性空间结构不是在一个中立的景象中的偶尔运动，而是基于某个力量领域的整个空间的概念。构建的东西属于构建的世界，但构建本身是文本的语言性质强加于它们的"④。更确切地说，在构建地理世界中，各种不同形式的可能性可能依赖于事件的质量、人们的观点、传统的文化和作家的个人素质。依赖于叙事文本逻辑的唯一一个方面是人物特别的空间存在。人物因在情节中有自身的问题而被从叙事层次分离开来。人物外部存在和环境中物体之间的基本不同点是他们在不同领域的作用不同。变时性空间可以用来描述运动和变化的整体性和临时性，运动和静止的部分具有互补性，运动的各种力量可能导致拥有固定轴心的运动的实际方向。文本空间是由语言文本强加的，它由作家和读者的文化和生活态度形成。

左然的理论对空间伦理的构建做出了有益的贡献。他认为，空间是由

① "Imagism", Wikipedia, Retrieved 01 - 04 - 2014, http：//en. wikipedia. org/wiki/imagism.

② Gabriel Zoran, "Towards a Theory of Space in Narrative," *Poetics Today*, Vol. 5, No2, June 1984.

③ Ibid. .

④ Ibid. .

读者积极的阅读与理解和作家的传统文化以及个人素质形成。左然的三个层次也没有局限于特殊空间的形成，它还指空间感的形成和读者大脑中的意象。根据左然的空间伦理，阿纳亚的小说《兰迪·洛佩兹还乡》中的桥、桥的毁灭、桥的两边的空间、桥下的河流和桥的建设都有了特殊的伦理意义。

二　文化的阻隔：桥的缺失

小说中的桥在地理上的意象是指桥的位置和桥的环境的作用。小说中对桥的描述很直白。桥是小山村里"这边"通向"那边"的唯一通道，桥的毁坏便意味着两岸的隔绝，于是作家对河流两边人的文化、生活态度与宗教的对照性描述表明地理意象代表不同的社会。这种地理空间意象对小说氛围、人物描述以及主题与情感的表达都有积极的意义。

桥梁是"这边"和"那边"的连接点，所以小说中桥的缺失在地理意象上形成了分割"这边"和"那边"的道德伦理线，并阻隔了"这边"与"那边"的交流。

阿纳亚不断地重复一个地理概念：从"那里"到"这里"，"这边"与"那边"。"那里"是洛佩兹曾经生活过的白人社会，而"这里"是奇卡诺人集居的小山村。"那里"与"这里"是完全不同的世界。当洛佩兹回到小山村后，他的地理概念发生了变化。"这边"，即河流这边的小山村，现代的奇卡诺人生活的地方，而"那边"，即河流另一边古老的、他理想中的情人索菲亚居住的大山深处，也是完全不同的世界。形成"这边"和"那边"区分的是汩汩不息的河流，它经历了时代变迁的沧桑，也夺去了许多人的生命，成了夺命之河。像圣经里的洪水，河流成为灾难的象征，许多人的梦想被它淹没。河流的两岸是完全不同的生活景象：一边是索菲亚占住的"那边"——和平和安逸，另一边是经历了无数沧桑的小山村"这边"——贫穷、落后与混乱。无桥的河流把小说中的整个地理位置分割成了两个部分："那边"的古老族裔和墨西哥人与"这边"的混种族裔和混种文化以及和"这边"连接的白人社会主流文化。在洛佩兹离开家乡的日子里，家乡的一切都发生了很大的变化。

"这边"是个历经了500多年民族文化融合的小村庄，是洛佩兹的故乡——阿古阿·本迪塔（西班牙语为"温泉"之意）村，是坐落于一座死火山脚下的古老村庄。这是经久不息的河水经过无数个世纪冲刷形成的一个狭小的河谷地带。村庄对岸的山上非常平静，但地下却有丰富的地热与温泉，村庄里到处都是温泉口，过去人们不时地到温泉里洗澡。许多人宣称他们因为到温泉里洗澡治愈了很多病，所以它就被冠以"温泉"村的美名。从更大的空间上看，这是一个点缀在新墨西哥州北部山区的奇卡诺族裔居住的小山村，洛佩兹的家族几代人都住在这里。他的家族是个非常传统的说西班牙语的家族。整个村庄的原居民人首先是土著普韦布洛（pueblo）人，他们与西班牙人混种后变成了混血儿，被称为西班牙裔美洲人，后来又改名为墨西哥裔美国人，再后来又成为了西班牙裔美国人、奇卡诺人、拉丁美洲裔人[1]。但他们大部分人所信奉的神灵仍然是瓜达卢佩女神。当青少年吸毒堕落而死亡时，他们的父母都会祭拜那穿长袍的瓜达卢佩女神。

阿纳亚从村子的环境来描述了它的古老。村里的古杨树被村里人称为这条河的爷爷，是这个地区非常神圣的树，它们曾经给16世纪新大陆的发现者、那些疲惫不堪的不老泉追寻者提供了温泉与遮阳处，而现在这些杨树给天上的老鹰提供家园。流经村子的河流上面的蓝燕、蜻蜓、水中的鱼和天上的阳光都透着神秘性，村子很像倒映在河水里的宇宙黑洞[2]。

这个宁静村庄的人没有时间概念，村子里唯一的时钟很久以前就停止了摆动。只有村里的河流在不停地流动。村里的老人认为这条哺育他们的河流来自伊甸园，它日夜歌唱，歌声随季节变化而不同。这里充满古代传奇的故事，音乐在深不可测的峡谷里回荡。村民们经常听到许多这样的声音，却不知其从何而来[3]。有些人认为这些声音来自那些游走在河边的迷了路的幽灵。

"这里"的人们淳朴、迷信而又顽强。当洛佩兹步行来到峡谷口时，一个名叫托多斯·桑托斯（Todos Santos）的人看他风尘仆仆，给了他一匹凹背马当交通工具，告诉洛佩兹到家后可以放开马匹让它自己回去，骑马时他也不要朝后看，如果朝后看就会迷路，会变成盐柱。老人认为洛佩兹是一个迷失了灵魂的人，永远漂泊不定，最后将在"这里"结束生

---

① Rudolfo Anaya, *Randy Lopez Goes Home*. Norman：University of Oklahoma，2011，p. 47.

② Ibid.，p. 34.

③ Ibid.，pp. 3 - 4.

命①。老人还坚信"马比人聪明"②，人与畜生也可以互相转变，凹背马曾经是一个漂亮的女人，马背凹陷是因为她曾经受到虐待。村中的胖美女莉莉斯对洛佩兹非常友好，他因饥饿跟随胖美女到了她家。她用香皂帮他洗净了肩膀，还包扎了他因为扛十字架而受伤的手臂，使他的疼痛减轻了许多，还帮他喂了他带回去的狗。洛佩兹来到村里一个古老的邮电局，它前面有一棵硕大的桑葚树，树下有四个人在喝酒，玩多米诺骨牌。他揉了揉眼睛，发现这些人在他眼里不是玩牌的人，而是四条草原狼，是 20 年代被白人追杀而幸存的狼③。阿纳亚对这些人和事的描写寓意明显：尽管土著奇卡诺人曾受到残酷虐待，但还是顽强地生活着。但常年的繁重劳动压在肩上与心上，使得他们身心疲惫，疾病缠身，压抑感损毁了他们的灵魂④。

但"这里"的人具有优秀的传统，例如，洛佩兹的父母曾经教导他要远离魔鬼，经常祷告，尊敬长者，帮助穷人⑤。狂欢节上，人们的舞蹈都涉及他们的传统文化，他们用舞蹈诉说着民族的历史：古代的人们如何统一了部落，民族的根犹在，新的奇卡诺民族形成。虽然被西班牙人征服，但他们仍然保持了传统的印第安文化。村里的老年人在狂欢节上同声讲述有关正义与邪恶之间的永恒的战争故事。没有人胆敢跑调，因为一损俱损⑥。

"这边"的村民却有些心胸狭窄，那些真正享受福利的人排挤新到的墨西哥人，虽然后者干的是最苦最累的活，前者仍然不领情。村民把文化看得比肤色更重要，认为它更深奥，是其身份的标签。他们看重文化意味着他们以祖先为自豪，以先祖的生活方式为荣。奇卡诺人不喜欢被贴上"外国化"的标签。如果你这样做，他会和你拼命⑦。洛佩兹的教父对他的"白人化"非常生气，认为他在白人中生活和学习后发生了变化，不再属于他们村子的人，这表明奇卡诺人对美国白人的憎恨未曾消解。但洛

---

① Rudolfo Anaya, *Randy Lopez Goes Home.* Norman：University of Oklahoma, 2011, p. 11.

② Ibid.

③ Ibid. , p. 59.

④ Ibid. , p. 61.

⑤ Ibid. , p. 83.

⑥ Ibid. , p. 104.

⑦ Ibid. , p. 49.

佩兹认为随着全球化经济的发展，人人都会平等，不再有偏见。作家阿纳亚对种族主义思想提出了自己的批评：一切都在变化，但有一样没有变，那就是种族主义、无知和惧怕这条三头龙，仍然释放出毒素①。

在洛佩兹离开的日子里，小村庄发生了很大的变化。首先奇卡诺人对待美国白人主流社会的态度有了巨大的变化。牧师告诉洛佩兹人们不再称呼白人外国佬，而是叫他们英国人。而在过去，各种不同教派的人来了，他们喜欢的是这里的土地。他们圈走了当地人的地，却无人在乎当地人的感受。当地人感觉到无限悲哀，受人歧视，直到现在歧视还存在②。村子里的当地人被白人用不同的名字称呼：外国佬（奇卡诺人）、讲西班牙语的美洲人、偷渡客和小流氓，而村民则把白人称为：外国色拉、鬼子③。在宗教上，东方的宗教也进入了小村庄，人们对宗教已经失去虔诚的态度。牧师要求洛佩兹把十字架扛到教堂去做礼拜，可该做礼拜时，村里已经不见人影，所有人都跑到狂欢节上尽情地跳舞去了。村子里的人们最大的变化是抛弃了母语西班牙语，他们的语言变成了英语，名字是英文名，教派是天主教，犹太教④。"现在只有墨西哥移民使用圣人的名字"⑤。更有甚者，村民不再认识曾经在此生活过的洛佩兹，他们也不再是曾经友善的邻居，过去的邻居之间非常亲近，但现在完全变成了陌路人。

"这边"的人们的生存状态与心态都令人担忧。刚进村洛佩兹就感觉到"这边"的天气与白人世界不一样，他去圣·菲城时，一路上阳光普照。到了小山村只看到暗蓝灰色的天空静止不动。天气阴沉，体现了不祥之兆。接下来发生的事情让洛佩兹备感失望，见到的第一批村民是两个站在餐馆前厅的假牛仔，他们"将一团烟土渣吐在了一只爬行的蜘蛛旁，它移动了几步，他们大笑起来。然后，他们再猛吐一口，把蜘蛛打得粉碎"⑥。这使洛佩兹深深感叹道："人类，像蜘蛛一样，当一团团东西击到了它的附近时，就会跨过大路。这一团团的东西是野心、贪婪、爱情、欲

---

① Rudolfo Anaya, *Randy Lopez Goes Home*, Norman：University of Oklahoma, 2011, p. 30.

② Ibid., p. 66.

③ Ibid.

④ Ibid., p. 17.

⑤ Ibid., p. 19.

⑥ Ibid., p. 4.

望、悲伤、战争或家庭"①。这些年轻人无所事事地捉弄一只蜘蛛，这或许是他们"灵魂里的惰性使然"②。就是在热闹非凡的亡灵节，洛佩兹也感觉到了"冷风吹过峡谷……他打了个冷颤"③。村里的人都不喜欢看书④，就是电子书他们也不看⑤。现代技术电子邮件与因特网废掉了他们的通信工具——邮局。村里那些男孩子们哄骗女孩子们未婚先孕，女孩因为没有结婚，怀孕后无脸回家，生下孩子后她们便投河自尽，村里的孤儿是这条河流的孩子。他们像各种灾难留下的孤儿一样，忍受饥寒困苦⑥。从亡灵节庆祝活动结束后人们身后扬起的尘土，读者可以看出，村子的自然环境遭到了人为的破坏。更可怕的是村子里的人们很贫穷，他们的主要食物就是土豆，没有肉类食物。

在洛佩兹眼中，"那边"的世界是完全不同的世界，河流的对岸住的是牧羊女索菲亚。她象征真正的智慧。当人们向她敞开心扉时，他们就会知道美与真⑦，而乌合之众了解的智慧只有买和卖。"那边"索菲亚的世界是来之不易的智慧之地。人们在梦中可以见到索菲亚的形象。也许她只存在于梦幻之中，她是一个影子和向导。梦中的形象教给人们时代的智慧。那边有如我们到天堂那么近。"那边"在小说中也象征"过去"，过去的村子里的人们与老鹰、乌鸦、狗熊、燕子和河流为邻，他们吃的是玉米和土豆。村里还有一棵樱桃树，因为它，虽然索菲亚三次失身，但她仍然神奇地保持了处女之身。"那边"的人们生活在伊甸园，但那边的土著人也经历了迫害，从原来的北方被迫转移到了南方并居住在山崖上。索菲亚经历了三次世界性大战，而且每天她都被偏见、愚蠢和欺骗所骚扰。强者虐待弱者，她经历了可怜的女人们的困苦，那些打击使她虚弱，但在正义的心中她又获得了新生。

综上所述，读者可以看出，作家在文本中形成了奇卡诺古老族裔文化与现代村庄多元文化的对照。"这边"的小村庄与"那边"的索菲亚因桥

---

① Rudolfo Anaya, *Randy Lopez Goes Home*, Norman: University of Oklahoma, 2011, p. 8.

② Ibid., p. 5.

③ Ibid., p. 4.

④ Ibid., p. 51.

⑤ Ibid., p. 52.

⑥ Ibid., p. 67.

⑦ Ibid., p. 129.

的缺失而失去了联系，这形成了当代奇卡诺文化与古老土著文化之间的阻隔，阻隔的原因是"桥"的缺失。

桥缺失的原因有许多。尤妮卡认为是耶稣毁灭了桥，而耶稣是白种人宗教的神，根据逻辑推断，也就是白人毁灭了他们的桥梁，从而割断了他们的历史。莉莉斯认为桥是正义与邪恶的战争所毁灭，但她告诉洛佩兹桥是被一位复仇女神用火剑斩断。洛佩兹的老师关于桥被毁的版本是：教堂里的神父炸掉了桥，因为他认为村民不需要了解河流对岸的事。还有另外一个毁桥的故事，是反政府秘密力量毁灭了桥，他们不想让村民知道对岸是什么。更为惊人的说法是桥毁于人们的食物争夺战。最后一个传说是索菲亚毁掉了桥，也就是过去奇卡诺族裔自己的内讧毁灭了一切。这样，桥的缺失代表"阻隔"，它隔断了古老的文明与现代的奇卡诺村庄的文明的融合，或者说它阻隔了古老文明对现代人的影响。因为没有桥，主流社会的文化和文明不可能影响"那边"古老的文化和文明。人们只能想象"那边"的状况，这给读者理解文本造成了一种难以言表的朦胧感。在阻隔人们的正常生活的同时，没有桥，人们更没有了与本民族宗教思想的交流。"这边"的人们的宗教思想五花八门，对待宗教的态度也不复恭敬。

在白人社会里生活过的洛佩兹看到"这边"村庄让他失望的景象，为了保存他的族裔身份，他渴望能够回到他日思夜想的索菲亚身边，去"那边"寻找真和美。他不能涉水过河去见索菲亚，建桥成了他唯一的方法和目标。

三　不同文化的连接与融合过程：桥的建设

小说里的变时性空间意象指的是各种与桥相关的事件。桥的变时性可以被看成是社会空间意象，它通过桥的存在、桥的毁灭、桥的重新建设来体现奇卡诺人坚定、乐观和富有包容性的人生态度，对洛佩兹的生活产生了决定性的影响。

村中的河流被称为夺命之河。人们在失去了工作或信仰、离了婚、付不起孩子的衣服钱、得了癌症或中风、需要心脏手术、患了糖尿病、因失恋而买醉、失去了家园或银行存款蒸发掉时①，在这里走上绝路。夺命之河是吃人的河，人们忘却痛苦的地方，所以洛佩兹只能建桥过河，而不能

---

① Rudolfo Anaya, *Randy Lopez Goes Home*, Norman: University of Oklahoma, 2011, p. 92.

涉水过河。他自己曾因为绝望而沉入河中，但求生的愿望把他受伤的灵魂从绝望中拯救出来了。最后洛佩兹坚信自己不会成为时代的牺牲品。因为桥，村里经历了几次灾难，也因为桥下的河水深不见底，许多溺水者失去了生命。主人公洛佩兹因为建桥，也经历了各种痛苦的抉择。

洛佩兹带着在白人中间生活了多年的经验回到了故乡，他的回乡建桥经历给小山村带来了白人主流社会的思想观念，促进了村民对白人文化的了解。

洛佩兹担心在白人中间待久了会失去自己的身份，因为他父亲曾经常告诫他的是"你就是你"、"要自豪"、"不要给我们家族和国旗抹黑"①。可是，兰迪像一棵无根的小草。他没有结婚，没有家庭，没有后代，没有朋友，没有稳定的工作，没有人牵挂他，他写的书也没有出版。直至终老时，他的讣告都会是很无聊的②。回到村里，他发现因为邮递员认为村里的人都不识字，所以他从来都没有把洛佩兹的信件送给他的父母和情人索菲亚。当他看到物是人非时，对生命失去了信心，后来他又拜访了山上先祖的坟墓，看到了人们死后都按照不同的民族分区埋葬，民族的隔阂在死后依然存在。他参加了亡灵节的狂欢，遇见了死神，他感觉死神忙碌的身影出现在"达尔富尔（苏丹西部）、伊拉克、阿富汗、巴勒斯坦"③ 这些战争不断的地方。还有他的小学同学美宝莲，她已经改变许多，把自己打扮得不伦不类。洛佩兹继续往前行，来到原来的小学，他看到的是锈迹斑斑的跷跷板和秋千、一群不同肤色的孩子们在玩耍、腿部残疾的孩子孤零零地坐在那里沉默不语④，这让他感觉来到了地狱，而不是回到了老家。洛佩兹对整个村庄的被商业化迷惑不解，心情郁闷，他对现实状况非常不满。他不知道为什么回家这么痛苦，他也不知道他为什么就不能过河去见索菲亚。村民尤妮卡告诉他要想从现在跨回到过去，必须建桥⑤，因为河流象征时光的流逝，它是人们交流的障碍。要想把现在与过去连接，人们必须搭建桥梁。尤妮卡劝说洛佩兹，告诉他旅行非易事，因为人类为世俗之人，所以必须忍受痛苦和磨难。"高山坍塌，海水枯干，人类给地球下

① Rudolfo Anaya, *Randy Lopez Goes Home*, Norman: University of Oklahoma, 2011, p. 6.
② Ibid. , p. 43.
③ Ibid. , p. 79.
④ Ibid. , p. 63.
⑤ Ibid. , p. 89.

毒——母亲遭难,人类因此也遭难"①。至此,兰迪唯一的安慰就只剩下见到索菲亚的希望了。痛苦无比的洛佩兹曾仿佛看到索菲亚在对岸向他招手,他跳起来,扑进河流中,顿时,汹涌的河水把他像一块无用的木头一样冲走。是他的狗沿着河跟着他叫唤,让一个名叫佩德罗的渔夫发现并救起了他。这番经历让洛佩兹仿佛又一次经历了生死轮回。

当他看见人们的萎靡状态后,他痛苦地感觉他必须建立一座桥,将自己和本民族的历史和文化完整地结合起来。后来,在河水中经历生死的洛佩兹树立了坚定的目标,他要把自己家乡的人带到外面的世界。首先,为了得到爱情,他听从尤妮卡的建议,准备建设一座横跨家乡河流的小桥,但村民对建设桥梁持否定态度。人们听说兰迪要建桥,都认为他是疯子。村民认为一个墨西哥男孩不可能成功建桥,他高中都没有毕业,也没有文凭,说英语时西班牙语的口音很重,他永远不可能取得成就。洛佩兹建桥的决心遭到了乌合之众的反对,市长托多斯皮多(Todospedo)找他谈话,说认出了他,也知道他的名字。洛佩兹认为终于有人记起了他,感动得痛哭流涕。但市长提议让洛佩兹回到过去的时光,村里的人都同意,于是给了兰迪一个无法拒绝的提议:签订一份回到过去的协议——死亡协议。洛佩兹的灵魂最终被魔鬼招去,他看见了索菲亚的影子。他被引诱转世,死神剪断了他生命的根。而那些乌合之众不想知道河流对岸的事,也不允许任何人了解对岸的事,因为在无知中他们感到幸福②。

莉莉斯认为洛佩兹回家乡的真正目的不是寻找曾经的爱人索菲亚,而是寻找失去的自我③和安静和平的生活。他热爱奇卡诺人的传统食物,曾梦见母亲给他做了一顿丰盛的晚餐:玉米饼、豆子、青椒、新鲜出炉的玉米圆饼,还有很多葡萄干,就和他过去喜欢的一模一样④。洛佩兹的幻觉中不断地涌现索菲亚的身影,他执意去寻找她和他曾经幻想的美好爱情。尤妮卡认为兰迪回家的目的是建通向过去和本民族的桥,而建桥的办法不需要使用现代技术,而是采用原始的办法——砍树,一棵树倒下来就成了桥⑤。

---

① Rudolfo Anaya, *Randy Lopez Goes Home*, Norman: University of Oklahoma, 2011, p. 90.

② Ibid., p. 129.

③ Ibid., p. 24.

④ Ibid., p. 41.

⑤ Ibid., p. 40.

洛佩兹曾经的女教师认为把村子与对岸隔离是罪过，所以她也鼓励兰迪建座桥，还送给他一本名为《建桥技巧》的书。该书教导的是自力更生和个人奋斗。建桥方法的实质只是告诉人们要从心理上准备好去应对一切可能发生的事情。该书以一个男人在西进运动中运用五种方法清除土著人并杀死他们赖以生存的水牛的事迹为例。他做法的要点是：（1）哪里有愿望，哪里就有办法；（2）试试水的深浅；（3）生活的强大激流可以被驾驭；（4）充满竞争力；（5）你准备好了！去得到它！不要让任何人挡你的路①。通过阅读这本书，洛佩兹为自己做好了建桥的心理准备。

在那些来自墨西哥的工人与后来加入建桥工程的村民的帮助下，洛佩兹把桥建好了。桥像天上的彩虹一样发亮，工人们在歌唱，松树在歌唱，河流也在和声唱，它们汇成了新的民谣②。这座桥由一棵古老的大树建成，所有的人为之欢呼雀跃。洛佩兹建设的这座大桥将那边的人与这边的人连接了起来，与那里的白人竞争，共同生活，创造美好的未来。桥的建成，让洛佩兹感觉自己有了真正的家。他在尘埃诞生，大地母亲是他的家，他是尘土之人。在这个星球上，阿古阿·本迪塔村就是他的家。桥建好后，洛佩兹会迎来他幸福的生活，他将翻耕土地，并种上玉米、南瓜、青椒、番茄，很快他们将会有蔬菜煮土豆；石榴树将重新开花；孩子们将受到教育；取代死亡之舞的是人们将跳起的生命之舞；索菲亚的樱桃树上的果实会成熟③。这是洛佩兹心中美好的未来。

跨过桥，墨西哥人可以前往丹佛、芝加哥等北方大都市，向东，他们可以相机寻找与美国人一起工作和学习的机会。兰迪很欣赏他们的勇气，但他同时也很担心。墨美文化不同，他们需要适应美国人的生活。但为了孩子们，墨西哥人愿意改变自己。墨西哥人正在努力工作把这个国家变成他们自己的国家，但同时也不会忘记自己的先祖。洛佩兹最后带领所有的人跨过大桥到达索菲亚所在的智慧之地。索菲亚拉着兰迪的手，他们走过一片芳草地，走向阳光灿烂的新梦想，崭新的世界正等着他们去探索，他们真正的旅行开始了。经过一系列的矛盾冲突，洛佩兹终于将自己的文化与白人文化连接并融合在一起。

---

① Rudolfo Anaya, *Randy Lopez Goes Home*, Norman：University of Oklahoma, 2011, p. 120.

② Ibid. , p. 143.

③ Ibid. , pp. 145 – 147.

四 族裔文化与主流文化和世界文化的和谐之桥：洛佩兹

桥的文本意象由小说中的语言想象、叙事顺序和作家与读者的不同观点形成。阿纳亚用英语夹杂着西班牙语进行创作，这使读者对奇卡诺人的生活有真实感。在小说中，阿纳亚运用英语和西班牙语描述人物来表明族裔文化和主流文化的相似性，这也体现了族裔人生活的真实状况，也就是说，他们的语言就是混合语言，他们的文化就是混合体文化，这是美国多元文化的常态。小说的主人公洛佩兹在整个故事中的存在意义和文本意象具有一致性，他就是一座桥，他的经历使他成为了奇卡诺族裔和主流社会与世界文化和谐相处的桥梁。

洛佩兹生于 7 月 4 日，美国的独立日，这使得他与白人文化密切相关。他的英文名字"兰迪"是他老师用自己去世的孩子的名字给他命名的，洛佩兹原来的名字由三个圣人的名字组成，没人记得住。他曾经生活在小村庄，带着对美好生活的向往背井离乡，为了更好地生活，他在白人社会经历了许多，他曾经干过各种各样的活计：快餐店员、建筑工、海军士兵、理发员、书店伙计。为了提高自己的文化水平，他还上过夜校，学习写作，写了一本名为《我在外国佬中的生活》的书。他深受白人文化的影响，说英语，读过莎士比亚的戏剧、《圣经》和《哈里·波特》。而且，在土著老人的眼中，洛佩兹的身世很好，因为他的祖先四百多年前就居住在这个小村庄。他母亲是土著普韦布洛（Pueblo）族裔，父亲是蓝眼睛[1]。洛佩兹在生活中得到了许多富有哲理性的见解，他认为人性贪婪，得到的越多，就想要的更多，那些只有挣钱这么一个目标的人将会淹死在他们的贪婪里。

洛佩兹对被奇卡诺人称为"外国佬"的白人生活习惯了如指掌，他们经常搬家，喜欢承担白人的责任，对人热情，心境开阔，乐于助人。"白人"这个概念在他看来是"无意义"之意，是一个空洞的概念，因为在他眼里，新世界里的人是多元色和多元文化人种，是自然对多样化的热爱[2]。像狂欢节一样，具有包容性，人人都可以去表现一下。人口普查也不要肤色一栏，只需要财富显示：贫穷，比较穷，富裕。这可能使财富得

---

[1] Rudolfo Anaya, *Randy Lopez Goes Home*, Norman：University of Oklahoma, 2011, p. 14.
[2] Ibid. , p. 50.

到平均分配①。

　　洛佩兹已走进白人世界，他认为自己在白人那里学到了很多东西。但在心灵深处，他有一种深深的失落感。因为世界变了，一切都很虚幻。人们迷失了方向，不知身在何处，所以他离开了工作过的书店，只身回到了村子。在作家看来，自然界的生物都是在结束生命时回到他们先祖的家，洛佩兹也算是叶落归根，因为他在去和出版商探讨出书的事的时候遭遇了车祸，手提电脑被撞飞出了火车。在这里，极大的可能是洛佩兹经历了第一个生死轮回，他的肉体消失在了白人的世界而魂魄回到了故里，去寻找自己的身份。

　　洛佩兹对白人态度的友好是奇卡诺人对白人态度转变的一个缩影。这表明他们认同并且能够接受白人的文化。洛佩兹对待白人的态度与其他村民不同，他认为"那些外国佬不是什么坏人，只是他们的生活方式不同而已！他们是一个文化群体！像其他群体一样！我们应该互相尊重！我们得好好相处！"②

　　洛佩兹对自己的村庄也非常了解。村子虽然小，但他认为它已经全球化，全世界各行各业的人都来到了狂欢会上：商人、经纪人、艺术家、音乐家、政治家、粗犷的骑手、无赖、好莱坞明星、警察，等等③。狂欢节显示了小山村的巨大变化和文化融合。土著人在节日上兜售土特产：土陶罐、银项链、土豆条、自酿土豆酒。在狂欢节上，所有不同教派的人都聚集在一起：长老会的人、浸礼会教友派的人、循道宗信徒们，甚至禅宗大师也参加了狂欢，而且随着音乐节奏，情侣们和各教派的信徒们都情不自禁地加入了舞者的行列④。奇卡诺人对白人的态度的变化也从语言上体现出来了。美国人刚刚到达新墨西哥州时，人们叫他们"希腊人"（Greek），后来因发音演变成"戈林勾"，有"外国佬"之意。单词的发音改变后，语义也改变了⑤，因为罗斯福总统曾给了他们工作，所以他们很多人都把自己的孩子命名为罗斯福。洛佩兹建的桥给人们带来了目标，所以他的教父对他说他们不

---

① Rudolfo Anaya, *Randy Lopez Goes Home*, Norman: University of Oklahoma, 2011, p. 50.

② Ibid., pp. 106 – 107.

③ Ibid., p. 88.

④ Ibid., p. 77.

⑤ Ibid., p. 51.

在乎他"有一个外国佬的名字。外国佬万岁!"①。

洛佩兹向往的美好生活是做富人,因为富人确实受人喜欢,他们可以买豪华游船在河中航行;他们有各种"救生衣":银行账号、经纪人和律师;他们可以买大房子,他们买得起高额保险;他们可以送孩子上贵族学校②。在洛佩兹的带领下,人们纷纷跨过桥,来到"这边"的小村庄走向更北的地方,去寻找新的、更好的生活,融入到主流文化,乃至世界文化之中。

从某种意义上说,洛佩兹就是族裔人们走向世界的桥梁,是他到外面的世界看到了白人主流文化的优势,鼓起了人们追求新生活的勇气。从"那里"——白人生活的地方回到"这里"——奇卡诺族裔居住的地方,洛佩兹转型成了一个全新的人。他曾想要在"那里"有所作为,但他真正地从心底里感觉到他属于"这里"。洛佩兹曾经遭遇到诱惑,但他抵制住了它,重新回到了"这里",这令将要移民美国的墨西哥人感到无比自豪。

作者阿纳亚以季节的变换来象征文化的消亡。故事中的冬季已经来临,洛佩兹得赶紧建桥,因为冬季是死亡的象征,冬季的消亡也就是文化消亡的象征。所以洛佩兹的建桥之举也有了拯救民族文化的伟大意义。

小说的结尾描述的是洛佩兹带领想要过上好生活的人跨过大桥走向新生活的场景。由此可见,大桥的建成表明,人们终于建起了心灵上的"桥",将两种不同的文化——墨西哥文化与美国主流文化连接在了一起。拥有了自己灿烂的文化,他们就拥有了未来,也拥有了世界。奇卡诺人也就走向了世界,成为了真正的地球村人。拥有平等的权利、工作的机会与良好的教育,他们可以展望幸福的生活。

总之,小说中关于桥是谁毁掉的说法有许多版本,有来自天主教的说法,也有基督教的说法;元凶的嫌疑人也有很多:英国佬、西班牙人,还有战争,索菲亚,等等。毁桥的人不同桥的毁灭就具有不同的意义,也就是说,是多种文化的侵略毁灭了奇卡诺人的文化,动摇了他们的根基。被侵略时坚持,被毁灭后重建是奇卡诺文化的经历。从地理概念上,桥的隐喻意义是连接奇卡诺村庄与白人世界的通道。从文化概念上来看,是连接

① Rudolfo Anaya, *Randy Lopez Goes Home*, Norman: University of Oklahoma, 2011, p. 144.

② Ibid. , p. 93.

古老的奇卡诺土著文明和现代白人文明，乃至世界文明的道路。从人们的思想意识上看，它是世界主义伦理的体现。通过一根古树桥梁的建设，人们架起了理解的桥梁，文化交流的桥梁，通向幸福生活的桥梁。桥的连接作用的象征是它连接起了洛佩兹与索菲亚的爱情，促进了古老文化、墨西哥文化与混种族裔文化的融合。通过桥梁，那些想回到过去古老文明的人不再被淹死在深深的河流中，而想要融入到美国主流社会文化并最终走向世界的族裔人通过桥梁会取得成功。从某种意义上说，桥梁连接了奇卡诺人的过去与现在，也连接了他们的现在与未来。

通过这个寓言故事，阿纳亚表明，在全球化背景下，认同和接受白人社会主流文化就是保护族裔文化。族裔若要生存，就必须将自己的文化与其他文化连接起来，在相互的交流中保存自己的文化，吸取其他文化的精华，在社会的改变与发展中变革自己的文化，使之变得更加繁荣美好，提高人民对本民族文化的认同感和自豪感。因为各民族之间的相互理解，世界会变得更加和谐。

第二节　美国霸权主义批判:《母语》

在现代奇卡诺族裔文学中，因为美国政府派兵干涉别国的内政，反美国世界中心主义与霸权主义的文学作品非常盛行。德米特里亚·马汀内兹于 1994 年创作的小说《母语》通过一个女孩玛丽帮助萨尔瓦多难民的感人故事反映了作家反美国霸权主义的思想。战争给玛丽带来了转瞬即逝而又刻骨铭心的爱情，但更给她带来了永久的心灵伤痛与艰辛。一个女人花费了她一生最美好的时光来等待和治疗爱情之伤，这不能不说是人间之莫大悲剧。战争将许多美好的东西毁灭了。在萨尔瓦多的这场战争中，政府的杀戮者获得了美国政府的军火援助，一个为穷人谋利益的知名大主教被政府谋杀，他的牺牲使战乱中的民众失去了精神支柱与物质援助，激起了民愤，而民众因此进行的反抗招致了更大规模的杀戮。作家对这场战争和它所导致的美丽爱情的破灭的描写深刻地揭露了美国政府所支持的非正义战争的残忍与罪恶。《出版者周刊》评价该小说为"令人难忘的故事"①，美国著名的书评杂志《科克斯评论》（*Kirkus Reviews*）盛赞该小说是"诗

---

① Demetria Martinez, *Mother Tongue*, New York：Ballantine Books, 1994, p. i.

歌、政治与毫无遮拦的情感大爆发"①。

一　马汀内兹和小说《母语》

德米特里亚·马汀内兹（1960—　）是一位诗人、小说家、活动家、宗教新闻记者和创作指导教师。她的父亲泰德·马汀内兹曾是维和部队的志愿者，她的母亲是幼儿教师，良好的家庭道德观和价值观对她影响深刻。她的奶奶曾经是当地的政府官员，其创作的奇卡诺民谣对马汀内兹的诗歌创作影响巨大。

马汀内兹 1982 年从普林斯顿大学毕业后回到家乡，进入萨格拉达艺术学校（Sagrada Art School）边工作边创作。在 80 年代中期，她是《国家天主教记者报》的自由撰稿人，大量报道了萨尔瓦多难民的经历，曾于 1988 年因涉嫌非法偷运萨尔瓦多难民入境被政府起诉并判处 25 年监禁。事实上，她只作为记者报道了当时的庇护运动和反对移民法中禁止公民帮助难民的活动。后来陪审团根据第一修正案规定，判她无罪。根据此经历，她创作了成名小说《母语》，该书赢得了美国西部图书奖。此后，她还创作了许多诗歌与小说，并获得了国际拉丁图书奖等多项文学奖项。

小说《母语》描述的是一个奇卡诺女孩庇护萨尔瓦多难民约瑟·路易斯·罗梅罗和拯救中美洲战争难民的故事。该小说采用诗歌、信件和多人称转换视角与时空错置的叙事形式，使读者有身临其境之感。19 岁的女孩玛丽（Mary）因母亲病重而辍学回家伺候母亲，在母亲去世后她想干些有意义的事，便经教母萨丽黛德（Soledad，"孤独"之意）介绍，成功地帮助从萨尔瓦多经由墨西哥到美国的难民约瑟·路易斯·罗梅罗入境。不久，两人相爱并同居，玛丽帮约瑟介绍工作，请他做讲座来揭露萨尔瓦多政府的暴行以换取美国人民的同情并反对美国政府对萨尔瓦多内战的支持。后来罗梅罗突然消失得无影无踪，而玛丽坚持生下了他的儿子。为了纪念约瑟，她将儿子也命名为约瑟·路易斯。经过 20 年漫长的思念与等待后，儿子长大成人，接受了高等教育，玛丽带着他踏上了去萨尔瓦多寻找生身之父的旅途。与父亲不同，儿子约瑟能够自由地表达自己的观点，并与萨尔瓦多女孩自由交往。玛丽培养了一个讲西班牙语且具有正义感的儿子。虽然没有找到罗梅罗，但他们在他的失踪纪念碑上也没有看到

---

① Demetria Martinez, *Mother Tongue*, New York: Ballantine Books, 1994, p. ii.

他牺牲的日期。最后玛丽收到了老约瑟·路易斯从加拿大写来的信，得知他正在帮助萨尔瓦多难民重返家园。作家马汀内兹以优美的笔调谱写了一曲浪漫的跨国恋情，更以激愤的心情谴责非正义的战争，揭露美国媒体歪曲事实的报道和政府纵容第三世界当权者杀戮无辜妇女儿童的卑劣行径。该小说体现了作家所具有的世界主义正义伦理思想。

二 以纯真的爱情呼唤世界和平与正义

马汀内兹的小说《母语》以玛丽对来自萨尔瓦多的难民约瑟·路易斯的爱慕开始，描写了两个母语不同的年轻人梦幻般的凄美爱情故事。作为一个秘密接待难民的年轻女子，玛丽第一眼看见路易斯就觉得尽管他们语言不通，他"总有一天将和她做爱"[1]，因为路易斯的优雅让玛丽无可救药地爱上了他。"一见钟情"[2] 是她对路易斯爱的诠释，她认为"有些女人在认识男人之前就爱上了他，因为爱上神秘的东西更简单"[3]。玛丽是这种浪漫的人，却没有料想后来的一切只剩痛苦与绝望。路易斯随身带来的是诗歌和《圣经》，他的到来给失去学业和母亲的玛丽增添了浪漫的生活气息。他们各自不同的母语没有影响他们之间的情感交流。他们互相通过肢体语言教对方各自的母语，最终他们"跨越了语言边界"[4]，他创作的诗歌让她想要"卖掉财产，从边界偷渡难民入境，把自己锁在白宫的大门上抗议政府的政策"[5]。女孩这种看似幼稚的表白体现了作家为正义而战的人文主义正义伦理思想。

玛丽和罗梅罗因诗结缘，很快她就开始觉得"欲望不是好东西"[6]，认为她的爱情成熟到了谈婚论嫁的阶段，而路易斯每天带着的墨镜让她感觉到好陌生。但她很快又觉得"和陌生的人做爱会感觉很爽"[7]。经过短暂的相处，玛丽成为了路易斯的情人，正当她期待美好的未来时，路易斯

---

① Demetria Martinez, *Mother Tongue*, New York: Ballantine Books, 1994, p. 1.

② Ibid., p. 16.

③ Ibid.

④ Ibid., p. 69.

⑤ Ibid.

⑥ Ibid., p. 19.

⑦ Ibid., p. 20.

消失得无影无踪，以至于 20 年后玛丽仍然"不能原谅自己曾经爱过他"①。在路易斯消失后不久，玛丽发现自己有了身孕并坚持把爱情的结晶带到了人世间，她和儿子一起，一直生活在对路易斯的点滴回忆中，反复播放和聆听他演讲的录音。她还富有哲理性地得出"真爱像雪一样安静，没有吵闹，难以书写"②的结论。

玛丽是个具有自我治愈能力的坚强女性。在情人消失后，曾经"幸福的地方变成了恐惧的地方"③，凭借着回忆、路易斯留下的笔记本、本民族的草药方和教母的教诲，在儿子的陪伴下，她度过了人生最艰难的时期。那段昙花一现的美好的爱情给她留下了永久的记忆，她发誓要"为之奋斗，直至死亡"④。20 年后，玛丽带着儿子去萨尔瓦多寻找路易斯，不幸的是玛丽也没有见到朝思暮想的情人，儿子也没有见到父亲，但又幸运地没有看到老路易斯的阵亡日期，这让他们看到了找到亲人的希望。《母语》中女主人公的名字玛丽和《圣经》里圣母的名字相同，它象征着贞洁、善良和一切美好的东西。"玛丽"这个人物给这个战乱的世界带来了希望，让人们看到了人间的真善美。从战乱地区来的罗梅罗与生活在强大而又和平的美国的玛丽之间的爱情明显存在不平等关系，但玛丽给罗梅罗带来了儿子，儿子给萨尔瓦多带来了科技发展的希望，这正践行了罗尔斯所推崇的世界主义正义伦理原则"不平等在民族国家的语境中只有在能够给那些处于最不利地位的人带来最大程度上的好处时才是正当的"⑤。

在反思自己的爱情时，玛丽曾宣称："我知道我的爱情不能与历史分离，他的战争就是我的战争"⑥。作为一个年轻女子，玛丽的可贵之处在于她能够充分理解难民的心情，替他们想，为他们的自由而奋斗。希望用仁慈与爱去抚平战争中受伤的心灵并实现世界和平，这是作家创作中体现的世界主义公平正义伦理。

---

① Demetria Martinez, *Mother Tongue*, New York：Ballantine Books, 1994, p. 88.

② Ibid. , p. 94.

③ Ibid. , p. 166.

④ Ibid. , p. 150.

⑤ 埃尔克·马克：《寻找普世性的正义标准》，单继刚等：《政治与伦理》，人民出版社 2006 年版，第 247—258 页。

⑥ Demetria Martinez, *Mother Tongue*, New York：Ballantine Books, 1994, p. 44.

三　拯救难民

除了凄美的爱情故事，马汀内兹在小说中描述得最多的是善良的人们如何尽一切努力来拯救萨尔瓦多战乱中的难民。罗尔斯认为，世界主义正义原则不同于一国之内的正义原则，它们是一个社会的公民对另一个社会的公民的责任，这种责任不同于一国之内的个人对他人的责任。这些原则不仅包括反对侵略，遵守和平条约，还包括援助"那些生活在不利条件下的人民，因为这些不利条件使他们无法获得一个正义或正当的政治和社会制度"①。小说《母语》中的美国普通公民对战乱中的萨尔瓦多人民进行了无私的帮助。

首先，女主人公玛丽以半生的精力担负起了帮助罗梅罗和抚养他们的儿子的责任。玛丽是位年轻貌美、活泼可爱的聪慧女子，拥有丰富的想象力，"非常善于做填空题，善于从毫无意义的地方发现意义"②。热情的她在母亲去世后希望为自己的生活寻找意义。在偷渡者到来之前，她感觉"混乱的生活毫无重心，不知该围着什么转"③。难民路易斯的到来使得"一切都发生了变化"④。为了给他安排生活，她每天起早贪黑，变着花样准备食物。为了让美国社会知晓萨尔瓦多战争的真相，玛丽帮路易斯安排了好几场教堂演讲。她还帮他找到了工作，让他秘密地到餐馆打工，以免遭到遣返。世界主义认为，"给弱势群体以公平的机会就是最大的正义"⑤。在难民身份的情形下，罗梅罗获得的工作机会就是玛丽为他赢得的最大的正义。

玛丽天真地认为她的爱可以帮助路易斯忘掉痛苦，并想用婚姻来帮助他取得在美国居住的合法地位，忘掉那场他已逃离的战争。为了更好地帮助难民，玛丽总是不断地提高自己的道德修养，如"从道德经来看：天是永恒的，地是有忍耐力的。理由是他们不是独独为了他们的孤独而活；所

---

① John Rawls, *The Law of Peoples*, Cambridge, Mass. : Harvard University Press, 1999, p. 37.

② Demetria Martinez, *Mother Tongue*, New York：Ballantine Books, 1994 p. 11.

③ Ibid. , p. 5.

④ Ibid. , p. 21.

⑤ 黎尔平、张新蕊：《全球正义语境下的中国维权组织》，载单继刚等编《政治与伦理》，人民出版社 2006 年版，第 324—337 页。

以他们长寿"①。在工作之余，玛丽教路易斯学英语，他们慢慢地学会了用双语进行交流。当路易斯因为自己的非法身份在心理上感到恐惧时，玛丽劝慰他道，"地球上没有人是非法的"②。这里作家借玛丽之口表达了人类生来平等的世界主义正义伦理思想。

对难民的帮助和幻想中可能成为现实的爱情使玛丽心境"平和、高兴，对未来充满期待"③。在罗梅罗失踪后，玛丽发现自己怀孕，但她并没有因为他的消失而打掉胎儿，而是独自一人抚养小孩，让他享受最好的教育直到大学毕业。在她的儿子长大后，她鼓励他坚持自己的梦想，去拯救世界。玛丽为了罗梅罗和他的祖国奉献了自己的青春，同时也尽到了自己作为美国公民应尽的责任。

除了玛丽，她的教母索丽黛德也是拯救行动的关键人物，是她秘密地组织了罗梅罗的避难行动，让他成功地进入美国。政治家所采用的手段是否合法有赖于包含结果的价值在内的不同因素。如在判断政治欺骗是否合法时，我们应该考虑欺骗目的的重要性；达到目的所选方法的可行性，被欺骗的受害者的身份；欺骗者的责任④。索丽黛德采用了欺瞒的手段帮助难民罗梅罗逃到美国，并把他乔装打扮，让玛丽把他藏匿到索丽黛德家的地下室，以此来逃避美国政府对非法移民的遣返。之后，她还不断地写信指导玛丽帮助罗梅罗。她的手段根据美国的法律来判断是非法的，但从她的行为结果来看又是极有价值的行为：她拯救了苦难中的人们。世界主义者认为，人类所有民族都属于一个单一的、基于共同道德的社区。公正的人应给予不同的个体的利益以同样的尊重，要求更广泛地分配资源，承担更多的国际责任⑤。根据世界主义者的观点，发达国家应该放开自己的边界，促进不同国家的民族的更多的自由⑥。相比较于让难民冒着生命危险进行偷渡，她的行为是正义的行为，符合正确的政治伦理。

在玛丽和她的教母竭力帮助难民的时候，信奉公平正义的牧师也采取

---

① Demetria Martinez, *Mother Tongue*, New York：Ballantine Books, 1994, p. 64.

② Ibid. , pp. 76 – 77.

③ Ibid. , p. 23.

④ "Political Ethics", *International Encyclopedia of Ethics*, Retrieved 12 – 04 – 2014, scholar. harvard. edu/files/dft/files/political_ ethics-revised_ 10 – 11. pdf.

⑤ Ibid.

⑥ Ibid.

了行动。爱无国界，对贫困人口援助也没有国界，不分老幼，"全球分配正义观点要求对穷人承担起更大的责任"①，"所有能够向穷人进行支付的个人都是全球正义的责任体"②。小说中的那个曾经从萨尔瓦多带回子弹盒的牧师变卖了家产，带着他的一切到萨尔瓦多去帮助那里的穷人，这正是正义观的体现。

四　美国世界中心主义批判

众所周知，美国作为一个经济与军事强国，历来把自己看成是世界的中心，世界各地的武力冲突都有美国政府和军队插手其中。干涉别国内政是美国一贯奉行的外交原则。当 1961 年肯尼迪总统在就职演说中把位于美国南边的拉美小国称为"姐妹们"的时候，美国就撑开了它的保护伞，开始了对拉美国家政府的特别关照，把自己当成全世界的中心，处处显示其霸主地位。而世界主义思想则认为，正义要求社会或人民之间相互尊重，不干涉他国人民的事务③。

小说一开始就表现了作家的世界主义思想，马汀内兹这样描述罗梅罗的相貌："西藏人的眼皮，西班牙人的淡褐色眼珠，玛雅人的颧骨"④。虽然他从战火纷飞的萨尔瓦多走来，但从他的脸上人们看不到半点战士的痕迹，他是一位全球人，具有多元人种外貌特征，这正是世界主义关于人类所有民族都属于同一社区思想的体现。然而，他的处境是尴尬的，在他的祖国萨尔瓦多，他是被政府通缉的反政府组织成员，在美国他是一名偷渡入境的难民。萨尔瓦多的贫民发起了反对腐败政府的斗争，但美国政府为萨尔瓦多政府培训了敢死队并给予了他们武力支持以消灭反政府组织。在萨尔瓦多，反政府组织是人民的组织，他们"给人民食物，教他们识字，也教他们保卫已经得到的东西"⑤。美国政府的行为违背了基本的正义道德原则。在马汀内兹在小说中通过描写萨尔瓦多政府军队使用美国所造子

---

① 埃尔克·马克：《谁为全球正义负责？》，载单继刚等编《政治与伦理》，人民出版社 2006 年版，第 356 页。

② Ibid. , pp. 349 – 362.

③ John Rawls, *The Law of Peoples*, Cambridge, Mass. : Harvard University Press, 1999, pp. 75 – 78.

④ Demetria Martinez, *Mother Tongue*, New York：Ballantine Books, 1996, p. 3.

⑤ Ibid. , p. 84.

弹的细节揭露了美国武力干涉他国内政，屠杀他国公民的罪行。"一个随阿尔伯克基（Albuquerque）旅行团到萨尔瓦多旅行的牧师带回了印有美国一个城市名的子弹盒"①，而之前罗梅罗和他的朋友们都想知道谁制造和销售了这些子弹，谁又购买了它们，为什么它们最终被射进了穷人的心脏②。这些疑问与其说是罗梅罗提出的，还不如说是作家自己直接对美国政府的怀疑。小说另外还有对红衣大主教被由美国支持的敢死队暗杀身亡的叙述，这表明美国政府与相关机构所做出的对萨尔瓦多政府武力支持的决策时，他们"只看这些决策是否在美国的法律上正确无误以及决策的产生是否符合本国法律，而对受援国的公民的生活条件实际上产生了何种影响的问题很少被考虑到"③。"如果一个国家对另一个国家的正义与道德只会给老百姓带来更大的痛苦，则该国丧失不被干涉的道德地位"④。美国政府和军火商的行为从主观上讲维护了萨尔瓦多国家秩序，但从客观上讲却因其鼓动政府杀戮无辜百姓而违背了世界主义正义伦理原则，应该受到公民的谴责，作家对子弹盒的描述对这种血腥的行动进行了愤怒的谴责。

马汀内兹在小说中还对美国媒体的虚伪和非道义行为进行了抨击。路易斯到达美国后，玛丽为他安排了演讲，他的演讲词在第二天见诸报端的时候，报纸对他所描述的战争的残酷性忽略不登。玛丽便告诫路易斯："你不能相信媒体"⑤。罗梅罗在教堂的演讲词还被主流媒体《阿尔布基克先驱报》歪曲和添油加醋进行不实报道，玛丽给他翻译报纸上有关他演讲的报道时，她这样解释"因为你的皮肤是棕色，所以你说过的话被说成是'声称'。如果你是白人，那么他们就会说你'说'"⑥。这里表明美国主流媒体总是有选择性地报道一些附和政府决策和政府官员观点的东西。作家马汀内兹通过这样大胆直白的描述揭露了美国主流媒体的谎言和对拉丁裔难民的污蔑。

作家对美国世界中心主义最重要的批判表现在关于约瑟·路易斯·罗

---

①　Demetria Martinez, *Mother Tongue*, New York：Ballantine Books, 1994, p.71.

②　Ibid. , p.82.

③　托马斯·博格：《人的繁荣与普遍正义》，《社会哲学和政策》1999 年第 16 期，第 333—361 页。

④　陈真：《全球正义及其可能性》，《政治与伦理》，人民出版社 2006 年版，第 269 页。

⑤　Demetria Martinez, *Mother Tongue*, New York：Ballantine Books, 1994, p.39.

⑥　Ibid. , p.33.

梅罗偷渡的叙述上。根据世界主义者的观点，国与国之间的边界应该是开放的，世界资源应更广泛地分配，美国应为人类的贫穷承担更多的国际责任①。但罗梅罗的入境是通过秘密宗教组织，经过乔装打扮，用暗号接头后才成功，入境后也只能小心翼翼地生活在暗无天日的地下室，只能在没人看见的厨房打杂，到教堂进行演讲他必须用手帕蒙住半边脸以免被人认出而遭到谋杀。一个来自战乱国家的难民无法在美国的阳光下生活，这是对美国中心主义的极大讽刺。作为诗人、作家和人权活动家，马汀内兹在现实生活中也曾随牧师到美国与墨西哥的边境小镇去亲身体验移民的生活。当采访者问她写故事的目的时，她回答道："我希望作证。每当我想到边疆，就会想起那里的围墙……在考虑边境的时候，很明显，我们只考虑隔离与分开……但我认为，通过艺术与仪式，边境可以成为举行圣餐仪式的地方"②。马汀内兹以文学和实践诠释了自己的世界主义伦理思想。

马汀内兹的小说《母语》通过主人公玛丽和萨尔瓦多难民罗梅罗的凄美爱情故事，揭露了美国政府和主流媒体不公正与非正义的行径，反映了美国人民对身处战乱中的邻国人民的深切同情和他们为世界和平与正义事业所做出的巨大努力，体现了维护正义、尊重他国人民、承担更多国际责任的世界主义伦理思想。

世界主义伦理思想在对内主张民族多元文化的和谐相处，对外主张对他国和他国文化的尊重、资源共享与对贫穷承担更多的责任。在全球化背景下的今天，奇卡诺族裔文学顺应时代潮流，把创作主题转移到了世界主义问题上。阿纳亚的小说《兰迪·洛佩兹还乡》通过洛佩兹还乡建桥的语言故事表现了族裔文化与主流社会文化的共存与融合，马汀内兹的小说《母语》则通过玛丽帮助难民的故事反映了作家的反美国霸权主义、呼吁美国承担更多国际责任的伦理思想。

---

① "Political Ethics", *International Encyclopedia of Ethics*, Retrieved 12 – 04 – 2014, scholar. harvard. edu/files/dft/files/political_ ethics-revised_ 10 – 11. pdf.

② Erin Adair-Hodges, "Bearing Witness, An interview with Demetria Martinez", 1 – 15 – 2013, retrieved 08 – 15 – 2014, http: //alibi. com/art/30007/Bearing-Witness. html.

第八章

结　语

　　文学伦理学批评在当今中国的外国文学研究领域是个方兴未艾的研究方向。研究者们期待通过对反映人类精神状况和引导人们精神生活的文学作品的批评来净化改革开放与全球化带来的不良社会风气。在浩浩美国文学中，自 20 世纪 60 年代美国人权运动时期发展起来的奇卡诺文学是后殖民多元文化文学中的奇葩，值得一究。

　　奇卡诺文学的创作大都以自己民族的历史、作家自己生活的环境和个人经历以及他们的西班牙语与英语混合的语言文化背景为基础进行。他们的作品展现了奇卡诺族裔先祖灿烂的文化与文明，记录了他们与西方文明几次融合的屈辱历史和为了民族生存不屈不挠的斗争，并展望了他们包容一切走向融合和世界大同的未来。他们书写了洛杉矶和芝加哥等大都市里奇卡诺族裔集居区贫民的生活与奋斗，也颂扬了美国和墨西哥边土上奇卡诺人与恶劣自然环境和邪恶势力进行长期艰苦卓绝斗争的精神。

　　凸显公平与正义、人性善良和与邪恶势力斗争的正义伦理是奇卡诺文学的主旋律。以贡萨雷斯、阿纳亚、瓦尔迪兹、罗德里格兹、西斯内罗斯、卡斯蒂洛、维拉纽瓦和马汀内兹等为代表的诗人和作家定义了奇卡诺民族的身份，保卫了民族文化，弘扬了民族精神，推动了民族文化的发展，在短短的半个世纪形成了不可小觑的文学创作力量，将奇卡诺文学带进了美国族裔文学的前列。

　　更值得一提的是奇卡诺族裔女性作家们的创作。由于社会和历史的原因，她们长期没有社会话语权。随着奇卡诺运动的发展和白人女性主义权益的抗争，她们迅速成为奇卡诺文学，也可以说是美国文学的中坚力量。西斯内罗斯、卡斯蒂洛、维拉纽瓦和马汀内兹等代表性作家大都是出身贫寒的墨西哥裔移民后代，曾经居住在芝加哥和洛杉矶的西语裔贫民区或者美墨边境偏僻、贫穷、落后、充满犯罪的小镇。她们大都以自己、家人和朋友的亲身经历来叙述奇卡诺女性由于混血儿身份带来的不幸遭遇和个人的奋斗。

奇卡诺女性文学成为了美国文学的重要组成部分。它是奇卡娜人的现实生活写照和女性作家们对现实的看法。安扎尔多瓦承认混血儿身份、混血宗教和混种文化的女混血儿理论让人耳目一新。卡斯蒂洛的"奇卡娜主义"基本思想是奇卡娜人写奇卡娜人自己的故事，反映在父权制价值观下奇卡娜人作为族裔和女人在社会和家庭所受的双重压迫和剥削，鼓励奇卡娜人和所有女人走出家庭、争取经济独立与精神独立，获得与男人和白人平等的权利与自由。以上作家的理论极大地丰富和完善了生态女性主义伦理思想，更丰富了美国文学的内涵。她们的思想都具有浓厚的政治性，如卡斯蒂洛的"奇卡娜主义"还反对多种模式的压迫，包括同性恋、种族主义、性别歧视和阶级歧视，而且承认不同的自我经验的存在。女作家们既表现了奇卡诺女性作为族裔的自卑心理，又具有强烈的美国主流文化特征。她们的创作反映了奇卡娜人热爱自己民族和认同自己多元民族身份、追求自由与公平的奋斗历程，颠覆了父权制价值观，体现了女性主义文学伦理价值。

奇卡诺文学的创作手法也经历了从模仿到系统化的发展过程，形成了完整的奇卡诺风格与体系。他们的创作形式从最初的富有斗争精神的诗歌，发展成了诗歌、小说、戏剧、短篇、童话、评论与理论一应俱全的文学体系。

在本研究中，笔者首先厘清了奇卡诺文学发展的脉络和奇卡诺文学研究的理论基础图式。第二，通过作家们的诗歌、小说和戏剧，作者分析了奇卡诺文学的族裔性抵抗伦理图式，指出作家们的创作确立了自己的民族身份，具有强烈的抵抗性，形成了自己的文化特色。第三，以瓦尔迪兹的戏剧和卡斯蒂洛的小说为例，分析了奇卡诺文学中的历史事实与文学创作的融合图式，探讨了作家在创作中追求公平正义的政治性伦理。第四，笔者通过叙述奇卡诺作家作品中对家的寻找与坚守，分析了奇卡诺文学作品中的家庭伦理，发现女性在女性主义运动和奇卡诺运动的影响下，对理想家庭的追求付出了巨大的艰辛与努力，女性始终是奇卡诺家庭的创造者和坚守者。第五，该研究还探讨了奇卡诺作品中描述的奇卡诺人的个人自我价值伦理图式，他们的坚韧和坚忍给世人树立了良好的道德形象。第六，奇卡诺女性作品中体现的生态女性主义伦理是本研究的另一个重要组成部分，奇卡娜作家的文学理论、文学人物创造和作家们本人的经历成为了生态文学研究不可或缺的部分。最后，该书探讨了奇卡诺文学创作思想的发展趋势，指出奇卡诺作家和他们的创作正在走向全球化。

在当前的经济全球化进程冲击下，像文学研究这种社会科学研究的前途显得暗淡无光，对族裔文学的研究似乎更是显得微不足道。但是物质文明的发展永远不能离开精神财富的积累，无论经济是否发达，一个民族的文化总是丰富多彩的，它能给我们以知识的启迪。在未来的奇卡诺文学研究中，有更多的奇卡诺文学作家和他们的作品值得中国研究者从更深和更广的角度去探究。首先，语码转换是语言学家所研究发现的美墨边境语言现象，说话者会在谈话中同时使用两种语言。美墨边界的城镇居民所说的语言成了一种西班牙语式的英语，西式英语是许多奇卡诺作家的语言范式，也是保留奇卡诺文化的方式之一，它值得对文学语言感兴趣的研究者涉足；在多元文化背景下，奇卡诺文学主题涉及面广，小说中的城市书写、族裔文化书写、同性恋主题都是热门话题；从体裁方面看，奇卡诺文学的创作手法从模仿白人发展到了自成一体，这个过程值得一究；奇卡诺文化深深地植根于土著神话中，神话的重塑是奇卡诺文学中的最闪光的一笔，值得探讨；美国是个多元文化的国度，与奇卡诺族裔并存的其他族裔文学如非裔文学和亚裔文学都有自己的特色，把奇卡诺文学和其他族裔文学进行比较一定是一项有趣的研究。

后　记

经过三年多的书海鏖战，对奇卡诺族裔文学伦理思想的研究终于落笔成文。在此书撰写过程中，本人曾于2014年6月经历了敬爱的父亲、叔叔、姑妈三位至亲的相继离世。沉重的精神打击至今难以言表。写作的艰辛在成功的一刻显得微不足道。此书的付梓应感谢以下所有的助我者：

首先要感谢中南民族大学科研处，是它给予的经费资助减轻了昂贵的外文原版资料对笔者的负担。

还要感谢的是我的家人，可爱的儿子夏屹，他是第一个阅读此书手稿每一个字的人，他深厚的汉语功底给了我莫大的帮助，还有每天一日三餐，不辞辛劳备箪的先生夏卧武。

没有你们，本书不可能撰成。

袁雪芬

2015年7月